異世界の貧乏農家に転生したので、レンガを作って城を建てることにしました

6

カンチェラーラ
Illustration Riv

I was reincarnated as a poor farmer in a different world, so I decided to make bricks to build a castle.

TOブックス

北の街ビルマ
川北城
旧ウルク領都
ォンターナ領都
アインラッドの丘
メメント領都
パーシバル領都

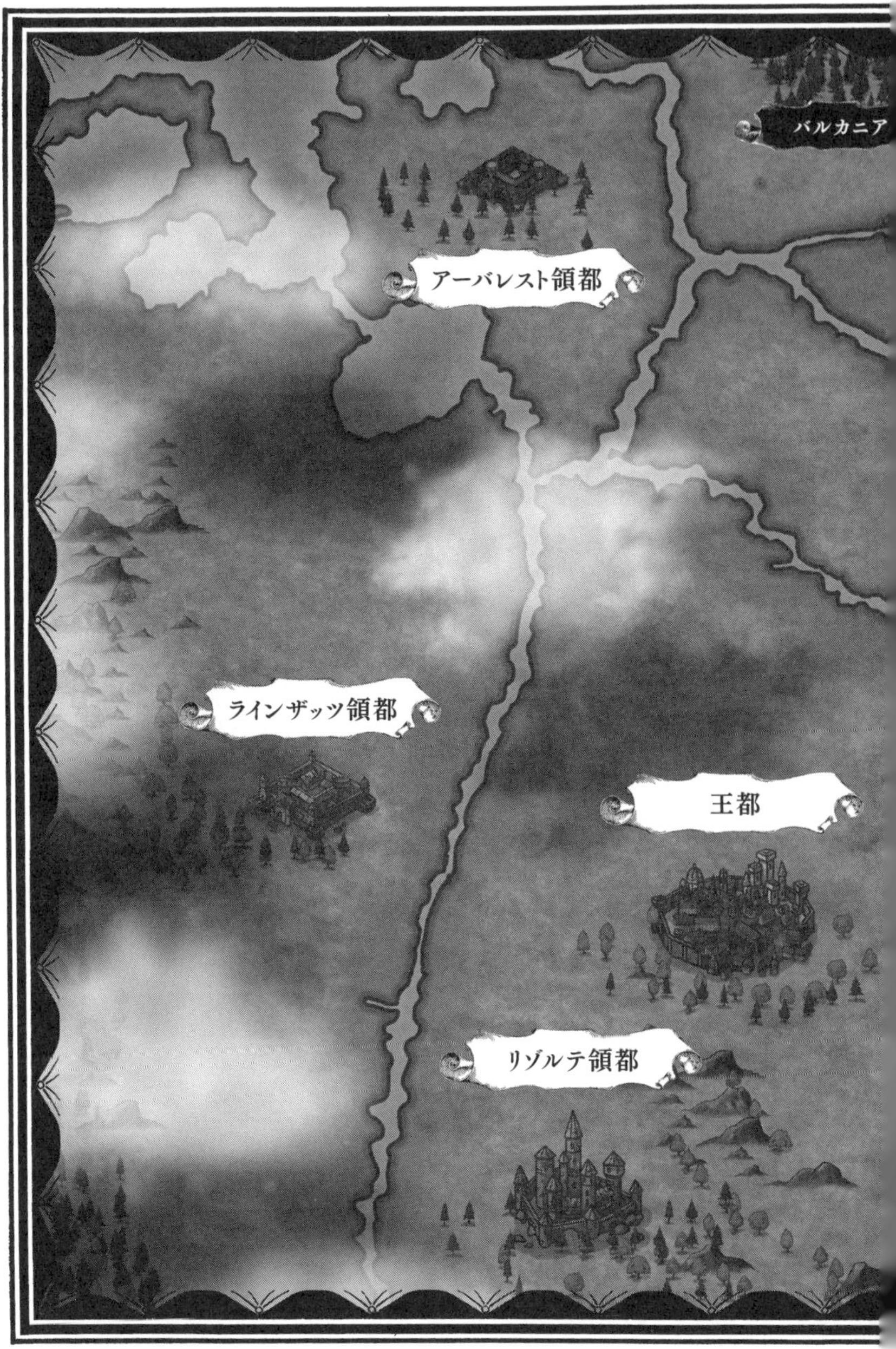
バルカニア
アーバレスト領都
ラインザッツ領都
王都
リゾルテ領都

CONTENTS

イラスト　Ｒｉｖ
デザイン　西山愛香（草野剛デザイン事務所）

フォンターナ領

Name:

マリー

アルス達の母親。優しいが子育てでは厳しい一面も。

Data

Name:

バイト

英雄に憧れる、アルスの兄〈次男〉。魔力による身体強化が得意。

Data

Name:

アルス

主人公。貧乏農家の三男。現在はフォンターナ家当主代行。日本人としての前世の記憶と、自力で編み出した魔法を駆使して街作り中。

Name:

アッシラ

アルス達の父親。真面目で賢い。

Data

Name:

カイル

アルスの弟〈四男〉。聡明で書類仕事が得意。

Data

Name:

ヘクター

アルスの兄〈長男〉。バルカ村の村長の娘エイラと結婚。

Data

Name:

バルガス

リンダ村の英雄。強靭な肉体と人望を持つ。

Data

Name:

リオン

リリーナの弟。元騎士・グラハム家の長男。

Data

Name:

リリーナ

カルロスと異母姉弟。元騎士・グラハム家の長女。アルスの妻。

Data

フォンターナ家

Name:
カルロス

フォンターナ前当主。野心家。謎の強襲部隊に王とともに殺害される。

Data

Name:
パウロ

フォンターナ領の司教。アルスの良き理解者。抜け目のない一面もある。

Data

Name:
グラン

究極の「ものづくり」を夢見る旅人。アルスに出会いバルカ村に腰を据える。

Data

Name:
タナトス

里を追われ大雪山を越えてきたアトモスの戦士。巨人化するアルスの傭兵。

Data

Name:
トリオン

行商人。アルスの取引相手。名付けに参加しバルカの一員となる。

Data

Name:
マドック

木こり。世話焼き。年長で落ち着きがある。

Data

Name:
クラリス

リリーナの側仕え。高い教養を持つ。

Data

Name:
ミーム

人体解剖を行なったため地元を追われた医学者。アルスの主治医兼研究仲間。

Data

Name:
ペイン

元ウルク領の騎士。バルカ軍に惚れ込み、名を捨てアルスの配下となった。

Data

第一章　生存戦略

バルカニアのバルカ城での演説により、俺の立場は大きく変わった。

ドーレン王を王都へと送り届けるために護衛として随行していたフォンターナ家当主カルロスが何者かによる襲撃によって王とともに命を落とし、その混乱に乗じて俺がフォンターナ家の当主代行という地位に収まったからだ。

これは決して私利私欲での行動ではなく、次のフォンターナ家当主であるガロードがまだ二歳という幼さに起因している。

さすがに、いくらなんでもその年齢で領地が膨れ上がったフォンターナ領を統治していくのは無理だろう。

なので、俺がフォンターナ家当主ガロードの後見人として当主代行として名告を上げ、そのための演説を行ったのだ。

これでひとまずは俺のもとでフォンターナ領は一体となって動くことができる。

とはいえ、のんびりしている暇はない。

むしろ、カルロスという存在がいなくなったからこそ、しっかりと周囲を抑えて自分たちを守っていく必要がある。

そのために、俺はさっそくペインから報告を受けていた。

「アルス様、バルガス・バン・バレス様がアーバレスト領を手中に収めました。旧アーバレスト領はガーナ・フォン・イクス様のイクス騎士領とバレス騎士領で分け合うことになったようです」

「報告ご苦労さま、ペイン。バルガスがうまくやったか。とりあえずこれで東から西までをフォンターナでまとめることに成功したな」

「そうですね。バルガス様の報告によると、アーバレスト家当主のラグナ様はすでに亡くなられていたようです。賠償請求書に反抗した者たちが倒されて、残りがバルガス様に降伏した形になります」

「地元に勢力基盤を持つ一部の騎士が正式にアーバレストからフォンターナへと鞍替えした形になるのか。バルガスも一思いに全部潰せばあとが楽だったのにな」

「少しお聞きしてもいいでしょうか、アルス様？　アルス様は正式にフォンターナ家当主のガロード様の後見人、つまり当主代行としての立場を確立されました。ですが、フォンターナ領は今、三大貴族に目をつけられているもっとも危険な状態にある貴族領です。今後領地を守るための方針というか、展望などがあるのでしょうか？」

「あれだけみんなの前で大見得をきったからな。確かにある程度の方向性を出しておいたほうがいいか」

「はい。フォンターナ家当主代行となられたと言っても、まだつい先日までは現フォンターナ領はフォンターナ・ウルク・アーバレストの三つの貴族領だったのです。それをまとめた直後で非常に不安定と言わざるを得ません。もしも今三大貴族家がアルス様に戦いを挑みこちらが敗北するようなことがあればすぐに瓦解してしまいますよ」

「そうだな。だけど、方針としてはやっぱり時間稼ぎが当面の目標だな」

「時間稼ぎ、ですか？」

「そうだ。なにをするにしても時間を稼ぐ必要がある。冬が来ればメメント軍も引き返さざるを得ないしな」

俺は今、フォンターナの街にあるカルロスの居城にいる。

そこでペインから報告を受ける。

ガロードの保護などで一度はバルカニアにいたが、新たにフォンターナの当主となった幼子のガロードの代わりに仕事をする必要があったからだ。

フォンターナの街はフォンターナ領に張り巡らせた道路網が一点に集まる場所でもあるので、こちらのほうが政務がしやすかったのだ。

そんな中で西へと派遣したバルガスがアーバレスト領を制圧したという報告があった。

どうやらうまくいったようだ。

アーバレスト領当主だったラグナが不在になっていたのも大きい。

一応ラグナはフォンターナ家に忠誠を誓い降伏していたのだが、その配下の騎士はやはり不満があったようだ。

バルガスが賠償請求書をチラつかせて煽ると簡単に反発してきたようだった。

まあ、なんだかんだあったが、これでとりあえず隣り合った貴族領をフォンターナ家が完全に手に入れたことになる。

だが、ペインの言う通り、俺の目的はフォンターナの領地を増やすことではない。

俺個人の目的もフォンターナ家としても、三大貴族家相手にどう生き残り戦略を構築するかという問題が残っているのだ。

いくら領地を拡大したところで再び他の勢力に奪われることなど、このご時世当たり前にある話なのだから。

「まあ、思いつく手は一応打ってあるよ。他の貴族家と連携をとってフォンターナ領を三大貴族家が攻め込みにくくしようとは思っている」

「他の貴族家ですか？　それはどこの貴族家でしょうか、アルス様。三大貴族家から自分たちが睨まれることになってまでフォンターナと手を結ぶ相手がそういるとは思えませんが……」

「いや、いるだろ。都合のいい相手が」

「……それはどこでしょうか？」

「リゾルテ家だよ、ペイン。三貴族同盟に敗北して覇権貴族から転落したあのリゾルテ家だ。フォンターナはリゾルテ家と手を組み、三貴族同盟へと対抗する」

「リゾルテ家ですか。……王領や三大貴族家のどの領地よりも南にある南部貴族ですよ、リゾルテ家は。最北の土地にあるフォンターナ家と最南のリゾルテ家が連携するには遠すぎるのではないでしょうか？　あまりいい相手とは思えませんが……」

「そうかな？　遠交近攻だよ。遠くの領地と手を組んで近くの相手と戦うってやつだな。三貴族同盟が連携して一斉にフォンターナに押し寄せてくれば、さすがにいくら頑張っても勝つことも守りきることもできない。だけど、曲がりなりにもフォンターナがリゾルテ家と手を組んだと知っていたらどうだ？　三貴族同盟が全軍を投入して北に向かっている間に南が動くかもしれない。そう考えたら三貴族同盟は全力を北へと向けることはできなくなる。まあ、そのかわりリゾルテ家が攻撃されそうになったら、こっちはその救援に向かわないといけないんだけどな」

「なるほど。つまり、いつでも後背をつく相手がいる状況にすることで三貴族同盟を動きにくくするということですか。一理あります。が、その交渉は誰が向かうのですか？」

「もう向かっている。リオンだよ。カルロス様と一緒に襲撃されたけど、リオンは無事だった。で、そばにリード家の人間もいたからな。カイルに【念話】で連絡をとってもらったんだ。フォンターナに戻るよりも、さらに南下してリゾルテ家に行ってくれってな」

「そうでしたか。すでにそこまで動いていたのですね。出過ぎた心配でした。ご容赦を」

かつての覇権貴族だったリゾルテ家。

王領や三貴族同盟のどの領地よりもさらに南にあり、広い領地を持っていた大貴族家だ。

フォンターナが隣のウルクやアーバレストと小競り合いを繰り返している間、覇権貴族と三貴族同盟が大規模な戦いを行っていた。

そうして、勝者についたのは覇権貴族のリゾルテ家ではなく三貴族同盟だった。

だが、負けたと言えどもリゾルテ家が完全消滅したわけではなかった。

あくまでも三貴族によって勢力を大幅に減らされたものの、それでも他の貴族よりも力のある貴族として残っている。

現状では三貴族と同時に戦うだけの力はないというだけで無視していい勢力ではない。

それがこちらにとっては都合がよかった。

かつて覇権を握っていたときであればリゾルテ家と同盟を組もうと提案しても聞く耳持たぬ状態だっただろう。

しかし、今の弱り目のリゾルテ家であれば話が違ってくる。

今まで交流のあまりなかったフォンターナ家と手を組むことはリゾルテ家にとってもメリットがあるからだ。

再び三貴族同盟に連携して攻撃されたら困るのはフォンターナだけではなくリゾルテ家も同様だ。

それにフォンターナと同盟を組んだことがデメリットにもなりにくいという点がある。

北と南で遠く距離が離れ、間には他の貴族領があるからだ。

同盟を組んだものの裏切られて領地を取られる、といった心配もないわけだ。

なんならとりあえず同盟を組んでおいて、いざフォンターナが攻められても援護に向かうのはゆっくりでもいいと考えているかもしれない。

あくまでも必要なのは北と南で同盟を組んだことで、三貴族同盟が全力で攻勢に出てくる可能性を減らすという狙いが重要なのだ。

そのことをリオンに説明し、リゾルテ家に話を持っていってもらった。

どうやら向こうであれこれ言われたようだが、最終的にはこの話をまとめることができた。

こうして、長い戦乱が続くこの地にあって初めてフォンターナ家とリゾルテ家による南北同盟が結成されたのだった。

そして、その情報をもとに次の一手に移るために、ペインへと指示を出す。

「アルス様、本当にこの話をまとめるおつもりなのですね？」

「ああ、そうだよ、ペイン。交渉はお前が行ってくれ。今の状況なら話がうまくまとまる可能性があるはずだ」

「……わかりました。必ずや成果を挙げてみせましょう。期待して待っていてください、アルス様」

「頼んだぞ、ペイン」

襲撃から生き残ったリオンが南部にある大貴族リゾルテ家とフォンターナ家の同盟の話を見事にまとめてくれた。

その情報が間違いのないものであり、他の貴族にも情報が伝わりだしたころになって、俺は新たにもう一つの手をうつことにした。

今回、その策を現実のものとするためにペインを使者として送り出すことにする。

俺の次なる一手はぶっちゃけるとそう特別なものではなかった。

それは三貴族同盟の中の一家であるメメント家と交渉することだった。

つまりは、現在アインラッド砦の南部で睨み合っているメメント軍と講和を結ぶことにしたのだ。

メメント家は王の身柄の確保という目的からフォンターナに大軍を差し向けた。

だが、それは失敗に終わった。

俺が食料を焼き払い、カイルが【念話】によってかき回した戦場では当主級まで討ち取られたのだ。

そして、その後の本部の停止命令を半ば無視した形で逗留していたメメント軍にはさらなる不幸が襲いかかった。

バルカの騎兵団による夜襲で再び当主級の一人が討たれたのだ。

勢いだけで言えば、そのまま何かの間違いでフォンターナ側が勝利してしまうかもしれない。

そんな雰囲気が一瞬だけ出たのは事実だ。

だが、そんなものはあっと言う間に霧散してしまった。

王を護送していたカルロスの死という出来事によって。

遠く離れた事件をきっかけとして、俺はバルカ軍の一部を別に振り分けて行動せざるを得なくなってしまった。

そうすると、もとの三つの陣地はどうなったかというと完全にお見合い状態になってしまったのだ。

バルカ側はカイルの【念話】によって情報伝達の速さが異常に速く、カルロスの死という情報をもとにして即座に陣地から軍の一部を引き抜いて他の場所へと行ったのだ。

だが、相対しているメメント軍はそうではない。

急に三つの陣地の中にいるフォンターナの軍の内訳が変わったが、それがどうしてかさっぱりわかっていなかった。

しかし、だからといってメメント軍も二人の当主級がいなくなってしまったばかりだ。

それも、一番戦いたがっていた強硬派の人間がいなくなってしまった。

結果としてメメント軍は一度自分たちの陣地を下げて相手の出方を見るという消極策を選択した。

これにより、俺がフォンターナ家の当主代行という立場に収まり、バルガスがアーバレスト領を手に入れるほどの時間がありながらも、にらみ合うフォンターナとメメント軍ではほとんど戦闘が行われなかったのだ。

そうして、今になってこの地に逗留するメメント軍にも遠方からの情報が入りだした。

つまり、王都に向かっていた王が死んだことを知ったのだ。

これはかなり大きな意味を持つ。

なにせ、メメント軍の当初の目的は王の身柄の確保であり、フォンターナを倒すことでも、フォンターナの領地を得ることでもなかったのだから。

ようするに、現在メメント軍は目的を見失って宙ぶらりんの状態に陥ってしまっていたのだった。

この瞬間はチャンスだ。

俺はそう判断してすぐに手を打つことにしたのだ。

メメント軍と交渉することを目指して行動した。

メメント家とフォンターナ家は一時的に対立して戦いへと突入したが、これは別に絶対に必要な戦いではない。

メメント家の目的はあくまでも覇権貴族へと上り詰めるために王の身柄を手に入れたいという思いがあり、そのためにフォンターナへと兵を送ってきたのだ。

対して、フォンターナ側も別にこれ以上戦いたいわけではない。

なにせ、こちらを襲ってきたメメント軍に勝ったところで得るものがないのだから。

あくまでも襲いかかられたから撃退しに動いただけで、戦いが終わるのであればそれが一番なのだ。

だが、だからといってこちらから「お互い戦う意味はないからもうやめようぜ」といったところでメメント軍は聞き入れられないだろう。

肝心の目的を果たせず当主級を二人も討ち取られたという事実だけをもってメメント領へと帰還したいなどとは誰も考えない。

故に、彼らにもなにか手柄と言えるだけの戦果が必要だったのだ。

「だからといって、譲歩しすぎじゃないのか、坊主？　今の状態だとペインは本当にあの条件でメメント軍と話をつけてきちまうぞ？」

「別にいいだろ、おっさん。それで戦が終わるんなら」

「……もう一度聞くが、本当にいいのか？　メメント家と停戦合意を取り付けるためだけに、今後数年間は格安で麦を販売することになるんだぞ。そこまでする必要があるのか？」

「もちろんあるよ。たとえ損をすることになる契約を結んでも、メメント家とは停戦する。そうしないとフォンターナに未来はないからな」

「だが、相手はあの三貴族同盟の一角だぞ？　王やカルロス様を襲撃した可能性だってあるんだ。そんな相手に麦をものすごく安い金額で販売するなんて、俺には坊主の考えていることがわかんねえな」

俺がペインを使者として送り出したのを見送っていたら、そばにいたおっさんが話しかけてきた。どうやら、今回の件についてあまり納得がいっていないようだ。

俺は今という状況がメメント家と交渉すべきタイミングであると考え、そして、話をまとめるためにペインに譲歩案をもたせていた。

それが、おっさんの心配する麦の格安販売である。

譲歩案に含まれたその条件が締結されると、今後数年間に亘ってフォンターナはメメント家に対して相場を遥かに下回る価格で麦を販売しないといけなくなるのだ。

麦とはすなわち税である。

多くの貴族にとってみれば、領地を持つ意味はその地に住む者たちから税を取り立てる権利を持つことであり、それはつまり収穫した麦を徴収することにほかならない。

つまり、俺が用意した譲歩案というのはフォンターナ領で取れる税を恐ろしく低い価格でメメント家へと流すことを意味する。

人によってはメメント家へ服従するようなものだと思う人もいるかもしれない。

「だけど、これは必要な取引でもある。これをしていないとフォンターナは干上がるからな」

「干上がる？　フォンターナが？　どういうことだ、坊主」

「……今のところ、カルロス様を襲撃した相手がどこのだれだかは判明していない。だが、おそらくは三大貴族のどこかだとは思う。けど、メメント家は違う。メメント家は王の身柄を要求していたからな。カルロス様ごと王を躊躇なく殺したことから、メメント家が襲撃したと考えるには違和感が残る」

「……つまり、坊主は襲撃したのは三大貴族の残りの二家のどちらかだと思うのか？」

「そうだ。そして、それとは別にもう一つ考えておかないといけないことがある。なにかわかるか、おっさん？」

「フォンターナが干上がる……。そうか、通商問題だな」

「そうだ。フォンターナ、ひいてはバルカは交易を通して成長してきた領地だ。フォンターナ領で作られたものは商人が南に持っていって販売し、そこで得た収益から今度は王都圏などの商品を仕入れて北に運んで利益を得ている。つまり、三貴族同盟が連携して攻めてこなくても、北に向かう商隊の移動を止めるだけでフォンターナは経済危機に陥る可能性があるんだよ」

「最北に位置するフォンターナを経済的に封鎖することを三貴族同盟が狙ってくることを心配しているってことだな？」

「そのとおりだよ。フォンターナの当主代行となった俺は農民出身で他の貴族とのつながりがない。そこをついて貴族間で村八分状態にされる可能性がある。だからこそ、先手を打って経済封鎖の網を破るためにもメメント家と経済的なつながりを作りたいんだ」

「だが、メメント家がそこまで信用できるのか？　フォンターナから買った食料でこっちを攻めてきたら笑い話にもならないぞ？」

「たぶん、それはないと思う。メメント家の目的はあくまでも覇権貴族になりたいってところにあるんだ。フォンターナそのものよりも同盟内の二つの貴族家を見ざるを得ない。そして、おそらくはメメント家が三貴族同盟の会談で覇権を得るには至らない。と、なると必ず三大貴族同士で争う時が来る。メメント家にとっても、大量の食料を安く買い取れる条件というのは魅力的な提案になるんだ。軍を動かして得た戦果として領地に報告できる実績になると思うよ」

今のフォンターナにとってなによりも重要なこと。

それは三貴族同盟が意思を統一してフォンターナに対処してくることだ。

三貴族同盟が連携をとって北へと軍を派遣して攻めてこられたらアウト。

それに対しては南部の元覇権貴族リゾルテ家と手を結ぶことでリスクを減らす。

そして、戦いではなく経済的な締め付けを三貴族同盟がフォンターナに対して行ってくることも考えておかなければならない。

商品が今までのように運ばれてこないようなことがあれば非常に困る。

だからこそ、それを未然に防ぐために多少の損を覚悟してでもメメント家と取引が続く状態を作っておきたかった。

それに麦ならば【整地】と【土壌改良】の魔法を使えばもっと収穫量が増やせる。

それほど壊滅的な損害になることはないはずだ。

こうして、俺はリゾルテ家と手を組みつつ、メメント家と経済的なつながりを残すことをフォンターナの生存戦略として位置づけて、メメント軍と講和を結ぶことにしたのだった。

◇◇◇

「よし、でかしたぞ、ペイン」

「ありがとうございます、アルス様。フォンターナ軍と交戦状態にあったメメント軍ですが、狙い通りこちらの案をもとにした条件で講和を結びました。順次、逗留している軍を退いていく手筈となっています」

「よくやった。ここでメメント家が軍を退けば、じきに冬になる。そうすれば雪の影響で進軍することは無理だ。西の旧アーバレスト領もなんとか安定化しているようだし、これでフォンターナ領にも少し余裕ができたな」

「ですが、まだまだ危険な状態ではあると思いますよ。リオン様からはその後連絡などはあったのですか？」

「ああ。リオンは今王都を中心に情報を集めて報告してもらっている。現在行われている三貴族同盟の会談はまだ話がまとまってはいないらしい。正式に覇権貴族を名乗り出るのがどこになるかは、これも来年までかかるんじゃないかってのがリオンの予想だ」

「なるほど。では、とりあえずの時間的猶予は来年の、雪が溶けて収穫が終わるころになるでしょうか。しかし、そうなると今後の動き方が決定しづらいですね。どこが覇権貴族としての立場に収まるのかということで、フォンターナは身の振り方がかわってきますよ」

「そうだな。できれば、三貴族同盟の三家とは個別に接触しておきたいところではある。メメント家との麦の取引みたいに、それなりのつながりがあったほうがいいのは確かだ」

「やはり外交ですね。ですが、フォンターナ領にとって外交力は少々課題が残るところですね。失礼ながら、あまり外交が得意な者がいないようですが……」

確かにペインの言うとおりだ。

前から思っていたがこちらの陣営は少々外交に不安がある。

まあ、それもこれも俺が原因なのだが。

もともと、フォンターナ家というのはそこまで外交力に問題がある家ではなかった。

それはかつてレイモンドがこのフォンターナ領をきっちりとまとめていたことからもある程度わかる。

まだ幼い頃のカルロスしかいないときに、レイモンドはフォンターナ領を守り、維持していた。

それは外交力があったからこそでもある。

東と西に領地を接する貴族や騎士とのやり取りのほかにも、遠方の貴族ともそれなりに付き合いがあったらしい。

が、現在はその外交力はフォンターナに残されていない。

それは、当時のフォンターナの外交がレイモンドの人脈によるものだったからだ。

コネクション。

他の貴族といかに知り合いがいるかという人脈がこの世界の政治では意外と大きな力となり得る。

歴史あるフォンターナ家の正式な家宰として昔から仕事をしていたレイモンドはほかの貴族や騎士に顔が利いたのだ。

だが、俺は違う。

他の貴族のことなんて全く知らないのだ。

よく知りもしない俺が一時的にフォンターナの当主代行として振る舞っているという状態を他の貴族は良しとしないだろう。

少なくとも俺がそれなりにフォンターナ領を切り盛りして回していく実力があると判断されない限りはまともな交渉すらままならない。

レイモンドが突然俺に討ち取られて、急遽頭角を現したカルロスがさらに急死してしまった。

そのため、他の貴族とのパイプの多くが失われてしまったのだ。

その失われたコネクションはすぐに回復するような代物ではない。

だが、それでも一応残されたつながりだけはきっちりと次に繋げるようにしておいたほうがいいだろう。

「喜べ、ペイン。お前は今回の使者としての仕事を見事果たして三大貴族家と呼ばれるメメント家との講和を実現した。その成果を認めてペインを騎士として取り立てよう」

「え、……はっ、ありがとうございます、アルス様。このご恩は忘れません。私はアルス様のためにこれからも誠心誠意働いてみせましょう」

「よろしく頼むよ、ペイン」

「……で、どういうおつもりですか？　いきなり、私を騎士へと叙任するとは？」

「いや、別に大したことじゃないんだけどな。お前には成功例となってもらおうかなと思って」

「成功例、ですか？」

「そうだ。ペイン、お前は元ウルクの騎士であり、こちらと交戦したこともある。そのお前が俺のもとに降って、働いて騎士となった。だけど、それは決して戦場での働きだけではない。特に最後の決め手となったのはメメント家との交渉だ。つまり、武力ではなく、交渉力で俺から取り立てられたってことになる」

「ははあ、なるほど。つまりは、アルス様のもとで騎士として認めてもらうには戦での働きだけではなく、他貴族との交渉力も成果の一つとして認められる、ということを他の者たちにも広げていきたいというわけですか」

「そうだ。ついでに言えば、ペインがウルク出身だってのも意味がある。もともとウルクやアーバレストにいたやつも頑張り次第じゃ俺から騎士として認めてもらうことができるって思わせられれば、まだ見ぬ人材が出てくることもあるんじゃないかな？」

「そうですね。では、僭越ながらアルス様に提案したいことがございます。よろしいでしょうか？」

「うん、なんだよ、ペイン。提案って？」

「騎士として叙任する以外にもなにかいただけないでしょうか？　そうですね、できれば金銭がよろしいかと思います。それも高報酬で私を評価していただけるでしょうか？」

「……なんでだ？　ペインが有能だってのはわかるけど、高額の報酬が必要なのか？」

「はい。私がアルス様のもとで働いたのは今年になってからです。その私がアルス様から高評価を受けて身分とお金を頂いたとします。すると、それを聞いた者たちはどう思うでしょうか。ペインという男がそこまで評価されるなら自分のことも評価してくれるかも、いや、自分のほうがペインよりも有能なのだからもっと高報酬でフォンターナ家の一員として雇い入れてくれるのではないかと考える者が出てくるはずです」

「ペインよりも有能なやつが？　いるのか、そんなやつがそこらへんに？」

「いると思いますよ、アルス様。私はもともとウルク家の騎士として戦での働き方を磨いてきましたから。分野によっては私よりも有能であるという人は珍しいものではないでしょう。外交分野についてもそうです。きっといい人材が見つかることでしょう」

うーん、本当だろうか。

以前、カイルの魔法を餌にして人材を集めようとしたときには割と変人ばかりが集まってきたような気もするのだが。

だが、あのときは一般的に価値の認められている攻撃系の魔法を持たないカイルの魔法だったからこそ、ほとんど庶民からしか人が集まらなかった。

しかし、今回は俺の魔法を餌にするのだ。

一応【散弾】という攻撃魔法もあるし、フォンターナ家からの【氷槍】なども使えるようになる。

それに俺のネームバリューもそれなりのものになってきたし、その上で報酬を弾むというのだ。

ペインの言う通り、バルカの魔法と金と活躍の場を求めて人が集まるかもしれない。

ペインの主張を認めた俺は、ペインを騎士として教会で名付けをしてから、正式に高報酬の待遇で働いてもらうことにした。

そして、それをフォンターナ中に話が広まるようにした。

こうして、これをきっかけにして少しずつだが旧ウルク・アーバレスト領からもやる気のある人材が俺のもとに集まり始めたのだった。

その後、講和を結んだメメント軍が自分たちの領地へと引き返していく。

とりあえずはこれで一安心だろう。

今から再びメメント軍が引き返してくることもないではないが、それには向こうもリスクを負う。無駄な出費と、停戦合意の違反はこれからも続く三貴族同盟の会談での話し合いで不利益を被りかねないのだ。

一応、メメント軍に対処するための兵を陣地へと布陣して見張らせておく。

あとは西の監視も重要だろう。

川という水路を使って軍が来ないかどうかと、アーバレスト家の残党が暴れたりしないかどうかだ。

まあ、そのへんはバルガスとガーナに任せておいていいだろう。

それよりも考えておかなければならないのは今後のことだ。

これからしばらくすれば冬が来る。

そうすれば雪が降り積もり、人の往来はなくなる。

当然軍の移動もままならなくなるのでひとまずフォンターナは安全となるのだ。

だが、そんな雪の守りも永遠に続くわけではない。

いずれ冬は終わり雪が溶け、春を迎える。

そのときにある程度三貴族同盟からの睨みをはねのけることができるだけの力をつけておかなければならない。

力をつける。

それは別に俺がトレーニングをして強くなることを意味するわけでは当然ない。

この場合の力はあくまでもフォンターナ領という領地としての力だ。

だが、この問題がなかなかに難しい。

というのも、フォンターナ領と一口に言っても結構複雑なのだ。

フォンターナ家はフォンターナ領としてかつてのウルク領とアーバレスト領を切り取り吸収した領地を持つ。

だが、そのフォンターナ領全体をフォンターナ家当主代行になった俺が自由自在に運営していくことはできないのだ。

フォンターナの街でカルロスの居城の執務室の椅子に座った俺がふうっと一息吐きながら温かい飲み物を口に含む。

そして、今一度このフォンターナ領についてのことを頭の中で整理することにしたのだった。

◇◇◇

現フォンターナ領とは旧フォンターナ領と旧ウルク領・旧アーバレスト領の三つの領地をまとめた土地のことを指す。

このフォンターナ領の領主となるのが亡きカルロスの残した子どもであるガロードだ。

だが、ガロードはまだとても政務につくことなど不可能な幼い子どもである。

そこで、そのガロードのかわりに政務を執り行う者が必要となった。

俺はその当主としての仕事の代行者の位置に滑り込んだのだ。

カルロスが亡くなったという情報を誰よりも早く入手し、そして誰よりも早く行動したからこそ実現した出来事だった。

実を言うとこれは本来できないはずの横紙破りといってもいい。

なぜなら、カルロスが亡くなったと言っても、それまでカルロスの直属の配下として一緒に仕事をしてきた人たちはそれなりにフォンターナの街に残っていたのだから。

通常であればカルロスとともに仕事をしてきた者の中からカルロスの仕事を引き継ぐ者を出すのが望ましい。

だが、俺がガロードの身柄を押さえて強引にこの当主代行という立場に立った。

まあ、一応はカルロスの異母姉弟であるリリーナと結婚していて繋がりがあり、かつフォンターナ領での実績も持っている。

不満を持つ者はいるだろうが、少なくとも表面上は俺の指示に従って引き続き仕事をしてくれている。

その意味であれば、俺はフォンターナ領をまとめていたカルロスに成り代わったとも言える。

しかし、いくらカルロスでも領地に関してできないことはある。

それは当主と騎士の関係からくるものだった。

フォンターナ領があり、それをまとめるフォンターナ家当主だが、実際にはその中にいくつもの騎士領がある。

例えばカルロスが存命だったときのバルカ騎士領にしてもそうだし、ピーチャのアインラッド領やガーナのイクス領などだ。

領地をまとめる当主は自分の領地内にいる騎士に対して命令を下すことができる。

その際、各騎士領の運営のやり方についてはその土地を治める騎士が独自裁量をもつのだ。

各騎士領を治めている騎士が領地でどんな場所を開拓して畑を増やすか、あるいは庶民にどんな税を納めるように命じるかなどはその騎士が自由に決めることができる。

その騎士領の中の内政についてはフォンターナ家当主という存在であっても勝手な口出しはできない。

いや、しようと思えばできるかもしれないが、それを不満に思った騎士がフォンターナ領で反乱を起こしたり、フォンターナからの離脱を試みる可能性もあるのだ。

なので、一般的にいって貴族家当主は各騎士領からフォンターナに対して税を納めさせ、有事の際には兵を動員するように命じることができるくらいの権力しかないのだ。

ようするに、意外とフォンターナ家当主というのは権力が少ない。

それはさらに言えば当主代行になった俺も今までよりも権力が増えたとは言え、なんでもできる独裁者になったわけではないことを意味する。

フォンターナ領を守るためといってあまりに無茶な行動を取ればそれに反発する者もいて、そこからフォンターナがバラバラになる可能性もあるのだ。

だが、それについてはカルロスも考えていて手を打っていた。

特にカルロスはレイモンドが急死したあとに突然領内をまとめただけあって、よりカルロスという当主に権力が集まるように仕向けていたのだ。

かつてレイモンド派であり、反カルロス派として行動した騎士の領地は没収し、その多くをフォンターナ家直轄領としていたのだ。

さらに各地の騎士領を治める騎士の家族をフォンターナの街へと移り住むように命じている。

いざとなれば妻子を見捨てることもないではないが、多くの騎士にとってフォンターナの街に住まわせられた子どもは人質としての価値があった。

なぜなら、その騎士が死んだときにその騎士の配下の魔力パスを継承するのは多くの場合、フォンターナの街に住む長男なのだから。

こうしたカルロスが残した遺産をガロードに代わって俺が手にすることができた。

フォンターナ家直轄領は当主代行として割と自由に采配を振るうことができる。

対して、各騎士領に対しては無茶な命令でなければそれなりに命じることもできる。

なら、今までできなかったことをやろうではないか。

バルカ騎士領当主のアルス・フォン・バルカではできなく、フォンターナ家当主代行としてのアルス・フォン・バルカならできることを。

こうして俺は冬になる前に新たな行動を開始することにした。

フォンターナ領を守る、ひいては俺の身を安全にするために、フォンターナ領をより強くする。

そのための政策を実施することにしたのだった。

「で、どうするつもりなんだ、坊主？　その政策っていうのは具体的になにをするんだ？」

「まあ、ぶっちゃけていうと今までのバルカ方式の領地運営をフォンターナに導入したいってだけなんだけどね」

「バルカ方式っていうと、どれのことを言っているんだ？」

「まず、最初に重要なのはやっぱり食料自給率を上げることかな。バルカの魔法を使って収穫量を激増させる必要がある。メメント家にも格安で麦を売る必要があるしな」

「まあ、それは一番重要だよな。っていうと、今までバルカがしていた派遣業をもっと積極的にやろうっていうことか。いや、それよりも無償で農地改良したほうが収穫量は伸びるか？」

「それは駄目だよ、おっさん。基本的に無償では農地改良はしないよ。バルカは常に金欠だからな。それに各地の領地持ちの騎士たちに金を貸し付けておきたいしな」

「騎士に金を？　なんでそんなことをするんだ？　坊主の言うようにフォンターナ領を一致団結して守るなら金の貸し借りは必要なんかないだろ？」

「いや、できれば自分の領地を持つ騎士の数っていうのは減らしておきたい。俺の言うことに反抗されても迷惑だしな。借金を背負わせてバルカの言うことを聞きやすくする状況に持っていきたい。なんなら借金の質として領地を没収したいくらいだ」

「……まあ、坊主が言わんとしたいことはわからんでもない。気になることもあるがな。とりあえずそれは置いておいて、農地改良だけがバルカ方式ってやつじゃないだろ。他にはなにをするんだ？」

「やっぱり軍を強くして備えておく必要はあると思う。できればフォンターナ領全体で徴兵制を導入したいんだが……」

「それは無理だぞ、坊主。昔から自分の領地を持つ騎士から農民を奪ってみろ、絶対に揉めるに決まっている。それに、人手を取られたら領地持ちの騎士が部隊を構成できなくなっちまうじゃねえか」

「そうなんだよな。やっぱり、騎士たちから徴兵することは難しいか。しょうがない、徴兵するのはフォンターナ家直轄領とバルカの領地のバルト騎士領、あとバルガスのバレス騎士領からにするか。それでどれだけの数の兵を確保できるか試算しておいてくれないか、おっさん」

「わかった。計算くらいならすぐにすむ。だけど、兵の数以外の計算も必要になるぞ、坊主。本当にそんなことをして大丈夫なのか？」

「大丈夫か、ってどういう意味だ？」

「金だ。坊主から名付けされた連中を使えば、たしかに農地改良はうまくいくだろう。収穫量の増大は成功するとは思う。だけど、お前がバルカにも導入した徴兵制の軍は戦がなくても常に金がかかり続ける金食い虫の集団だ。別に軍事力を上げたいだけなら農閑期に各地の農民を集めて訓練させるだけでもいいいんじゃないのか？」

「うーん、それでもいいといえば別にいいんだけど、徴兵制には他の狙いもあるからな」

「他の狙い？　なんだそれは」

「若い同世代の連中を一箇所にまとめて同じ訓練を受けさせる。その目的は軍の訓練でもあるけど、もう一つの意味があるんだ。自分たちが同じ地に住み、自分たちの力で自分たちの土地を守るという使命感というか、集団による結束というか。ま、端的に言ってフォンターナのために戦うことの意味を教え込みたいんだよ。兵の一人ひとりが戦うのは領主のためじゃなく、自分たちのためだってな」

農閑期の農民を集めて訓練するだけなら、それもいいだろう。

だが、その場合、基本的には訓練を受けている奴らは「訓練をさせられている」という思いだけを持つことになる。

しかし、俺が必要としているのはもっと強い軍だ。

三大貴族家が襲ってきても守ることができるくらいの軍を作りたい。

そう考えたとき、やはり一番重要視せざるを得ないのは、兵の精神性だった。

戦のときだけかり出される農民は自軍が不利になると簡単に逃げ出す。

だが、圧倒的に強い相手を想定している現在の状態でそんな兵では満足に戦えない。

ならば、自軍の兵が強い相手を前にしても簡単に逃げないようにする必要がある。

そう考えたとき、兵の戦う理由を作る必要があると考えたのだ。

今までのように、頑張ったら出世できるかもしれない、というような曖昧な希望では駄目だ。

相手に負けたら自分たちの土地が根こそぎ焼き払われて家族が殺される。

もしそう考えたら自分たちの家族を守るために簡単には逃げられない。

だからこそ、徴兵制にして若い奴らを一箇所に集めて教え込むのだ。

言い方は悪いが一種の洗脳といってもいいだろう。

が、このやり方はおっさんが指摘する通り、べらぼうに金がかかる。

なにせ、普通ならば農作業をするべき若い男手を農家から奪い取り、なんら生産性のない訓練を日夜行なって、しかも、そんな連中を食わせていかなければならないのだ。

途方も無い金がかかる。

今までのバルカ軍でも結構な金額が垂れ流し状態になっていたが、フォンターナ家直轄領でもそれをすると出費が飛躍的に増えてしまうのだ。

バルカの金庫番たるおっさんが気にするのもわかるというものだろう。

「確かに、おっさんの言うとおりだな。金がかかるし、今のバルカはその財源を確保し続けられるかどうかわからない。非常に危険な賭けみたいなやり方かもしれない」

「そうだろ。じゃあ、やっぱり徴兵制はやめておいたほうがいいんじゃないのか？」

「いや、それでもやるよ。金なら用意する」

「おいおい、無い袖は振れないんだぞ？　それともなにか、また新しいものを作って売ろうってか？」

「今回は別の方法をとる。もっと手っ取り早く金を確保したいからな」

「別の方法？　何をする気なんだ、坊主？」

「紙を金に変える。これで一時的にバルカの金欠問題は解決するはずだ」

そう言って俺がおっさんに差し出した一枚の紙。

すでにフォンターナ領ではそう珍しくなくなったバルカで作られている植物紙だ。

俺はそれを使って軍費を賄うことにしたのだった。

徴兵制をもとにした常備軍の拡大。

今までのバルカ軍だけではなく、フォンターナ家直轄領などからも若く健康な男手を集めて兵としての訓練を施す。

そのためにはなんとしても金がいる。

それも大金が。

だが、その金を捻出することは今のバルカでは少々心もとない。

俺はカルロスのかわりにフォンターナ家当主代行という立場に身を置くことに成功したが、そこからすぐにフォンターナ家の金を使い込んだりするのは風が悪いというのもある。

少なくとも直後は無理だ。

最初はある程度バルカ側が負担して常備軍を作っていかなければならない。

そのためにはすぐに手元においておける金が必要だ。

だからこそ、俺は新商品を作ってその販売を通して利益を得るという方法ではなく、もっと手っ取り早く現金を得る方法を行うことにしたのだった。

「いや、どういうことだよ、坊主。この紙を金に変えるってどういうことだ？　こんな紙切れじゃお金の代わりにはならないのはわかって言っているんだよな?」

「もちろんだよ、おっさん。今のバルカが紙幣を発行したところで信用度はないからな。そうじゃなくて、この紙を金を持っている連中に大金で買ってもらうんだよ」

「紙を買う? そんなもん誰が買うんだよ。紙がほしいなら普通に買えばいいだけなんだから」

「そりゃ、普通の紙と同じならな。もちろん、俺が売る紙は普通じゃない。紙を購入してから一定期間が経過すれば、もとの購入金額以上でこちらが買い戻すことを認めた紙だからな」

「はあ? ……って、お前、そりゃ借金の証文ってことじゃないか? 何考えているんだ? 金を借りるって話だったのか?」

「そうだ。後で利息をつけて返すから俺に金を出せってことだな。フォンターナ領は間違いなくバルカの魔法で発展する。数年後の税収の増加を見込んで、今必要な金を借りるってことだ」

「いやいや、ちょっと待てよ、坊主。お前もほかの騎士たちに金貸しをしてるじゃねえか。わかってんだろ? 金貸しに金を借りたら高利息で尻の毛まで抜かれることになるぞ?」

「ちょっと違うな、おっさん。俺は別に金貸しに金を借りるわけじゃない。俺が出す証文を買う気のあるやつだったら金貸しである必要はないからな」

「……何言っているんだ? 結局金を借りることには変わりないだろ?」

「違う。金貸しに金を借りる場合はほとんどの場合、金貸しの側が貸す金額と利息を決める。だけど、俺が今回やるのはそうじゃない。俺が利息と返済期間を決める。この場合、相手がなにを言ってこようと、返済期間が来るまでは絶対に金を返さないし、利息も変動させないことを意味する」

「よくわかんねえな。普通なら金を貸すほうが上位者になるのが、金を借りる側になるはずの坊主が基準を決めるってことか？　そんなのに金を貸そうってやつがいるのか？」

「そりゃいるだろ。忘れたのか、おっさん。今の俺は貴族のフォンターナ家当主の代行、つまり、昔で言えば家宰のレイモンドと同じような立場だ。おっさんだって以前はそこらへんの商人が貴族と繋がりを作るのは難しいって愚痴ってただろ？　貴族としての権威の力が裏付けとしてあれば、金を貸して俺と繋がりを作りたいやつなんていくらでもいるよ」

「……だが、商人はみんな金勘定には厳しいぞ。坊主が貴族家の当主代行という立場を利用して金を集めて返済するつもりなんて毛頭ない、なんて相手に思われたら誰も金は出さない。大きな金額を扱う者たちほど、見る目は厳しいぞ？」

「大丈夫だ。きちんと返す当てがあるっていう保証があれば金を出すことにためらうことはなくなる」

「どうするんだ？」

「銀を見せる。バルカで密かに貯蔵している純銀の山を見せればいい」

「……純銀？　って、ああ、まさかあの犬人の銀を見せるのか？　あのことは秘密にするって話じゃなかったのか、坊主？」

おっさんの言うとおりだ。

バイト兄の領地であるバルト騎士領で発見して、俺が保護した風変わりな魔物。

犬人と呼ばれるその魔物の中でも仲間外れにされていたタロウと名付けた犬人は特殊な魔法が使えた。

鉄を銀に変える魔法。

その貴重な魔法を使える白い犬人タロウを俺とおっさんはひそかにバルカ城で確保していたのだ。

「タロウについてはもちろん秘密だ。見せるのは銀塊の山だよ。そうだな、こんな感じで言うのはどうかな。バルカは秘密裏に銀山を見つけて発掘を開始している。この銀塊はその銀山で手に入れたものので、他とは隔絶した純度の銀が採掘可能であり、採掘は進んでいる。時間が経過するほどに銀の貯蓄量は増大しており、今バルカが金を借りても確実に返すことができる、とか説明するのは」

「なるほど。見せ金として使うのか。確かにあの犬人の魔法で作る銀は増え続けていて減ることはない。銀山っていうのは言い得て妙だな。それにあれほどの純銀を見せられて、偽物だと疑うようなやつは話にならない。……意外といけるか？」

「たぶん大丈夫だ。それにいくら銀を生み出せると言っても、今すぐ何倍にもすることはできない。が、あの銀を元手にすれば今ある銀以上の金額を手元資金にすることはできる」

「わかった。やってみよう。とりあえず、犬人が作る銀の量の把握や証文の返済期間や利息についてももう少し詳細を詰めないといけないか……。いいな、面白いぞ、坊主。バルカの信用度で借りられる最高の金額設定で金を集めてやるぜ」

「おっさんもやる気になったみたいだな。そうだ。普通の証文とは違うってことを強調するために名前でもつけとくか。バルカ銀行券とでもしておこうか」

「銀行券、うん、いいんじゃないか、坊主。よし、さっそく資金集めといこうか」

こうして、俺はおっさんと一緒にバルカ銀行券なるものを発行して金を集めることにした。

◇◇◇

偽造防止に証文となる紙も少し特殊にしたり、通し番号を入れたりと工夫を凝らしたこのバルカ銀行券はさすがに現物の純銀というものがあったおかげか、こちらの想定以上に反響が大きかった。

そして、数年間は間違いなく常備軍を運営してもさらに余るのではないかというほどの金が俺の手元に集まったのだった。

「いいな。ここまで資金が増えれば軍の運営については問題ない。それどころか、ほかへの投資に使うこともできそうだな」

「たぶん、金を出した商人連中はそのことも念頭に置いて金を出しているだろうな」

「そのことを念頭にって、どういうことだ、おっさん？」

「坊主の今までのやってきた実績を考えてもみろ。バルカではいろんなものを作って金儲けをすることが多かっただろ。それを今度はフォンターナ領全体でやるんじゃないかって考えているはずだ。そして、その商売で作られた商品に他の者たちよりも早く関わっていきたい。そういう下心があったからこそ、バルカ銀行券に金をつぎ込んだってことだな」

「なるほど。そういえば、今まで格付けチェックで弾かれた商人たちがこぞって金を出してきていたりしてたな」

「ああ。坊主がフォンターナ家の当主代行になった瞬間、格付けの低い商人は青い顔をしていたからな。これからはフォンターナの街やフォンターナ直轄領でも格付けが適用されるんじゃないかってな」

「それもいいかもな。だけど、投資か……。集めた金を領地持ちの騎士にさらに貸し付けるのはやるとして、あとは教育にも回したいな。フォンターナ家直轄領のそれなりに大きい町や村にも学校を造ってみようか？」

「ちょっと待て。教育に投資？　学校を増やすだと？　お前、また金にならないものに資金をつぎ込むつもりなのか？」

「教育への投資は時間がかかることさえ除けば確実に意味がある金の使い方だぞ、おっさん。というか、やるなら早く実施しないと、効果が出るまで時間がかかるんだから金のある今が一番いいと思う」

「そんなこと言ったって、坊主はペインにも高額の報酬を与えているだろ。しかも、ペイン以外にもどんどん増えている。いくら金があるって言ったって限度があるぞ。採算がとれなくなるぞ」

「……いや、ペインや他のやつは騎士志望で加入してきている。つまり、俺から名付けを行なっているわけだ。だけど、本当はもっと事務仕事ができる人もたくさん欲しい。そういう意味では学校を造るのは意味がある。カイルのリード姓を与えれば即戦力になるしな」

「確かにリードの名を与えられたらできる仕事量は半端なく増えるが……。しかし、フォンターナ家直轄領全体に学校を広げるのか？　バルカニアにあるのと同じ学校を？」

「そうだな……。いや、増やすのはもう少し簡略化したものでもいいかもしれない。職業訓練所は必要ないから対象を徴兵される年齢未満の子どもだけにして、教える内容も最低限の文字の読み書きと計算だけにするか」

「それはそれで、学校を造る意味があるのか？　仕事ができる段階までいかないなら本末転倒になるだろ」

「そうでもないさ。今度造る学校はバルカニアにあるものと区別して小学校とでも呼ぼうか。小学校の目的はやる気のある人と地頭のいい人を見つけることにすればいいんだよ。昼食無料という餌につられて小学校にきた子どもに勉強を教えて、これはという子がいればバルカニアの学校に移すんだ。で、バルカニアではもう少し高度なことを教えて、そこで使えると判断した連中にリード姓を授ける。ようするに人材発掘のためだな」

「なるほど。教える教科を最低限に絞ってやれば教える側の数も減らせるか。そうすれば、思ったよりは金もかからないか」

「そういうことだ。リード姓を与えたら仕事を覚えさせて、いずれはフォンターナ領中に配置する。そうすれば、フォンターナ領はもっと発展する」

俺がフォンターナ領の統治を行うにあたって一番の問題は人材不足であるということだ。

その人材の不足を補うためにやったことの一つにペインへの報酬を高額にするというものがあった。

俺のもとで働き、その結果、騎士と認められて高報酬を得ることになったペインという存在。

それを見て、いろんなやつらが俺のもとへと仕官しにやってきた。

玉石混淆といえるようなさまざまなやつがやってきたが、そいつらにはみんな共通するものがあった。

成り上がってやろうというギラギラした目だ。

確かに報酬を弾んだことで仕事に打ち込んでくれるだろう。

その中には俺が思いもしない成果を上げるものも出てきてくれる、と期待している。

だが、ほとんどのやつはやはり攻撃魔法を欲しがるのだ。

リード姓を得て頭脳担当として働かないかとこちらが訊ねても、攻撃能力のある魔法のないリードの名は嫌がったのだ。

どうしても「男として名を残したい」みたいな思想が頭にあるようだった。

しかし、当たり前だが俺はカイルの魔法がいかに優れているかよく理解している。

【速読】や【自動演算】、【念写】といった魔法だけでもありえないほどの便利さだったのだ。

だが、それすらも超越する【念話】という魔法をカイルが作り上げた。

【念話】というのはリード姓を持つ者が双方向で会話できるという魔法だ。

本来であれば、カイルは別にリード姓に限らずに誰とでも思念を送って言葉を届けることができる。が、【念話】はリード姓を持つ者同士に限られる。

それは遠く離れている相手でも声を届けるためだとカイルは言っていた。

超遠距離でもお互いの声を届けることができるのは、名付けによる魔力パスの繋がりを利用しているためだそうだ。

名付けは他者に名を付けることで魔法を授け、魔力の一部を貰い受けることができる関係になる。

つまり、常時魔力的につながっている状態であり、そのつながりを利用して相手の姿が直接見えずとも思念を送ることができるのだとか。

そんな説明をカイルはしてくれたことがあった。

つまり、リード姓を持つ者は【念話】という呪文を使って遠方の相手と話ができるのだが、逆に言うと相手がリード姓を持たなければ声を届けることはできないのだ。

そのため、遠く離れた相手から俺に直接話しかけるということは不可能だということでもある。

なので、できればもう少しリード姓の者を増やして各地に配置しておきたかったのだ。

小学校を造るというのはそのためにも必要だ。

それに学校で能力を認められる者というのは男に限らないのだ。

俺の予想ではたぶん、女性のほうが頑張って勉強すると思う。

農家ならほとんどの場合は長男が継ぐことになる上に、結婚相手も父親が勝手に決めるのだ。

かといって女性で自立して生活していくにはこの世界は優しくない。

が、バルカでは例外がいるのだ。

ヘクター兄さんの奥さんであるエイラ姉さんはリード姓を与えられてバルカニアの一区画を任されるに至った。

そして、それを見て多くの女性がエイラ姉さんに続けとばかりに勉強に励んでリード姓となったのだ。

そのことが知られれば各地に造った小学校でも勉強に力を入れる女の人は多数いるはずだ。

それが実現すれば人材不足も十分に補うことができる。

こうして、俺は新たな財源をもとにフォンターナ領各地に小学校を建設していったのだった。

◇◇◇

「おお、これが人体解剖図の完成版か。……ふむふむ。系統だって分類したうえでわかりやすく注釈も入っている。しかも、精密な絵が描き込まれてだ。これは非常に良い出来だな」

「……ありがとうございます、バルカ様」

「ん？　どうしたんだよ、画家くん？　なんか声が暗いぞ。せっかく人体解剖図が完成したんだからもっと喜んだらどうなんだ」

「ええ、そうですね。大変名誉な仕事をバルカ様にはさせていただきました。これを故郷に持って帰って自慢することとします」

「……故郷？　え、もしかして田舎に帰るのか？　絵描きとして成功するって頑張っていたんじゃないのか、画家くん？」

「……だって、しょうがないじゃないですか。今、巷にあふれている絵をバルカ様はご存じないとは言わせませんよ。なんですか、あれは。絵画の基礎もなにもないド素人が【念写】で紙に写しただけの女性の裸をありがたがっているなんて、信じられません。バルカ様には私の気持ちなんてわからないかもしれませんが、田舎に帰る前に言わせていただきましょう。あんなものは邪道です。絵と呼ぶのもおこがましい。あのようなものが広まってしまっては芸術というものが理解されなくなってしまいます。つまりですね……」

「ちょっと待て。落ち着けよ、画家くん。ようするにあれか。【念写】でお手軽に描写した絵が広まったおかげで、画家くんの絵が評価されないとかそういう話か」

「い、いいえ、違いますよ。私個人の絵の話をしているのではありません。そうではなくてですね。人々が持つ審美眼というものが」

「いや、違わないでしょ。画家くんの描く絵が評価されないから、田舎に帰るって言ってるだけでしょ」

「……う、いえ、……そうかもしれません」

「まあ、気持ちがわからんでもないけど、せっかくここまで頑張ってきたんだ。人体解剖図が完成したんだし、これからも多少の援助はしてやるからもうちょっと頑張ってみたらどうだ？　前も言ったけど、【念写】では描写できないような絵を描けば、評価してくれる人もいるって」

「簡単に言いますけど、今まで描いてきたやり方を捨てることもできないんです。私には精密な描写の絵しかないんです。それがあんな魔法一発で作られた絵と比べられるなんて悔しすぎますよ」

「うーん、そう言われてもな。俺も絵について詳しいわけじゃないから。ああ、けど昔聞いたことのある画家についての話をしてやろうか。参考にすれば今までとは違った絵も描けるかもしれないぞ」

　フォンターナの街で執務を行なっていた俺のもとに入った連絡。

それは以前よりバルカニアで行われていた仕事の一つが完了したという内容だった。

人体解剖図の本が出来上がったのだ。

医師のミームが解剖を担当し、その描写を画家のモッシュが引き受ける。

両名ともカイルから名付けを行われたリード姓を持つ者同士だが、ミームは画家くんの手によって絵が描かれることを望んだ。

解剖した図解を適切に描写してそこに医学的所見を書くには、そのままを【念写】するよりも人の手のほうがよかったのだという。

俺はその仕事を通じて画家くんが自分の腕に自信を持つのではないかと思っていたが、どうやら違ったようだ。

アダルトなイラストよりも画家くんの絵が低評価にさらされたのかもしれない。

ひどく落ち込んで、田舎に帰ると言い出した。

ぶっちゃけた話、別に田舎に帰ろうがどうしようが彼の自由ではある。

が、せっかくここまで頑張ってくれたので一つアドバイスをすることにしたのだった。

俺自身は絵を描くことなどはできない。

なので、技術方面で画家くんにアドバイスするのもためらわれた。

だが、ふと前世で聞いたことのある画家の話を思い出したのだ。

その話を画家くんへとしてやることにした。

◇◇◇

歴史の中で名を残す画家は総じて才能のあるものだと思う。

天才的ななにかを持つ巨匠たち。

そんな天才の中に混じって、とある方法で名を連ねた画家がいた。

彼は画家にとって一番重要なのは絵を描く技術ではなく、インスピレーションだという考えに行き着いたのだ。

つまり、発想やひらめきなどといったものだろう。

常人には思いつかない、これはと思うものを考えて描く。

それこそが大切だと考えたのだ。

だが、そう考えたところで一瞬のひらめきを意図的に引き出すことはできない。

普通ならば誰でもそう判断するだろう。

しかし、彼は違った。

一瞬のひらめきを意図的に作り出す方法を編み出したのだ。

その答えはまどろみの中にあった。

眠りに入る直前の、頭が覚醒と休眠の間にある瞬間に人はひらめくということに気がついたのだ。

ようするに、ウトウトしているときに「あ、今いいアイディアをひらめいた」と思うアレである。

多くの人が経験したそれこそが天才へとなるための手がかりだった。

だが、多くの人が同じようにひらめいた経験があるのに天才にはなれない。

それはなぜか。

夢見心地の中でひらめいたことはほとんどが荒唐《こうとう》無稽《むけい》なことであり、しかも、すぐに忘れてしまうからだ。

なにかいいことを考えついたけど忘れた、というやつである。

「というわけで、画家くんにはこれをあげよう」

「これって、金属の匙ですか？」

「そうだ。今日から寝るときにはこの匙を持って寝ろ。ウトウトしたときは握力が無くなって匙が落ちて音がするから目が覚めるはずだ。そのときに、夢の中でなにかひらめいたと思ったら、すぐに紙に書き残すんだ」

「……絵を描くうえでひらめきが重要であることは私もわかります。ですが、そんな方法で本当にひらめきなんて得られるのでしょうか？　現実味のない変な考えが寝ぼけた頭に浮かぶだけでは？」

「そうかもしれないし、そうじゃないかもしれない。確か、このやり方を考えた人は物が半分ドロっと溶けたような絵を描いていたんじゃなかったかな？　でも、たしかに普通の人では思いつかないような変わった絵を何度も描いていたはずだ。精密な描写しかできない画家くんが殻を破る方法としては結構いいんじゃない？」

「そうですか。そんな画家の話は私は聞いたこともありませんが、わかりました。一度、やってみることにします」

「ああ。ま、もうちょっと気楽にやりなよ」

おぼろげな記憶と前世の画家の話でうまく画家くんをやる気にすることができたようだ。

しかし、画家くんと話すまで前世でそんなエピソードを聞いたことがあったことすら忘れていた。

あと、俺が知っている絵の話って何かあっただろうか。

そう考えたとき、ふと、あるものが目に留まった。

それはこのフォンターナ領の土地に関するものだった。

フォンターナの街を中心にして描かれた地図だ。

子どもの落書きのような地図ともいえないような地図。

それを見て、そういえば前世ではもっと地図にもルールがあったように思う。

方角を記して、尺度を記載して、等高線を引き、建物などは決められた図形で描いていたので、どの土地の地図を見てもパッとわかったものだ。

せっかくバルカ騎士領だけではなく、フォンターナ領全体を統治できる立場についたのだ。

メートルなどの長さの基準などと一緒に、地図表記のルールも統一してもいいかもしれない。

こうして、俺は画家くんと話しながら、フォンターナ中にメートルやグラムなどの度量衡と地図表記の統一を徹底させることをひらめいたのだった。

◇◇◇

「アルス様、少しお聞きしてもよろしいでしょうか?」

「どうした、ペイン。なにか新しい問題でもあったのか?」

「いえ、問題というほどではありませんが、もしかするとこれから問題化してくるかもしれません」

「なんだ?　気になることがあるなら言ってくれると助かる」

「アルス様はカルロス様の仇を討とうとはお考えではないのでしょうか?」

「……仇?　いや、カルロス様に攻撃を仕掛けた犯人ってまだ調査中だろ。だれだかわかったのか?」

「いえ、まだ判明していません。が、フォンターナ家当主であるカルロス様に勝つというのは普通の騎士ではまず無理です。少なくとも当主級の実力者であることは間違いないでしょう。そして、王領に入る直前に王ともども襲われた。……あの場で当主級を複数動かすことができた勢力は当然限られています」

「やめろ。確定していないことでむやみに疑いだしたら敵を増やすことになる。憶測だけで仇討ちを叫ぶなんてやったら、こちらが痛い目に合うぞ」

「私もそう思います。ですが、フォンターナ領でそういう声が上がっているのか？　カルロス様の仇を討とうって」

「……もしかして、フォンターナのためにという目的を達成するため、卑怯にも闇討ちされて命を落としたカルロス様の仇を討とうと考えるのはある意味自然です。物事を大きく大局的に捉えることができずに感情だけで動こうとする者は特に」

「なるほど。と、すると結構根深い問題になるか。カルロス様の仇を討つのは当然だと考えるような奴なら、俺が仇討ちに動かないとなったときに矛先が変わるかもしれない。仇を討とうともしない俺は腰抜けだとか弱腰だとか言い出すかもってことだな？」

「はい。そのとおりです」

フォンターナの街でフォンターナの力をつけるために農地を改良したり、人材を集めたり、学校を造ったり、統一基準を作ったりという仕事をこなしていた。

机にかじりついてせっせと仕事をしていた俺にペインが話しかけてくる。

その内容は俺があまり考えていなかったことだった。

急死したカルロスの仇討ちを考える連中がいる可能性。

俺はそのことをあまり考えていなかった。

実を言うと自分の命が最優先でフォンターナ家の当主代行という地位についたので、カルロスの死についてしっかりと向き合っていなかったのだ。

カルロスは俺にとってはいい上司だったと思う。

フォンターナ家家宰のレイモンドを倒した直後はその後の展望が全く見えずにいたが、それがカルロスによって救われたのだ。

カルロスの配下の騎士になるということでレイモンドを討ち取ったことについては不問となり、領地まで与えられた。

それにその後もなんだかんだでカルロスは俺に甘かった。

バルカとしての力がカルロスにとっても必要だったということもあるだろう。

だが、それでも俺はカルロスの庇護下でかなり自由に動けたのだ。

例えば商売一つにとってもそうだ。

俺が新しいものを開発し、それを商売の種にして稼いでいたときも、カルロスはそれを見守ってくれていた。

もし、カルロスが俺を下賤な農民上がりの騎士だとバカにして、開発した商品を取り上げたりする強欲貴族だったらどうなっていただろうか。

今のように金を稼いで、それをもとにさらにバルカを発展させて新たな商売につなげていくなどということは到底不可能だっただろう。

たまに無茶振りが飛んできて死ぬんじゃないかと思うときもあったが、総合的に考えるとかなり自由にやらせてもらっていたのだ。

感謝してもしたりないくらいだろう。

そういう意味においては俺はカルロスに対して好意を抱いていた。

が、だからといってカルロスの死の原因について深く追及していくかというと難しい問題になる。

もちろん、ペインの言う通り、カルロスが襲われて死んだことについて完全になにもしないというのはありえない。

だが、だからといって、誰を仇討ちしろと言うのか。

もし、名指しでどこかの貴族を非難してそれが違った場合、大きな問題となる。

最悪の場合、そのことが原因で戦に発展する可能性だってあるのだ。

もちろん、今の状態でフォンターナがどこかと戦うなどありえない。

今はまだ、力を溜めるべきときだからだ。

「現状で仇討ちに動くことはできない。が、たしかにカルロス様を思う気持ちは俺にもある。というわけで、不満をそらすために別のことをしてみようか」

「別のことですか？」

「カルロス様の葬儀を大々的に開こう。それこそ、フォンターナ中で亡くなられたカルロス様を悼んで思いを馳せるようにしようじゃないか」

「……そういえば、以前旧アーバレスト領のパラメアで祭りを開いたのだそうですね。なるほど、カルロス様の死についてアルス様も心を痛めていると広く知らせると同時に、一緒に涙を流して興奮した気持ちを抑えようというわけですか」

「ああ、金ならあるからな。盛大な葬儀を行おうじゃないか。なんなら、カルロス様がいかに優れたお方だったかを本にまとめてフォンターナ領全体に配布するのもいいかもしれない。で、最後にこう付け加えよう。カルロス様の死を悼んでフォンターナは一年間喪に服す、と」

「喪に服す。つまり、フォンターナは一年は戦をしない、ということですか？」

「駄目かな？　何かあれば防衛はするけど、基本的にはこちらからは攻勢にはでないと表明する。どっちかと言うと、フォンターナ領の中の過激派騎士の動きを抑える口実になると思うんだけど」

「そうですね。念のために他領と領地を接する地点は防衛軍を配置する必要はあるでしょうが、味方の暴走を防ぐ効果はあるかと思います」

「よし、なら決まりだ。葬儀の準備を進めようか。ただ、喪に服するというのは先に発表していいだろう。頼めるか、ペイン？」

「はい、かしこまりました、アルス様」

よしよし、これでまた少し時間をかせぐための理由ができた。

葬儀関係についてはフォンターナ家の歴史を調べて、一番盛大になるようにするとしよう。

喪に服するとか言っておいて盛大に式をするというのもおかしいのかもしれないが、まあいいだろう。

こうして、少しずつ雪が降り始めた時期を迎えながらも、俺はカルロスの偉大な軌跡という本の執筆を命じながら葬儀の準備をすすめることになったのだった。

◇◇◇

「本を出す？　カルロス様のか？　ちなみにだが、それは誰に読ませるための本なんだ？」

「え……、誰ってフォンターナ領のみんなだけど……」

「だから、そのみんなっていうのは誰を指しているんだ、アルス？　各地を任されている騎士たちでいいのか？」

「いや、騎士だけじゃなくて領民たちにもカルロス様のことを知ってもらって、ついでに俺がそのあとを継いだのは正当なものだと説明をつけるつもりなんだけど」

「駄目だろうな。お前、父さんは今も文字は簡単なものしか読めないってこと忘れてないか？　そのへんの農民たちも本なんかあっても読めるわけないだろ。騎士向けに本を出すっていうんなら別に反対はしたりしないが、フォンターナ領全体に本を配布するってのは明らかに無駄だぞ、アルス」

「駄目かな、父さん？」

　俺がペインと話をして決めたカルロスの葬儀について、その後、他の者にも話していたら父さんから反対意見が出た。

　もちろん、カルロスの葬儀そのものに反対が出たわけではない。

　だが、大衆向けにカルロス本を配布するというのは却下された。

　理由は単純にして明快な「庶民のほとんどは文字を読めない」ということだった。

　考えてみれば当たり前である。

　文字の読み書きや計算ができない人に教えるための学校を造っているのだから当然だろう。

　以前聖書を販売しようとして諦め、アダルトな絵を売り出したのは外でもない俺なのだ。

　しかし、そのことをすっかり忘れてしまっていた。

　だが、そうなるとちょっと方向転換する必要があるかもしれない。

俺が私利私欲のためにフォンターナ家を乗っ取ったのではなく、あくまでもカルロスという貴族家の当主をリスペクトしているということを庶民レベルで広めたいのだ。

特にフォンターナ家直轄領などは徴兵制までもを導入しているのだ。

大衆人気はあったほうがいい。

しかし、本がだめとなると何か代わりに俺がカルロスを尊敬してたことを証明し得る方法はないだろうか。

それも文字などを使わずに一般人にもわかりやすい形でだ。

「それなら、何かにカルロス様の名前をつけるっていうのはどうだ？」

「名前？　カルロス様の名前をなにかにつけて、それが意味あるのかな？」

「父さんはあると思うぞ。ほら、前にお前がカイルの名前をダムに使ったことがあっただろ。あれのおかげでバルカ騎士領では今まで無名だったカイルの名前がそれなりに広まったんだ。あれがなかったら、いくらアルスの弟だからって、当時十歳にもなっていない子どもが軍の指揮を任されても兵士たちはついていかなかったと思うぞ」

「……あのカイルダムにそんな効果もあったのか。けど、カルロス様の名前を何につけるのがいいのかな。すでにある既存のものに名前をつけてもあんまり意味なさそうだし、だからといって、今からカルロス様の名前を使った建物を建てるとなると時間がかかることになるし」

「うーん、そうだな。建物に名前をつけるのもいいけど、別にほかのものに名前をつけるのも悪くないと思うんだけどな」

「どういうこと？　もしかして、父さんにはなにか考えがあるの？」

「いや、別に大した考えはないよ。アルスに色々言ったけど、別に父さんは頭が良くないから」

「考えついたことがあるなら言ってくれないかな。なんでもいいから」

「そうか？　まあ、大したことじゃないんだけどな。グランさんみたいに新しく作ったものや自分の作ったものに名前をつける造り手もいるだろ？　だから、これからフォンターナ中に広まっていくものにカルロス様の名前をつけさせてもらうってのはどうかなって思ったんだ。そうすれば、その品を見るたびにカルロス様のことを思い出すし、ずっと名前が残ることになるだろ」

「なるほど。日常的なものに名前をつけるのか。ただ、下手なものにカルロス様の名前を使うのも問題になるかもしれないけど……。というか、これからフォンターナ領全体に広まるものなんかそう簡単にないだろうし」

「いや、一応あると言えばあるぞ。間違いなくこれからどんどんフォンターナ領に広まる商品が。酒だ。アルスが去年開発した蒸留酒はこれから間違いなく広まっていくと父さんは思うんだ」

「そうか。酒があったか。確かに酒なら人名をつけてもいけるかも」

父さんに言われて思わず膝を打った。

たしかにそうだ。

今までこのあたりでは蒸留という技術がなかった。

それを俺が新しく導入して、蒸留酒という今までなかったものを作り出したのだ。

それにカルロスの名前をつける。

いいかもしれない。

カルロスも結構酒が好きなやつだったしな。

なんなら、カルロスが愛した酒だ、なんて言葉をつけて売り出すのもいいかもしれない。

フォンターナ領の領地を短期間で拡大した英雄的貴族のお気に入りだった酒といえば、売上が上がるかもしれない。

「ちなみに、父さんだったら蔵で寝かせている蒸留酒のどれがカルロス様の名に相応しいと思う？」

「そりゃ、間違いなくあれだろ。何度も蒸留して度数を上げて、炭で濾過《ろか》したやつだ。なんだったっけ？　あれはお前が作ったんじゃなかったか。たしか、ウォッカとか言っていたような」

俺が訊ねるとすぐさま答えを返してきた父さんの返答。

それは俺が作った酒だった。

といっても、原案は俺ではない。

あくまでも、前世の記憶から引っ張り出した蒸留酒の知識からできたものだった。

ウォッカといえば、ロシアなどの寒い地域でよく飲まれていた度数の高い蒸留酒だ。

蒸留を一度で終わらすことなく、何度も繰り返す。

そうして、非常に高い濃度の酒を作り出し、さらにそれを白樺炭などで濾過するという製法が取られるお酒だ。

もっとも、その製法をきっちりと知っていたわけではなかったので、あくまでもその知識をヒントに試しに作ってみただけだ。

だが、これが人によっては結構評判がよかった。

バルカニアで昔グランの作った炉によって上質な炭を作る職人を育てていたこともよかったのだろう。

そのバルカの炭を使って濾過したウォッカもどきの酒は非常に度が強いにもかかわらず、癖が少なく割合飲みやすい酒になったのだった。

水や果汁などで薄めて飲めば、度数が高すぎて飲めない人でも楽しむことができる蒸留酒として完成したのだ。

それにウォッカは寒い冬の時期があるこの地域にも合う可能性がある。

飲めば体がカッカと熱くなるし、度数が高いゆえに水のように凍ったりしないのだ。

前世では命の水なんて言い方をされているという話を聞いたこともある。

北の領地を統べることに成功した氷の貴族であるカルロスが凍ることのない命の水を作り上げた。

蒸留酒を広げていく際に使うエピソードとしても十分通用するのではないだろうか。

それに酒なら文字の読めない庶民でもわかりやすい。

意外といいアイディアなのではないかと思う。

こうして、俺は試作段階が続いていた蒸留酒作りの多くをウォッカあらため「カルロス」という酒に集中し、騎士などの上流階級向けのカルロス本と庶民向けの新酒の販売を通してカルロスをヨイショしつつ、俺の正当性も訴えていくことにしたのだった。

◇◇◇

「リオンはこの冬は戻ってこないのか？」

「うん、そうみたいだよ、アルス兄さん。リオンさんは王都にとどまって三貴族同盟の会談の行方を見守るって連絡があったから」

「そうか。それは助かるけど大丈夫なのかな。護送隊を襲撃した犯人もまだ確定していないのに」

「ボクも心配だったからそういったんだけどね。リオンさんは大丈夫だって言っていたよ。これもフォンターナのためだからって」

「……もしかしてカルロス様たちが亡くなったことを気に病んでいるのかな？　自分の責任だとか言って。カイル、もしそうだったらいけないから、後で【念話】で気にするなよって俺が言っていたって伝えといてくれ」

「うん、わかったよ、アルス兄さん」

「で、ほかにリオンはなにか言っていたのか？」

「実は三貴族同盟の会談だけど、あんまりうまく話がまとまっていないらしいんだ。もしかしたら、話し合いではどこが覇権を握ることになるのかは決まらない可能性があるかもしれないって」

もうそろそろ冬が来る。

すでに雪が降り始めているのだから、新年の挨拶に間に合うようにリオンが帰ってくるにはいい加減こちらに向かって移動していなければいけない頃合いだった。

だが、連絡をとったカイルが言うところによると、リオンはそのまま遠方に位置する王領に滞在するらしい。

どうやら、三貴族同盟の会談がどうなるのかが不透明性を増しており、その結末を近くで見届ける気なのだそうだ。

三貴族同盟の会談というのは、もちろんフォンターナが聖剣をチップにして開催にこぎつけたものだ。

教会は基本的に中立である。

であるので、例えば交戦中にあったメメント家とフォンターナ家の戦いのような直接的な事象に介入というのはやりたがらない傾向があるらしい。

だから、フォンターナ家は三貴族同盟同士の会談が行われるようにセッティングした。

これは、すでに元覇権貴族のリゾルテ家が三貴族同盟に敗北しており、あとは三つの貴族家のどこが覇権をとるのかという問題だけだったのもある。

教会側としては、三大貴族家に対して「戦ではなく交渉のテーブルについて話し合いで決めるのはどうか」と提案したに過ぎない。

なので、三大貴族家のどこが覇権を握ることになろうとも、俺が約束した聖剣の奉納は間違いなく履行されることになる。

この会談で覇権貴族が決まるのならこちらも方針を決めやすい。

最悪、俺が自分の命を優先するだけであれば、覇権貴族に頭を下げて彼らの下に付けばいいのだから。

一度手に入れた領地を減らされたり、不平等な条約を結ばされる可能性もあるが、こちらとしては一応メメント家の軍と戦ってそれをはねのけたという実績がある。

ある程度の配慮はしてくれることだろうと考えている。

が、どうやらそうはいかない可能性が高まってきた。

それは「王の死」が関わっている。

フォンターナが保護し、メメント家をはねのけながらも王都へと送り届けることになるはずだった王が死んだ。

しかも、それがどこの誰によるものかがはっきりと分かっていないのだ。

だが、誰だってこう思うだろう。

今、王を殺そうとする動機があるのは三貴族同盟の中のどれかだ、と。

それがこの会談を複雑にしていた。

三大貴族家がお互いに「お前のところが王に剣を向けたのだろう」と牽制しあっているのだ。

すでに王家には力がない。

だが、それでも王を直接殺めるようなことは禁忌とされていた。

そんな禁忌を犯した者が新たに覇権を握るなどとはとんでもない。

三つの貴族家が残りの二つの貴族家に向かってそれぞれそう言い合っている状態なのだ。

だが、何事にも怪しいやつというのはいるものである。

今回の件もそうだ。

王を殺す、という禁忌を犯すなどとんでもないが、それをする可能性があると思われている貴族家があるのだ。

と、言っても決定的な証拠も無ければ、否定の声も上げている。

だが、三大貴族家の中でメメント家は「王の身柄の引き渡しを要求する」としてフォンターナ家と戦っている最中だった。

これは、力ずくで王の身柄を確保しようとしているものの、王を殺すために軍を出していたわけではない。

そして、三貴族同盟の中で最大の勢力を持つと言われるラインザッツ家は王が王領へと戻り、話し合いが上手く進めば一番覇権貴族になる可能性が高かった。

わざわざ王を殺して混乱を招くことをすると考えるのは少々不自然である。

では、最後に残ったもう一つの貴族家はどうだろうか。

三貴族同盟の中では一番勢力が弱いと言われているのだ。

そのまま、何も手を打たなければ最大勢力を誇るラインザッツ家が覇権を持っていきかねず、その次に力のあるメメント家が王の身を押さえれば話し合いを待たずに覇権を名乗るかもしれない。

せっかく、他の貴族家と同盟を結んでまで旧覇権貴族であるリゾルテ家を倒したというのに、このまま座して待つばかりではなんの利益も得られないのではないか。

王の死という痛ましい事件は、そう考えたがゆえの凶行だったのではないか。

三貴族同盟の周囲ではそういう意見がチラホラと出てきているのだそうだ。

もちろん、それが正しいことであるとは限らない。

今述べた理由だってかなりいい加減なものだ。

メメント家やラインザッツ家が絶対に王を殺すことがないなどという証明にはなりはしない。

が、疑心暗鬼というのは一度陥るとなかなかそこからは抜け出せないのだろう。

三貴族同盟の中で亀裂が生じ始めている。

覇権にたどり着く間際になって躓《つまず》いてしまったがゆえに、「これは誰の責任だ」と他者にうまくいかない原因を求めてしまうのかもしれない。

それぞれが強大な勢力を持つ三つの貴族家がそれぞれを敵視し始めている。

だが、冬になる前に暴発することはないだろう。

おそらくは冬の間も続くであろう会談で話し合いがうまくいかなかった場合、王の死という火種が大きく燃え上がる可能性がある。

やはり、リオンには王領に残って三貴族同盟の会談についての進捗を逐一報告してもらおう。

もしかすると、来年はさらに各領地が大荒れすることになるかもしれない。

リオンの報告をカイルから聞きながら、窓の外に降る雪を見つつ俺はそう思ったのだった。

◇◇◇

フォンターナの街にある教会。

そこに、フォンターナ領から続々と騎士が集まってきていた。

もうじき年が変わるという時期で、例年フォンターナ領の各地から騎士が集まるが、その数が多い。

それも当然だろう。

この一年でフォンターナ領の領地は以前までの三倍ほどに跳ね上がっているのだから。

しかし、普段とは少し違ったのは騎士が集まるタイミングが例年よりも少し早いということだ。

これは、通常であれば領地を治める貴族の当主に対して新年の挨拶をするのだが、今年に限っては亡くなったカルロスの葬儀をするためだ。

結局、カルロスの葬儀は年が暮れる前の冬の時期ということになったのだ。

大々的にカルロスの葬儀を執り行うにしても、各地にいる騎士を集める必要があり、それが何度もあると大変だということで、集まる機会を一度にしてしまおうという考えからきている。

そのため、カルロスの葬儀をして十日ほど経てば年が明けるというタイミングになってしまったのだ。

雪がシンシンと降り積もる中に集まってきた騎士たち。

旧ウルク領であるウルク地区を治める騎士たちはほとんどフォンターナの街に来ていた。

だが、旧アーバレスト領であるアーバレスト地区担当の騎士は若干少なめだ。

これはアーバレスト家から領地を取り、それほど時間が経っていないためにまだ西が完全に安定化していなかったからだ。

イクス家のガーナは来ているが、バルガスはアーバレスト地区に残って領地を守っている。

だが、それでも大勢の騎士が集まった。

その中でカルロスの葬儀が行われた。

教会の中に置かれた棺の中にカルロスが眠っている。

といっても、その体は五体満足に揃っているわけではなかった。

王の護送中に襲撃を受けて非常に激しい戦闘になったのだろう。

体のあちこちに傷を負い、喪失してしまった部位もある。

というよりも、護送部隊が壊滅し、生き残ったリオンですらほうほうの体で逃げ延びたのだ。

あとになって回収できたカルロスの遺体は大きく損傷していた。

だが、一応棺桶のなかに眠るカルロスは穏やかな顔で眠っているように見えた。

ミームと一緒にエンバーミングを施して、遺体を修復したかいがあったというものだ。

そのカルロスの遺体が納められた棺をパウロ司教が弔っている。

棺に向かってカルロスの遺体へ祈りを捧げ、次に集まった騎士たちに向かってありがたいお言葉とやらが含まれた説法を説いている。

それがようやく終わった。

「それでは、聖騎士アルス・フォン・バルカ、前へ」

「はっ」

「フォンターナ家先代当主カルロス・ド・フォンターナに対し、フォンターナ家当主代行として祈りを捧げなさい」

「はい。カルロス様、あとのことは私にお任せください。必ずやフォンターナ家を守り抜いてみせましょう」

葬儀の最後にパウロ司教に呼ばれて前に出ていった俺が、カルロスに最後の言葉を送る。

そうして、魔法を発動させた。

フォンターナ家が誇る上位魔法、【氷精召喚】だ。

俺の唱えた呪文に呼び出される青い光の球をした氷精が周囲へと浮かぶ。

その氷精に対して、俺は命じた。

カルロスの入った棺の中を凍らせよ、と。

次の瞬間、棺の中がカチコチに凍りついた。

どうやら、これがフォンターナ家の当主に対して行う葬儀のやり方らしい。

当主級だけが用いることができる上位魔法をもって前当主を送り出すという意味合いがあるのだとか。

本来なら次の当主であるガロードが行うべきなのだが、さすがに幼子には任せられない。

故に俺が代行したのだ。

以前行なった演説もそうだが、こういうのが意外と良いパフォーマンスになる。

こうして、俺は再び領地中から集まった騎士たちに対して、誰がフォンターナを率いているかを見せつけることに成功したのだった。

「新年明けましておめでとうございます、アルス様。我らは今年もフォンターナ家のために粉骨砕身《ふんこつさいしん》働くことを誓います」

カルロスの葬儀を行い、少し時間が経過すると今度は新年の挨拶が行われた。

葬儀の後は雪が降り積もり、他にすることもない騎士たちに葬儀でも提供していた新しい酒として「カルロス・ド・フォンターナ」という銘柄を振る舞ったところ、こちらの予想よりも良い評価を得られたようだ。

特に度数が高かったのが気に入ったのかもしれない。

カルロスの死を悼みながらみんな盛大に飲んでいた。

ちなみに俺はまだ子どもだという理由でほとんど飲んでいないが、よくあんなに飲めるものだと感心してしまう。

数日に亘って酒盛りが続いたあと、年が明けて新年の挨拶へとやってきた騎士たちに対応したのもガロードの代理である俺だ。

みんなが俺に頭を下げていく。

が、意外と数が多く、これだけで一日が終わってしまいそうだ。

よくこんなことをカルロスはやっていたなと思ってしまった。

「あ、アルス様、これはいったいどういうことでしょうか？　今年フォンターナへと納める税収ですが、これはなにかの間違いなのではないのですか？」

「いや、間違いではない。領地を任せている以上、税はしっかりと納めるようにな」

「しかし、これはいくらなんでも多すぎです。このような税を納めることは到底無理ですよ」

「そんなはずないだろう。土地の広さから畑の面積を出して、収穫可能な麦の収穫量を予測して出した計算によるものだ。かなり余裕のある水準にしているぞ」

「そんなバカな。今までこのような収穫はできたことがありません。計算をしたというのであれば、それは計算結果が間違っているのだと考えられます」

「……ああ、なるほど。そちらはバルカの農地改良をしていないのか。農地改良を行えば十分に達成可能な数値だから、土地の再開発を行うように」

「そんな……。バルカの農地改良というのは、以前からやっていたあなたの部下の派遣のことでしょう？　それをやらなければ達成できない税収を払うなどとはおかしいではありませんか」

「そんなことはない。むしろ、農地を改良すればフォンターナ家に税を納めても余裕で余剰分がでるくらいで今まで以上の財政を確保できるはず。だというのに、それをしないというのは職務怠慢だよ。場合によっては土地を治める資質なしと判断されかねないから、検討しておくように」

「ぐっ、わかりました。考えておきましょう」

もっとも、各騎士との話に時間がかかるのはそれなりに話すべきこともあるからだ。

特に一番多いのは税収についてだった。

基本的には領地を持つ騎士にはその土地で取れた税から上位統治者であるフォンターナ家に納税するようにとこちらが命令する。

だが、それが問題になっていた。

フォンターナ領の中で麦が穫れる土地と穫れない土地がはっきりと分かれているのだ。

しかもそれは地形などの要因ではない。

バルカに農地改良を依頼したことがあるかどうかで大きく違っていたのだ。

かねてから行なっていたバルカの派遣事業で、各地の騎士領に農地改良を行なっていたが、それを依頼した土地はどこも飛躍的に収穫量が上がっていたのだ。

だが、すべての騎士領が農地改良を依頼していたわけではない。

なにせ、こちらは金を要求していたのだ。

依頼をするかどうかはその騎士領に委ねられていた。

が、俺がフォンターナ領の当主代行となったときに、税は畑の広さできっちりとることに決めたのだ。

同じ広さでもバルカが手入れした土地としていない土地では収穫量に違いがある。

そして、俺が計算の基準としたのは前者の農地改良した土地での収穫量だったのだ。

そうなると、古い農地ではまず払えないような税になった。

その土地の騎士からは非難囂々《ごうごう》だが、こちらも譲れない。

なにせ、フォンターナ領の税収をいかに上げるかが俺にとっても重要課題なのだから。

彼らには悪いが俺から借金をしてでも農地改良をしてもらうことにする。

こうして、新年からフォンターナの騎士とバチバチやり合う領地経営が始まったのだった。

◇◇◇

「一応、ほとんどの騎士は農地改良を受け入れたことになるのか」

新年の挨拶という行事が終わったあと、俺は子どもの体には似つかわしくない肩をポンポンと叩く仕草をしながら独り言をつぶやいてしまった。

まあ、それも仕方がないことだと思う。

随分といろんな騎士と話し合いをし続けたのだから、それも当然だろう。

俺がフォンターナ家の当主代行として行なった仕事の中で、もっとも重要で影響が大きかったこと。

それは税制改革だったからだ。

各地における土地の広さとそこにある畑の面積を算出し、翌年の収穫量を予想し計算する。

そして、それらのデータをもとに各地を治める騎士たちから取り立てる税を発表したのだ。

その税の額面は去年までと比べると全く違っていた。

予想以上に膨れ上がった納税額を見れば誰だって文句を言うだろう。

だが、この数値はあくまでも今年のものであり、来年からはさらに変わる可能性もないではない。

もしかすると、どうしても受け入れられない騎士たちのなかには目の前にいる俺に殴りかかってくる可能性があるのではないかとすら思っていたほどだ。

しかし、計算上ではかなり甘めに設定しているというのも事実だ。

それほど、俺の魔法の【整地】と【土壌改良】を行うと収穫量が伸びるということになる。

もっとも、俺も鬼ではない。

ある程度の交渉で、納税額の減額を認めたところもある。

いくらバルカの魔法が優れているといっても、一度にフォンターナ中の土地を改良することはできないからだ。

まずはフォンターナ家直轄領をしっかりと改良したうえで、他の騎士領などにも広げていく。あくまでも交渉術のひとつとして、先に大きな数値を見せておき、そこから両者で妥協案を探るためのものだったのだ。

さらにいえば、麦以外でも税を納めることができる仕組みも考えていかなければならない。いくら収穫量を伸ばすのが当面の目的であるといっても、ありすぎても困るという面がないわけではないのだ。

今までよりも遥かに多く麦を収穫することができれば、いずれ麦相場は下落する。すると、結局はたくさん麦を作っても思っていた以上にはお金にはならなかったということになる可能性もあるからだ。

実はこの点についてもある程度考えている。

それが、メメント家と交わした講和の条件だった。

メメント家には今後数年間に亘って麦を格安で販売するという約束を交わしている。

これは俺が戦ったメメント軍を撤退させるための条件としても役に立った。

麦は税である、という認識のなかで格安で販売し続けるというのはメメント軍の面目を保つための狙いがあった。

あたかも彼らがこの条件をフォンターナ側に突きつけて認めさせたのだという体面をとることができるからだ。

そのことだけを考えると、メメント軍にいた当主級を二人も討ち取ったフォンターナはかなり割りを食ったように見えなくもない。

が、相手の軍をスムーズに引き返させることを優先したことと、麦相場のことも頭の片隅にあったのだ。

フォンターナ領で増える麦の相場を安定させるために、当初は酒造りを推奨するつもりだった。

たくさん収穫した麦の一部を蒸留酒の材料にすることで、麦相場の値段を安定化させようと考えていたのだ。

だが、この発想はあくまでもカルロスが存命だったときのものだ。

カルロスがいる段階では、そこまで急激にフォンターナ領の農地を再開発する気はなかった。

あくまでもゆっくりとしたペースで農地改良の派遣を請け負い、麦相場についても酒造りを広めつつ、市場原理が働いて安定するのを待つというスタンスだったのだ。

が、ほかの大貴族たちから目をつけられかねない状態になってしまった以上、相場の変動を悠長に見守るというのは危険だった。

なので、各地の騎士たちからは強引にでも税として麦を納めさせ、それをメメント家に直接販売することで麦の相場価格の安定を狙ったという意味合いがあの講和にはあったのだ。

今後、数年間はメメント家に麦を売りさばき、その間はデータをさらに集める。

そうして、麦のほかに別の野菜や油が採れるアブラナなどにも移行していけばいいだろう。

あとは、さらに金を稼げる方法があればなおよしだろうか。

◇◇◇

「と、いうわけで、こいつを売りたいんだが……。売れるよな？」

「そりゃ、もちろん売れるだろ。というか、買い手が付きすぎるからこれこそ価格調整が必要だと思うぞ、坊主」

「だよな。おっさんもそう思うよな。魔力回復薬よりも早く魔力補充できるし、使い勝手がいいからな」

麦の相場について思考が一段落ついたら、今度は別のことをおっさんと話し始めた。

それは魔石の販売についてだった。

実は先日ようやく【魔石生成】という呪文を完成させたのだ。

その名の通り魔石を作り上げることができる魔法だ。

青いクリスタルのような魔石は、魔力が込められるほど青色が濃くなっていく。

魔石に内包された魔力がなくなれば色は薄くなるが、再び【魔力注入】すれば色が濃くなり魔力が補填《ほてん》される。

そして、その魔石を手にしながら魔法を使えば、その魔法に必要だった魔力消費量を魔石から肩代わりさせることもできる。

今までバルカでも使っていた魔力回復薬というのは魔力茸を使ったお茶のようなものだった。

粉末状にしたものをお湯で溶いてから飲み干す。

そうして、しばらくすると魔力が回復してくるというものだった。

つまり、効果は遅効性であり、魔石のほうが即効的な効果がある。

どう考えても便利なのは魔石のほうだというのは、全騎士の共通認識だった。

この魔石を作り上げる呪文を作り出した。

そして、この魔石には販売できるだけの価値がある。

売れることには間違いがない。

おっさんの言う通り、買い手には困らないだろう。

だが、もっといい使い道があるような気がする。

「……魔石の販売はラインザッツ家に限る、っていうのはどうかな、おっさん？」

「ラインザッツ家に限る？　うーん、たしかにあそこは大貴族に相応しい金を持っているだろうけど、なんでラインザッツ家なんだ？」

「覚えていないのか？　俺がメメント家に麦を格安販売するのは通商問題を警戒したからでもある。フォンターナから東側を通って王都圏に行くならメメント家の影響があったからだ。その反対に、西側はラインザッツ家の影響が大きい。魔石販売は他の貴族家にはせずに、ラインザッツ家に限ることで経済的なつながりを維持することを狙ってもいいんじゃないか？」

「なるほど。それはいい考えかもしれないな。西からラインザッツ領に魔石を運ぶなら川の輸送も使える。住民数が減ったアーバレスト地区の仕事を増やすこともできるかもしれないし、一石二鳥じゃないか？」

「よし、なら決まりだ。今後、魔石販売は専門機関を作って、そこからラインザッツ家にだけ販売することにしよう。ラインザッツ家に使者を送って話をまとめるように手配してくれ」

「わかった。すぐに準備しておこうか」

おっさんと話をして、即座に決めた。

だが、これには通商問題以外にも狙いがある。

三貴族同盟としてまとまっていた三大貴族家がお互いににらみ合うような情勢になってきているのだ。

メメント家とだけ取引をしていては、もしも三大貴族家同士が争った場合、フォンターナが自動的にメメント陣営の一員だと判断されても困る。

こちらとしてはどこともイーブンな関係でいたい。

だからこそ、魔石の販売をラインザッツ家に限ることにする。

話がうまくまとまれば、今後ラインザッツ家ともそれなりに良い関係を築けるのではないだろうか。

フォンターナ領にいる自陣営の騎士との関係に対しても頭を悩ませながら、俺は領地外にも目を向けて執務を行なっていったのだった。

◇◇◇

「よく来たな、大将。寒かっただろ？」

「ああ、やっぱ冬に外を移動するってのは無茶だな。短距離ならまだしも、アーバレスト地区まで来るのは遠かったよ、バルガス」

「だけど、意外と来られるもんなんだな。さっすが大将だぜ」

「まあ、移動そのものはヴァルキリーがいるからな。ヴァルキリーは寒いのも暑いのも平気だし、それに新しい暖房器具も手に入れたからな」

「大将にかかれば幻の金属と言われた炎鉱石もただの暖房器具扱いか。やっぱやることが違うな」

「そうか？　誰でも考えつきそうなもんだけどな」

新年の挨拶が一通り終わった。

だが、まだしばらくは雪が降り続き、フォンターナの街に集まった騎士たちは街にある自らの館などでゆったりとした時間を過ごすことになる。

この期間は地元に戻って仕事ができないことになるが、しかし、意外と有意義な時間にもなり得る。領地を任されている騎士にとっては普段は遠く離れた土地の騎士たちと冬になると会うことができるという面もあるのだ。

それぞれの騎士が自らの館で社交界のようなものを開き、いろんな騎士と顔をあわせる。

それは友好を育むことにもなるが、お互いの領地の情報交換や取引などにもつながるのだ。

自然とできていく派閥みたいなものもあるようだが、今年に限っては新たにフォンターナ領に組み込まれた騎士がどのような人物かをしっかりと見極めるためにも有効だろう。

そうして、冬の間中、騎士たちはパーティーを開いて顔を突き合わせていたのだった。

もちろん、俺もカルロスの居城にてパーティーを開いた。

その中で今後のフォンターナの動きを話すこともあれば、リリーナの作る新たな服について話を膨らませたり、あるいはバルカ騎士領にある遊戯エリアに観光に行くように言ってみたりしていた。

だが、常であれば雪解けが始まるまで続くそれらのパーティーをある程度で切り上げて、俺はフォンターナの街を出たのだ。

目指したのは昨年フォンターナ領の一部となり、バルガスがバレス騎士領として治めている旧アーバレスト領都だ。

そのバルガスのもとへと雪が積もった道の上を俺は移動してきたのだった。

多くの人にとって、この行動はありえないものに映っただろう。

極寒の中、移動するなど自殺行為にも等しい。

だが、俺はこうして無事にバルガスのもとにまでたどり着いた。

それはヴァルキリーに大きなソリを曳かせたからだった。

ヴァルキリーは真冬の寒さの中でも問題なく動くことができる。

それはもう何年も前からわかっていた。

そして、かつては冬の時期にバルカ騎士領とフォンターナの街を往復移動したこともあった。

冬になるとたんに食べることができる食料が減るので、温室で育てたハツカなどを売りさばいて金を稼いでいたのだ。

もっとも、今はそのくらいの稼ぎは大したものではないため続けていない。

が、今回やったのはその冬の移動の距離を延ばしただけとも言える。

どれほど気温が下がっても行動できるヴァルキリーに車輪ではなくソリをつけた乗り物を曳かせることでたいていの場所には行ける。

だが、あまりにも遠方であればやはり寒さの問題は大きくなる。

バルカニアとフォンターナの街なら分厚い毛皮のコートを着込んでいればなんとか移動できたが、アーバレスト地区まで行くにはさすがに遠すぎて無理だ。

なので移動の途中で体を温める必要が出てくる。

が、従来であれば冬に暖を取るには薪が必要だった。

雪の降り積もる中の移動でそんな薪を持ち運ぶのはさすがに難しい。

だが、それを解決してくれたのがウルクでは幻と言われた炎鉱石だった。

九尾剣の材料にもなっていた炎鉱石は魔力を注げば炎が出る。

それは使いようによっては気球や飛行船として空を飛ぶための火力にもなり得る。

つまり、魔力さえあればいくらでも火を出し続けることができる不思議物質があるのだ。

それを移動用として活用することにしたのだ。

ヴァルキリーが曳くソリを大型の箱のようにして、その下にスキー板のようなものを取り付けて雪の上を滑ることができるようにする。

そして、箱型にした箱ソリの中に暖炉のようなものをつくり炎鉱石に火をつけるのだ。

ごく少量の炎鉱石でも暖炉の中で燃え続ければ十分に中の温度を暖めることができる。

こうして、俺は一般的には難しいと言われた冬季の長距離移動を可能とすることに成功したのだった。

かつてのウルク家のように九尾剣という武器だけに使用するよりは、こうして活用するのもありだろう。

「それで、わざわざここまで大将が来たのはその暖房付きのソリを見せびらかすってわけじゃないんだろ？　先に【念話】で連絡入れてきたときは、湿地帯に案内しろってことだったみたいだけど、本気か？」

「本気も本気だよ、バルガス。お前も来い。冬の湿地帯に用事があるんだよ」

「……わかっていると思うけど、湿地帯は魔物がいるんだぞ？　それに外は寒い。何しに行くんだよ、大将？」

「そりゃ決まっているだろ。前にアーバレスト家当主だったラグナ殿から聞いた雷鳴剣の材料が湿地帯で採れるんだよ。なら、行くしかないだろ」

そう、俺がわざわざアーバレスト地区にまでやってきたのはそれが理由だった。

カルロスと一緒に王の護送中に死んでしまったラグナが残した雷鳴剣の材料についての情報。

それを採りに来たのだ。

こうして、俺はバルガスを伴ってアーバレスト地区のさらに奥にある湿地帯へと向かっていった。

◇◇◇

フォンターナ領の西に位置するアーバレスト地区。

ここは複数の貴族領から川が流れ込み、更に大きな河となる土地だ。

かつては大きな湖には難攻不落と言われた水上要塞などもあり、固い守りの貴族領であるというのが一般的な評価だった。

だが、その貴族領は昨年隣の貴族領を治めるフォンターナ家に敗北し、降伏したものの、すぐに新たな当主が死亡した直後、賠償請求を強行されて進退窮《きわ》まる状況へと陥った。

そして、現在は旧アーバレスト領はフォンターナ家のイクス家とバレス家によって領地を切り取られてしまった。

パラメア要塞を中心とした領地をガーナ率いるイクス家が治め、旧領都がある場所をバルガスのバレス家が統治している。

そして、そのバレス騎士領のさらに奥に行くと人類未踏の土地であるネルソン湿地帯が広がっていた。

アーバレスト地区に流れた川はこのネルソン湿地帯へと続いている。

であれば、そのまま水の流れに沿っていけば海につながっていそうなものだが、それを実現した者はいない。

なぜなら、必ず魔物の襲撃を受けて帰らぬ人となってしまうからだ。

湿地帯という特殊な場所故に厄介な魔物が多数いるようで、かつての土地の支配者であるアーバレスト家もこの湿地帯の開発を諦めたほどだった。

だが、アーバレスト家が何も得るものがなかったわけではない。

このネルソン湿地帯で希少な魔法剣の素材が見つかったのだ。

アーバレスト家が誇る雷鳴剣の素材。

他の土地では手に入れられないそれを手に入れることで、アーバレスト家は他の貴族を追い返す地の利と対多数を得意とする攻撃法を手に入れたのだった。

「で、その素材が手に入る魔物はなんなんだ、大将？」

「泥の怪物だよ、バルガス。湿地帯に出現する泥でできたヒトガタの化け物。その泥人形を動かしている核が雷鳴剣の素材になるんだ」

「泥でできた体を持つ怪物か……。世の中にはそんなやつがいるんだな」

「いるらしいね。実に厄介な相手だそうだよ。泥の体は普通に攻撃しただけではまともに傷を与えることもできない。しかも、体の一部をなんとか頑張って削ぎ落としても、湿地帯の他の泥を使って再生可能だ。さらに、泥の体だから体力が尽きることもない。川の流れに沿って船で移動して湿地帯に入ると、その泥人形の攻撃を受けるってことで、かつてのアーバレスト家はそれ以上先の土地を開拓することを諦めたそうだよ」

「なるほど。そう考えるとかなり厄介な相手だな。攻撃がほとんど効かないってことじゃないか」

「ああ、そうだ。だから、アーバレスト家も長い統治期間で兵の多くを失いつつも泥人形と戦い続けて、結局諦めざるを得なかった。不幸中の幸いだったのが、その化け物の核が魔法武器に使えたってことだな」

「えっと、なんだったたっけ？　魔電鋼とか言うんだったっけか、雷鳴剣の素材は。で、どうやって倒すんだ、その泥人形は？」

「アーバレスト家の残した記録によると、泥人形の胴体のどこかにある核の魔電鋼を体外に取り出すことができれば動きが停止するってことらしい。湿地帯のどこかで出現した泥人形を戦いやすい場所に誘導して、大きなハンマーを使って叩いてたみたいだよ」

「……それってどうなんだ？　相手の体は泥なんだろ？　泥をハンマーで叩くって、かなり大変そうだな」

「俺もそう思うよ。だから、長い歴史の中でも雷鳴剣が作られた数は限られている。けど、俺は別の方法を試すつもりだ。もうちょっと簡単にケリがつくようにね」

バルガスと合流した俺は、そのままバルガスを引き連れてネルソン湿地帯へと向かった。

炎鉱石の暖炉がついた暖かい箱ソリをヴァルキリーに曳いてもらい、目的地へ向かいながら話す。

ネルソン湿地帯に出現する、命なきモンスターである泥人形についてラグナから聞いた話をもとに話しつつ、俺はそのアーバレスト家のやり方とは違う泥人形の倒し方を考えていたのだ。

「別の方法か。そういえば、大将がその話を聞いたのはもっと前の、メメント軍と戦っているときだったんだよな。ってことは、その話を聞いてから今の今までずっと待っていたってことになる。つまり、わざわざこの寒い冬の時期になるのを待っていたってことじゃないのか？」

「正解だ、バルガス。ネルソン湿地帯もこの時期は雪と氷の世界になっている。それが泥人形を倒す鍵になると俺は思っている」

どうやら、俺の狙いについて見当がついたらしい。

バルガスの言ったとおり、俺はわざわざこの地に魔電鋼を採りに来るのを冬になるまで待っていた。

それは他のことが忙しかったというのもあるが、あえてそうしたのだ。

と、そこで急にヴァルキリーの曳く箱ソリが動きを止めた。

その急停車を感じ取り、俺はすぐさま外へと躍り出る。

すると、予想通り、そこには泥でできたヒトガタのモンスターの姿があった。

泥に木の枝や藻のようなものが混じり合い体を構成した、大きな二足歩行の姿をしている泥人形が目に入る。

こいつはだいたい三メートルくらいの高さをしているようだが、泥人形はいろんな大きさのものがいるらしいと聞いている。

大きいほど魔電鋼が大型なので、倒す手間を考えると小さいものはあまり狙い目ではないらしい。

が、最初の相手としてなら、このくらいでも十分だろう。

普段からタナトスという巨人を見ている俺にしてみれば、これくらいではもう驚かなくなっているからこそそう思うが、普通の人間なら十分怖いと思う。

あたりは非常に気温が低く、鼻水が出れば凍ってしまうほどの温度だ。

地面を観察する。

雪が積もっているが、その下は全て凍っている。

もともと、この辺は冬でなければ沼なのかもしれない。

だが、今はしっかりとした分厚い氷が張っていて、上を移動しても全く問題ない。

俺は視線を下から正面の泥人形に移して、そちらに向かって走り始めた。

そして、泥でできた魔物に剣で切りつけた。

「燃やせ、氷炎剣」

普通ならばなんら意味のない行動だろう。

ただの剣ならば泥の体に剣がズブズブと入り込むだけで、相手にはなんらダメージを与えることもできない。

仮に腕や足などを切り飛ばしたとしても、すぐに周囲の泥をまとって再生されてしまうのだ。

だが、そうはならなかった。

泥人形が盛大に燃え上がったのだ。

体が泥でできている魔物と聞いて俺がすぐに気になったのは、それは湿地帯の泥を利用しているということだった。

アーバレスト家は移動しやすく戦いやすい夏にしか泥人形と戦ってこなかったらしいが、その泥人形が冬になると冬眠するということもないだろう。

では、冬の間はその体の泥はどうなっているか。

これだけ寒いのだから泥人形の体の泥の水分が凍っているのではないかと考えたのだ。

そして、それは見事に当たったようだ。

冬の泥人形の体は泥が凍った状態でできていたのだ。

凍った状態で動くというのも不思議だが、それを言い出したら泥が動くことも謎だろう。

そして、普通ならば凍った泥はより硬くなり余計に相手をしづらくなるのかもしれないが、俺の持つ氷炎剣という魔法剣が相手なら話は全く変わってくる。

なにせ、この魔法剣は氷を問答無用で燃やしてしまうのだから。

体を構成していた氷が燃えることで、泥人形は完全燃焼してしまった。

というか、かなりの高温だったからか、まるで陶器のようにヒビの入ったでかいハニワみたいなものが出来上がってしまった。

その燃え固まった陶器のような泥人形を再び剣で叩いてみる。

ひび割れた場所からピキピキと亀裂が大きくなっていき、バラバラに砕けてしまった。

そして、その胴体の中に少し黄色がかった金属の塊が見つかったのだった。

「やったぜ。想像以上にうまくいったよ、バルガス。これが雷鳴剣の素材となった魔電鋼だ」

「おいおい、こりゃすげえな。氷炎剣を使えばこんなに簡単に倒せるのかよ」

「まあ、冬限定だけどな。というわけで、あとは頼むぞ、バルガス。魔電鋼をしっかりと集めといてくれ」

「え、俺がやるのか、大将？」

「そりゃ、ここはお前の領地でもあるからな。別に俺がやらなきゃならないわけでもないし、氷炎剣があればバルガスがやってもなんの問題もないだろ。けど、気をつけろよ。下の沼地の氷を燃やしたらたぶん溺れ死ぬか、凍死するか、焼死することになるからな」

「ああー、ありそうだな。わかった、気をつけるよ」

「よし、頼んだ。一応、最初のうちは魔電鋼は俺が扱う。採れた量に応じて金を払うから報告よろしく」

氷炎剣を使った泥人形退治はあっさりと終わった。

これがうまくいかなかった場合、あとはハンマーを持たせたタナトスにでも頼むしかないかと思っていたがどうやらその必要はなさそうだ。

俺は手にした魔電鋼を拾い上げて、ほんの少し魔力を込めてみる。

するとビリっと電気が放たれた。

やはりこれは魔力をもとに電気を放つ特性があるのだろう。

こうして、俺は魔力を電気に置き換える物質を手に入れることに成功したのだった。

◇◇◇

「寒い、寒すぎる……。全く、冬に外でこんなことをさせるのは大将ぐらいなもんだな」

「悪いな、バルガス。けど、おかげでそれなりの数の魔電鋼が集まってきたな」

「まあ、やることは氷炎剣で泥人形を切るだけだからな。つっても、一人加減の知らないバカが氷炎剣で沼の氷まで燃やしやがったんだけどな」

「おいおい、まじかよ。この箱ソリも沼の氷の上にあるんだよな？　沼全体が燃えたりしたわけじゃないんだよな？」

「ん？　ああ、それは大丈夫だ。氷炎剣に込める魔力でどれだけの量の氷を炎に変えられるかが変わるからな。というか、そんな広範囲の氷を炎に変えられるのは大将くらいだろ」

「あ、そうか。魔力量で効果範囲も変わってくるんだったな。まあ、俺も魔石の魔力を使ったからで、普段からそんなことしないよ」

「魔石があるだけであんなことができるとも思えんがね。で、魔電鋼はいつ雷鳴剣にするんだ？　完成したら俺にも一本くれよな、大将」

「うーん、どうしようかまだ悩んでいるんだよね。もしかしたら、魔電鋼は雷鳴剣以外に使うかもしれないんだ」

「はあ？　あれは大将も対多数を相手にするのに便利だって言ってただろ。雷鳴剣を作るために魔電鋼を集めているんじゃないんだったら、なんに使う気なんだよ？」

「そうだな。……とりあえずは時計がほしいかなって思ってるんだけど駄目かな？」

真冬のネルソン湿地帯で泥人形と格闘を続けるバルガスとその配下の騎士たち。

彼らの活躍のおかげで俺はそこそこの数の魔電鋼を手に入れることに成功した。

魔電鋼とは魔力を込めると電気を発生する不思議な物質だ。

それがあれば、アーバレスト家が作り上げた優秀な魔法剣を作り出すこともできるだろう。

だが、俺はバルガスとの会話の中で、雷鳴剣の製造を後回しにする可能性を出した。

かわりに俺が作りたかったもの。

それは、電気で動く時計だったのだ。

◇◇◇

時計、それは時刻を表示するための装置だ。

この時計だが、実は俺がこの世界で生まれてからほとんどお世話になってこなかったものでもある。

なにせ、貧乏農家の家に生まれたのだ。

日々の食事にすら困るくらいのレベルの家にそんなものがあるはずもないし、別に必要もなかった。

朝、日が昇れば畑仕事を始めて、日が暮れたら寝るくらいの生活が一般的だったからだ。

農民は時計というものを使わずに生活している。

それは間違いない。

が、それでは貴族や騎士といった上位の身分の者たちは立派な時計を使っているのかと言うとどうやらそうではなかったようだ。

俺が騎士になってからどういう時計が使われているのか調べたのだが、満足のいくものはなかった。

一応、一日を何等分にして、その等分ごとに経過する時間を測るものもあるにはあるが、コンマ何秒という時間すら正確に測れた前世の時計とは大違いだった。

しかも、しばらくすればその時間のズレを修正しなければならないし、それも一年を通してみるとかなりの回数になり、その時計では合計何日分のズレが生じるのかわからないといった有様だった。

しかも、その大雑把な時計がものすごく高いのだ。

時計を作ることができる職人はフォンターナにはおらず、王都圏にしかいない。

にもかかわらず、長い動乱が原因でその職人の伝統技術が何度か途切れているのだとか。

結果、劣化に劣化を重ねた技術をなんとか受け継いだ職人が数少なく保護されているだけで、そんな職人が作るものだから高価にならざるを得ない。

当然、壊れたら修理に出すといっても戻ってくるまで数年はかかるという状態になってしまっているのだ。

が、その状態のままでは今のフォンターナは困ったことになる。

というのも、フォンターナ領全体にいるリード家の【念話】がその理由だ。

カイルが作り上げた【念話】はリード家の人間同士が遠距離で離れていても意思を伝え合うことができる超絶便利な魔法だ。

当然、俺はそれをフォンターナ領をまとめる仕事に活用することにした。

が、少々問題が出てきているのだ。

遠距離で話した仕事の内容を言った言わないというトラブルが出始めたのだ。

それ自体は人間だから仕方がないだろう。

自分が言ったことでも忘れることはあるからだ。

だから、俺は【念話】を行なった場合には必ず記録を取るようにと指示を出した。

しかし、まともな時計が存在しないと双方がとった記録に食い違いが出てしまうことになったのだ。

今はまだいい。

それほど大きなトラブルには発展していないから。

だが、もし戦が起きたときだったらどうだろうか。

他の貴族と戦闘状態に陥った場合、俺が出した指示が届いた届いていないとなれば困る。

戦闘時は常時判断を下すことがあり、突撃を命じた次の日には停止を言い渡すこともあるかもしれないのだから。

それを「停止命令のあとに突撃命令を出した」などと前後関係がごちゃごちゃになれば大変なことになる。

ゆえに、記録をとるにしてもある程度共通の正確な時刻用のものさしが必要なのだ。

そのために、俺は時計を必要としていた。

それも、なるべく狂いのない正確な時計をだ。

「というわけで、出番だ、グラン。この魔電鋼で時計を作ってくれ」

「……いや、これはまいったでござる。魔電鋼という新たな素材を預けられるというのは造り手として大変ありがたいのでござるが、いきなりこれで時計を作れと言われても拙者、困ってしまうでござるよ、アルス殿」

「グランなら大丈夫だろ。それにバルカニアの学校には占星術師がいただろ？　あいつに聞けば、星の動きとかを教えてくれるはずだ。暦についても詳しいはずだ」

「あの、アルス殿。暦についてもそうでござるが、時計の機構についてはなにか考えがあるのでござるか？　この魔電鋼があれば必ず作れるという保証はないかと思うのでござるが……」

「ああ、それなら一応考えがある。ちゃんとできるかどうかはわからないけど、水晶と電気があればかなり正確な時刻を測れると思うんだよね」

魔電鋼を得た俺は、その後もバルガスにしっかりと集めるようにと伝えて再び雪の中を移動して戻ってきた。

といっても、フォンターナの街の執務室ではなく、バルカニアにいたグランのところへとやってきた。

やはり、ものづくりを依頼するとなるとグランを於いて他にはいないだろう。

そして、そのグランへと魔電鋼を渡して説明する。

せっかく時計を作るのなら、より正確なものを作りたい。

であれば、近代的なものを作ろう。

水晶と電気を用いた時計、すなわちクオーツ時計を作ることにしたのだった。

第二章　天変地異

「うわ、相変わらず汚いな。おーい、キリ、いるのか？」

「んー、ちょっとまってー。今、忙しいんだ」

「いや、お前、いっつもそんなこと言っているだろ。いいから顔を出せ。どこにいるのかわかんねえよ」

「もー、なんだよー。って、あー、アルス君じゃないか。久しぶりだね。どうしたの？　今日はカイル君は来てないのかな？」

「カイルは来てないよ。それより、ちょっと話がある。その書類の山から出てこい、キリ」

バルカニアに戻ってきてグランと話したあと、すぐに俺はとある場所に向かった。

それはバルカニアという街の南東エリアにある建物のひとつ、天文台と呼ばれる場所だった。

南東エリアには教会や孤児院の他に学校や職業訓練所がある。

そして、そこには図書館もあり、その図書館の周りにはいろんな研究者みたいなやつらが住んでいる。

以前、カイルのリード姓を餌に各地から一芸を持つ者を集めたことがあった。

画家くんや医者のミームなんかが来たときのことだ。

そのなかに、今俺が会いに来たキリもいた。

キリは占星術、つまり星を見る研究をしていたという。

もともと、どこかの貴族に雇われて星を見て占うという仕事を生業としていた一族だ。

といっても、この占星術は魔法ではない。

あくまでも、星を見ながら占うというもので、魔法的な効果を発揮するものではなかった。

一応、星を見て占うやり方そのものはあるが、それも貴族を相手にしてやる場合には相手を不快にさせないように受け答えするスキルが必須だったという。

そんな占星術師の一族として生まれたキリだが、その一族のなかでも変わり者として通っていた。

なぜならキリは女性だったからだ。

どうやら占星術を覚えて貴族の相手をするのは一族の男がする仕事であるらしく、キリがそれを継ぐことはできなかった。

が、それ自体はキリにとってはどうでもよかったらしい。

キリは単純に星の動きを追いかけることが楽しいという天文バカだったからだ。

そんなキリがあるとき、最果てにある北の領地のフォンターナ領の中のさらに新興のバルカ騎士領で人材集めをしているという話を聞きつけた。

なにやら、われこそはという技術を持つ者を募集し、そこでバルカの騎士のお眼鏡にかなえば魔法も授けてくれるというありえない条件だった。

この話を聞いて、キリはこの機会に懸けることにした。

どうやら、一族の中でキリの天体に関する知識は誰よりもずば抜けていたらしい。

あまりに優秀すぎて一族内で持て余していたところもあったようだ。

親兄弟はキリがバルカに行ってみたいという話を聞いて、いくら攻撃魔法がない格の低い名付けだとしても女であるキリが名を授けられるはずがないと思ったそうだ。

それなら一度快く送り出してやって、挫折を味わって帰ってきてもらおうと考えた。

そうすれば、そろそろお転婆な面が落ち着いて嫁に行く気にもなるだろうとでも考えていたのだろう。

だが、そんな家族の思いとは裏腹にバルカにやってきたキリと直接面談した俺はすぐに採用を決めて専用の研究所も用意したというわけだ。

ちょっと話をしただけでもキリの天体の知識は非常に深いものであると感じたからだ。

対して、キリのほうもバルカに来たことを大いに喜んでくれた。

なぜなら、バルカにははるか遠方を見ることができる双眼鏡が存在していたからだ。

それを知り、俺から双眼鏡を見せてもらってテンションが上がったキリは、その後、バルカニアにいるレンズ職人と顔をつなぎ、天体望遠鏡の研究も始めた。

結果、俺もアドバイスしたのだが双眼鏡ではなく筒が一つの形をした口径の大きな天体望遠鏡試作機も完成させている。

「……というわけで、高精度の時計を作ることになったから、ついでにしっかりした暦が知りたい。資料を出してくれないか？」

「うーん、本当にそんなに高精度の時計なんて作れるの？　それにね、素人のアルス君にはわからないかもしれないけれど、暦にもいろんな種類があるんだよ。どの暦を使うのさ？」

「いや、実はあんまりどれが暦として正しいのかよく知らないんだよな。どれが一番正確なんだ？」

「そーだねー。一般にわかりやすくて大衆向けなのが月を基準とした暦なんだけど、これは結構ずれるんだよ。月の光がない新月の日とその次の新月の日を一区切りにするのはわかりやすいけど、一年を通してみると数日ほど日数がずれるから、数年に一度は一年の中で一月分増やす必要がある。そういう意味では使いやすいけれど正確とは言えないねー」

「なら月じゃなくて太陽基準にした暦ならいいんじゃないの？　月の満ち欠けみたいに学のない農民でもわかるっていうようなものじゃないけど、もうちょっと正確なものができるんじゃないのか？」

「おー、さすがよくわかっているじゃないか、アルス君。そうだね、太陽を基準とした暦は月よりも正確だ。だけど、それでもやっぱり誤差はでるんだな、これが。数年に一度は一年の日数を調整する必要があるんだよね」

「……それくらいなら許容範囲じゃないのか？」

「なに言っているのさー！　正確な暦がほしいって言ったのはアルス君じゃないか。そこで諦めてどうするんだ。さあ、月や太陽を基準とするよりももっと正確な暦がないか、聞いてみてよ」

「おお、天才天文学者のキリ様にお聞きしたい。もっと正確な暦をどうかこの無学な私に授けていただけないでしょうか」

「ふふ、いいノリだね、アルス君。よし、それでは発表しようじゃないか。実はこのバルカに来て、天体望遠鏡が完成したからこそ使える暦があるんだよ」

「うん？　天体望遠鏡があるから使える暦？」

「そーそー。実は肉眼では見えない星がいくつかあってね。それを基準にした暦のほうが月や太陽よりも正確なんだ。大昔は使われていたそうなんだけど、今は使われていない太古の暦だよ」

「大昔に使っていたのに廃《すた》れたのか。てか、それなら何かしらの不具合があったんじゃないのか？」

「ううん、そうじゃないんだ。実はこれでも昔はわたしの家も貴族だったらしいんだ。といっても、もう魔法は失伝しているけどね。で、昔は我が家の魔法を使ってその見ることのできない星を観測して基準にしていた暦があったんだよ。だけど、我が家の魔法が無くなって、それが原因でその暦も使われなくなっちゃったんだ」

「え、キリの家ってもともと貴族家だったのか。けど、暦自体が正しいのならそのまま使ってればよかったのに」

「あはは、そうだよねー。でも、暦は権力者の都合で使われなくなるものもあるからねー。一度途切れたうえに貴族でも無くなったから存続しなかったんだ。復活させようとも頑張っていたんだけど、さすがに見えもしない星を基準にしたものをもう一度暦として認めさせて戻すのは難しかったってわけ」

「なるほど。それで双眼鏡を見てあんなに喜んでいたのか。で、その天体望遠鏡でキリの暦の正確性は証明できそうなのか？」

「ふっふっふ。実はそろそろこの話をアルス君にも持っていこうと思っていたんだよー。ほら、これを見てよ。ここ数年で起きた日食や月食の記録なんだけど、月や太陽の暦で予想される日食なんかの日付にはズレが生じているでしょ。でも、太古の暦だとずれてないんだ」

「ふーむ、なるほど。次に起こるはずの日食とかの予想が正しいほど暦も正確であるってことか。ふむふむ、たしかに月とか太陽が基準だとちょっとずれているっぽいね」

「でしょ。で、もう少しでまた日食が起こるんだよ。それも、今度は太陽が完全に隠れる皆既日食ってのがね。どうかな、アルス君。それがわたしの予想通りに起こったら我が家の暦をフォンターナ領で使うっていうのは？」

まじかよ、近いうちに皆既日食が起こるのか。

キリが俺に見せる資料を読んでいくと各暦ごとに少しずつずれている日食や月食の記録があり、どうやら太古の暦のほうが正しいらしい。

というか、こういう情報があるならもっと早く知っておきたかった。

下手すると見逃していた可能性もあるのだから。

俺はキリからもたらされた情報に驚きながらも、おそらくはこれは正しく起こる出来事なのだろうと感じていた。

キリにはもしちゃんと皆既日食が起こったら暦を復活させると話をつけてから、慌ててフォンターナの街の執務室へと戻っていったのだった。

◇◇◇

「カイル、あと何日かすると面白いものが見られるぞ」

「あ、おかえり、アルス兄さん。面白いものってなにかな？」

「実は今度は何百年ぶりに珍しい天文現象が重なるらしい。しかも、三つもだってさ」

「天文現象？　天文ってあれだよね、占星術とかの星を見るやつの。いったいなにが起きるの？」

「よし、順番に説明してやろうか。一つ目は冬に見える星のひとつがいつも以上に大きく見える。普段よりも何倍も大きく明るく見えるんだ。だいたい、夕方前から夜中にかけてって感じかな」

「へー、同じ星が大きく見えることなんてあるんだね。知らなかったよ」

「すごいだろ？　だけど、それだけじゃないぞ。同じ日の夜には月の色も変わるんだよ。普段見ている月と違って、赤色に見えるんだ」

「えっ、月が真っ赤になるの？　なんか怖いね、それって」

「そうかな？　別に怖いことはないと思うけど。時間によって赤の色合いが変わるらしいけど、これは真夜中のほうが一番赤くなるらしい。で、その次の日の午前中には、なんと太陽が隠れるんだ」

「太陽が、隠れる？　わかんないけど、太陽がどこかにいっちゃったりするのかな、アルス兄さん？」

「んー、面白い発想だけどそうじゃないよ。実は太陽の前を月が通ることで、太陽の光が地上に届かなくなるんだ。予想では、完全に太陽が隠れるらしいから、明るいはずの日中に真っ暗になるんだ。急になるわけじゃなくて、だんだん太陽が隠れるから面白いぞ」

「……えーと、つまりアルス兄さんの話をまとめるとあと何日かすると空の星の大きさが膨れ上がって、月が赤く見えた次の日には太陽の光が消えるってことだよね？　あの……、なにか異常事態の前触れなんじゃないの、それって？」

「心配するなって。大丈夫だよ。星のめぐり合わせで極稀にそういうことが起こるのが、今年はたまたま重なって起こるだけだから。ただの偶然というか、計算上確実に起こる事象だから心配はいらないよ」

「いや、絶対にみんな心配になるよ、それって。ものすごい大事件だよ。普通は明日起こることでもなにがあるかわからないんだよ？　みんながアルス兄さんみたいにそんな変な出来事を受け入れられるわけないよ」

「え、いや、でも……。いや、そうか。確かにカイルの言うとおりかもな。俺だって生まれてから今までそんなもの見たこともないし、村の爺さん連中に聞いたこともなかったしな。知らなかったら普通はびっくりするか」

「そうだよ。びっくりするどころか、それを見た人はみんな不安になると思うよ」

「なるほど。そりゃそうだわな。……ってことは、事前にこの話は広めておいたほうがいいかもしれないな。カイル、ちょっと頼まれてくれるか？　リード家のやつらに【念話】を使って今の話を伝えておいてくれ。数日後にその天文現象が起こることをフォンターナ領中に周知するんだ」

「わかった。すぐに伝えておくよ」

バルカニアにある天文台で占星術師であるキリから太古の暦の話を聞き、近いうちに皆既日食が起こることを知らされた。

そして、さらに話を詳しく聞いて資料を繙き、計算してみると他にも面白そうなことがあることがわかったのだ。

特定の星が大きく見えることと赤い月、それと皆既日食が夜を挟んで起こるというのだ。

これはかなり珍しい。

三つがすべてほぼ同時期に起こるというのは数百年、あるいは千年かそれ以上に一度という極稀にしか起こらない現象なのだそうだ。

こんなことはめったに無い。

少なくとも、俺が生きているうちには二度とないだろう。

だから、俺はすぐにバルカニアからフォンターナの街に移動して、そこで仕事をしていたカイルに教えたのだ。

普段は早めに就寝するまだ子どものカイルだが、その日は少し遅くまで起きて一緒に空を眺めようと誘うために。

俺はカイルならきっと喜んでくれるだろうとばかり思っていた。

が、カイルはその話を聞いてすぐに「怖い」と感想を漏らした。

別段怖いものではないと思うが、それはあくまでも俺に前世の記憶があるからかもしれない。

前世であれば世界各地で観測できる天体ショーを映像で見ることができたり、その現象が何年ぶりだという話をちょくちょく聞いたことがあったからだ。

しかし、それはあくまでも前世でしっかりと記録が残り、次に起こる現象を予測することができ、さらに映像を見ることができる環境だったからこそ不安にならずにすんでいたのだ。

全くの未経験でそんなことが起これば不安に思うことはそう不思議ではないだろう。

カイルの話を聞いてようやくそのことに気がついた俺は慌てて対策をとることにした。

カイルに【念話】を使ってこの情報を広めることにしたのだ。

◇◇◇

そして、ついにその日が来た。

空を見上げる誰もが驚く天体の不思議な現象を見ていたその日。

俺も予想していなかったことが起こったのだった。

「おおー、すごいな。真っ暗になったぞ、カイル」

「ほ、ほんとに太陽の光が無くなっちゃった……。夜じゃないのに……。こんなことってあるんだね」

「うん、世の中不思議なことだらけだな。つーか、ここの月はちょっとサイズが大きいのか、いや、距離の問題か？　完全に太陽が隠れるんだな」

「え、なにかおかしいの、アルス兄さん？」

「いや、おかしいってわけじゃないけど、俺の中では月で隠れた太陽の光がうっすら漏れ出てわっかみたいになるのかと思ってたんだ。けど、完全に太陽が隠れているから、俺の考えていたのと違ってちょっと意外だったってだけだよ」

「な、なんだ。じゃあ、問題ないんだね。もう、びっくりさせないでよ。……あ、よかった、ちょっとずつ明るくなってきたね」

「本当だな。太陽が隠れる時間はこんなもんか。まあ、もうしばらくは薄暗いのが続くと思うよ」

キリが予想した皆既日食、そしてその前に起こった二つの天文現象は計算通りの日付で空に現れた。

他の暦ではそこまで予想できていなかったり、あるいは何日もずれていたりしていたうえ、星の明るさについては言及がないものも多かったようだ。

さらに、キリはカイルから名付けされて使えるようになった【自動演算】でさまざまな暦を数学的に再計算もしていた。

その結果、どうやらキリの言う太古の暦が一番優秀だという結論に至ったらしい。

少なくとも、数百年から千年単位で星々の運行を計算できているのであれば実用に耐えるというのは間違いない。

俺はこの暦を新たに導入することを決めた。

とりあえずは、カレンダーでも作ってみようか。

一年を月日で区切って表示して、さらに日常的に使いやすいように月の満ち欠けも一緒に表記しておくようにでもしよう。

そうすれば、満月や三日月、あるいは新月などを目安にできるので、その日が何月何日だったかをうっかりわからなくなるということもなくなるだろう。

そして、その暦をもとにして時間を正確に表示することのできる時計を作ることにしよう。

それがあれば、少なくとも時刻というものをフォンターナ領のなかでみんなが共有することができるはずだ。

ついでに暦にも新しく名前をつけてしまおうか。

大昔に使われていたとはいえ、その暦は歴史の彼方に置き去りにされて現在ではほとんど忘却されているのだ。

古いものを持ち出したというよりも、今回新しく再発見したということにしてはどうだろうか。

ほとんど資料も残っていなかったような暦を再発見することに成功したのはひとえにカイルの持っていた【自動演算】という魔法にある。

あれがなければわずか数年でキリが確証を得るほどの計算もできなかったはずだ。

「よし、キリの提唱した新たな暦をガロード暦とでも名付けようか」

「ガロード暦かぁ。ガロード様が成長して暦に自分の名前が使われていることを知ったら驚くだろうね」

「結構いい考えだろ？　じゃあ決まりだな」

ほとんど思いつきで考えたが、ガロードの名前を暦にしてしまうことに決めた。

きっとガロードも自分の名前が暦になれば、大きくなったときにでも喜んでくれるだろう。

先代当主のカルロスをヨイショするために酒の名前に使ったことを考えると、かなり大きな待遇の差があるような気もしないではないが、まあいいだろう。

将来ガロードが大きく成長したときに、俺がガロードのことを軽んじていたわけではないという言い訳にもなる気がする。

と、俺がそんなふうに考えているときだった。

「ん……、なんだ？」

「え、うわっ、あ、アルス兄さん、揺れてる。建物が揺れているよ⁉」

「……いや、違う。建物が揺れているんじゃない。これは地面が揺れているんだ。地震だ。カイル、頭に物が当たらないようにしっかり守っていろ」

フォンターナの街にある元カルロスの居城のテラスで皆既日食を見ていた俺たちの足元が大きく揺れた。

とっさにはわからなかった。

だが、これは地震だ。

建物どころか、地面が揺れているために部屋の中にあった机などが大きく移動してしまっている。

そして、最初に下からドンッと突き上げるような大きな揺れの後にグラグラっと揺れ続けている。

直下型地震というやつだろうか？

「おいおい、まじかよ。貧弱すぎんだろ」

しばらくはテラスにある手すりに掴まりながら、カイルの身を守っていた俺。

俺の中では「結構大きな揺れだったな」くらいの感じだった。

しかし、それはあくまでも俺の個人的な感覚だったようだ。

そばにいたカイルが俺の体にギュッと抱きついてガタガタと震えている。

それはそうだろう。

カイルが生まれてこのかた地震が起きたという記憶はない。

いや、それだけじゃない。

たぶん、父さんやそれよりも年上のマドックさんでも地震があったということは知らないのではないだろうか？

もともとこのあたりでは地震なんて聞いたことすらない場所だったからだ。

そして、それは別のことも意味していた。

もともと地震なんてものがあまり起こらない土地。

さらに、そんな土地に建っている建物はそのほとんどがレンガ造りの家なのだ。

耐震性なんてあまり考えていないであろう、レンガを平積みしたような建物は地震に弱い。

俺はそれをこの目でまざまざと見せつけられた。

フォンターナの城のテラスから見えている街の中の建物がいくつも崩れる様子をこの目で目撃することになったのだった。

「……揺れは落ち着いたみたいだな。カイル、急いで【念話】を使ってくれ。フォンターナの街にいる騎士は即座に城へと集まるように、そして、各地にいる者たちはそこでの地震の影響を報告するように指示してくれ」

「うん、わかったよ、アルス兄さん」

「あ、結構大きな地震だったから、もしかしたら余震があるかもしれない。これから数日は同規模かさっきのよりも小さな地震が何度もあるかもしれないから、注意も呼びかけてくれ」

地震の恐怖でまだ少し青い顔をしているカイルには悪いが指示を出す。

体感的にはそこまで大きな地震ではないように思うが、どの程度の影響があるのかはっきりわからない。

だが、こんなときにカイルの持つ【念話】はものすごく役に立つ。

すぐに遠距離にいるリード姓の者たちと情報をやり取りできるのだから。

だが、リード家の人間だけを連絡網とするわけにもいかない。

便利だとはいえ、今はまだフォンターナ領のすべてにきちんと配置ができていないからだ。

俺はすぐに他の者に命じて、人を走らせ、追尾鳥に書簡をつけて各地へと飛ばすことにしたのだった。

◇◇◇

「すると、今回のことは貴殿は関係ないのだな？」

「それはそうでしょう。先程の地震は私に関係ありませんよ、ピーチャ殿」

「……そうか。星と月と太陽の異変を事前に知り得ていた貴殿なら、此度の地揺れが起こることも知っていたのかと思っていたが邪推だったようだな」

「ええ、地震予知ができるならしてみたいですけどね。たぶん完全な予知は無理でしょう」

「そうか。いや、突然のことで私も非常に驚いている。皆もそうだと思う。貴殿の即座の行動でこうして集まり、情報を共有できたことは有益だった」

「そうですね。地震は地殻変動で起きると考えられるので、しばらくの間は注意しておいてください」

まだ雪が降り積もる時期だということもあり、フォンターナの街には多くの騎士がいる。

ちなみにここにいる騎士は大きく分けると二通りの人間がいたりする。

フォンターナ家から騎士としての名付けを受けている領地を持たない普通の騎士、そして、各地に自分の領地を持つ領地持ちの騎士だ。

この領地持ちの騎士は新年の挨拶があるために冬の間、フォンターナの街にいることになる。が、それは別に各領地にいる人材が全員この街に来ているというわけでもない。

例えばアインラッド騎士領を治めるアインラッド家当主のピーチャはこの街にいるが、ピーチャの家臣たちはアインラッド領に残っているのだ。

ようするに各地がもぬけの殻というわけではないということだ。

アインラッド家に限らず、多くの騎士家当主が自分の領地にいる家臣とリード家の【念話】を使ってやり取りしている。

これを見れば、リード家の有用性に気が付かない者はいないのではないだろうか。

今も、是非自分の家臣の一人にリードの名を授けてほしいと言ってきている者もいた。

そうして、そんなふうに各地からの地震の情報が集まってくるのをフォンターナの城で分析していくと、予想以上に地震の影響範囲が広いということに気がついた。

アーバレスト地区はどうやらそこまで揺れていないが、フォンターナとウルク地区は広範囲に揺れており、さらに南部の方が体感的な揺れと倒壊率が高そうな印象を受ける。

この感じだと、フォンターナ領よりもさらに南ではもっと揺れたのだろうか？

「よし、【念話】を頼む。アーバレスト地区は揺れが軽微だったようだが、もともと水のあったところを埋め立てた場所もあったはずだ。液状化現象で建物なんかに影響があるかもしれない。気をつけるように言ってくれ」

「アルス兄さん、液状化現象ってなに？」

「えーっと、確かものすごく簡単に言うと埋立地みたいなところは地盤が緩いから地震の揺れの影響で地面が大きく凹む、みたいなことが起こるんだ。もしそれが建物のあるところで起これば、砂の上に建てた建物みたいに不安定な状態になって危ないんだよ」

「うーんと、つまり地面がゆるゆるになるから気をつけてってことだよね。分かった、伝えておくよ」

「ありがとう、カイル。あとはウルク地区の大雪山系で雪崩の影響がないかどうかも聞いておいて。で、ほかは被災した人と建物、土地の復旧をしないといけないな。こういう災害時の復旧のやり方はどうなっているかわかりますか、ピーチャ殿？」

「復旧の仕方？　さて、各自で避難して、建物を直すくらいしかやりようがないと思うが……」

「え？　各自でっていうのはどういうことですか？」

「もちろん、言ったとおりの意味だが。家が壊れたのであれば各自で直していくしかあるまい」

「いや、それは金を持っている騎士の話とかですよね？　庶民はどうするんですか？　避難場所の確保とか、食料がないとまだ寒い時期なのにどうしようもないでしょう？」

「貴殿がなにを言いたいのかよくわからん。自分のことは自分でするのは当然だろう？　だれか親切な人が現れて勝手に壊れた他人の建物を直すとでも言うのかね。冬の雪は誰にでも平等に降り注いでいるのだから、他人に甘えるという考えはおかしなことだと思うが」

え、まじで言っているのか？

そりゃ自分のことは自分でするのは当たり前かもしれないが、これは震災だ。

自助努力だけでどうにかなるわけがない。

だが、ピーチャがいう発言内容にこの場にいる騎士はみんなうなずいている。

もしかして、みんなそういう感じなのか。

せいぜい、税の取り立てをいつもよりも厳しくしない、というくらいの認識のようだ。

ピーチャ自身が農民なんだから、騎士という上位の身分出身による認識というわけでもないのかもしれない。

今まで、前世の記憶を持つ故に常識の違いを感じることは多々あった。

そのたびに、「ここではこれが当たり前だから」で済ませてきたものも多い。

だけど、今回のはちょっと違う気がする。

すぐに対策をうてば助かる命も多いはずだ。

そして、逆に死ぬ命が多いほどフォンターナ領としての力が弱まることにもつながる。

そう考えた俺は慌てて被災対策を実行することにした。

地震が起きたときの対策。

思い出そうと考えるが、実際のところあまり詳しくは思い出せない。

というか、前提が違うというのもある。

前世で俺が住んでいたのは世界中で最も地震の多い土地であり、その長い歴史から徐々に対策方法が作られていったのだ。

そして、地震などの震災対策は事前に被害が出ることを想定して、それに対する対策準備をしておくことがメインとなる。

これは一般人レベルだと地震に備えて各自で水や食料を備蓄し、被災対策グッズを詰め込んだリュックサックを家に置いておきましょうというようなものだろうか。

それに対して行政側も想定される災害に合わせて、それにあった用意をしておくことになる。

だが、そんなものはこのフォンターナ領では誰も準備していない。

では、今回はそんな事前準備ができていないから諦めるのかといえばそうもいかない。

ここでなにもしないよりも、なるべく早く復旧させて被害を最小限に抑えたほうが、結局は俺のためにもなる。

放置して多くの人が亡くなれば、その分だけフォンターナ領としての力が落ちてしまうのだから。

そう考えたとき、できることは限られているということに気がついた。

とにかく大切なことはスピードだ。

完璧ではなくともいいから、何らかの対策をして少しでも被害を減らす。

それだけを考えて行動するしかない。

そうすると、今必要な救助というのはなんだろうか？

そこそこ大きな地震が起きた。

そして、城のテラスから見ていた限り、いくつもの建物が崩れるところを見た。

つまり、住民が住むための家が崩れていることを意味する。

そういえば、前世では地震が起きたとき建物倒壊から派生する被害というものがあった気がする。

例えば火事だ。

倒壊した建物に火が付けば、そこから延焼し、その近くの無事だった住宅までもを燃やし尽くしてしまうことがある。

だが、不幸中の幸いでこのへんではそれは少ないのではないかと思う。

もともと建物がすべてレンガなどで造られているので、木材を使用することがなく、延焼しづらいのだ。

さらにいえば、家の中で明かりをつけるには生活魔法の【照明】を使うので、火を使うのは食事を作るときだけだ。

幸いにも地震が発生した時間は食事時からは少し外れているので、火事は少なく済むだろう。

ほかに地震があったときに問題となるのは津波だが、このへんではそれは大丈夫だ。

あとは液状化現象や雪崩だが、今のところ各地で聞いた報告ではそれらの被害はあまり大きくはないようだ。

そう考えると一番問題になるのは、建物の倒壊による住居の喪失で、それに伴って冬の寒さをしのげないというところではないだろうか。

つまり、被災して家を失った者を一時的に集める避難場所を作り、暖を取らせることがなによりも優先される。

そして、その避難場所を確保しつつ、倒壊した家を復旧させることができればいいだろう。

それ以外にも困っている人がいるかもしれないが、そこは後で考えることにしよう。

「ピーチャ殿、騎士に対して各自の領地に避難場所の設置と住民の保護、そして、倒壊した建物の復旧をさせたい。できますか？」

「……領地を持つ騎士の多くは嫌がるでしょうな。金も時間もかかる。さらにいえば、いつまで、どのくらいまでそれをし続けなければいけないのかが問題視される。そもそもの話、自分で自分のことをできない者を助ける必要があるのかという意識がそれを助長するのではないか、と思うが」

「ピーチャ殿もそう思いますか？」

「まあ、有り体に言えばそうだな。もともと農民として生まれた身であるから困る人が多いというのはよく分かるが、だからといってすべてを救うなどということはできんからな」

「……うーん、なるほど。なら、こうしましょうか。被災者救助に動いた騎士領は今後数年間、減税を約束しましょう。そして、救助費用は各騎士領とバルカが折半で負担することにしましょう」

「ほう、いいのかね？」

「しょうがないですよ。ただ、被害の報告や救助状況の進捗は逐一連絡を入れることを条件としましょうか」

ピーチャやほかの集まった騎士たちと話し合う。

最初はあまり救助について意欲的ではなかった領地持ちの騎士たちだが、俺が減税を言い始めたのを境に態度が変わり始めた。

おそらくは俺がフォンターナ家の当主代行になってすぐにした税制改革がこれからも続くことを危惧していた騎士が多かったのだろう。

このまま税が上がっていくのを見ているくらいなら、住民を助けて数年間の減税を確約させたほうがいいというところなのかもしれない。

いろいろと騎士たちと協議し、ある程度の方針が決まった。

各地の街や町村に人をやって、被災者を収容できる避難場所を指定する。

そして、そこに食料と薪を集める。

幸いにしてもう新年が明けてそれなりに時間が経過している。

しばらく耐えていれば寒さも一段落してくるだろう。

そして、避難した人を使ってもいいから倒壊した建物を協力して直していくことになった。

これはフォンターナの街の状況を確認したところ、レンガ造りの家は倒壊したといっても全壊ではなく、半壊以下のところが多かったからだ。

残ったレンガで穴を塞ぐようにするだけでも、雨風がしのげて雪さえ降らなくなれば住めるようになる。

壊れた自分の家を自分の家族だけで直すよりも、みんなで協力したほうがより多く直すことができるはずだ。

一応これには金持ちなどの家だけを先に直してあとは放置、とならないように協力した者の家は必ずみんなで協力して復旧させるということを取り決めたりもした。

こうして、フォンターナ領では地震が起こってすぐに救助活動が行われることになったのだった。

◇◇◇

「こうしてみると、俺の魔法は優秀だな。ほとんど崩れてないぞ」

「本当ですね、アルス様。おそらく、きっちりと大きさの整ったレンガがピタッと接合しているからではないでしょうか。言い換えれば、ほかの建物はかなりいい加減に造られているとも言えますね」

「そうだな、ペイン。まあ、【壁建築】なんかは大猪の突進を防ぐために造ったようなもんだったしな。そう簡単に崩れるようじゃ話にならないよ」

「あ、もうすぐ次の村に着きそうです。到着次第、避難所の設置をお願いします、アルス様」

「ああ、分かった」

地震が起こってすぐに被災者救助について動き始めた。

とりあえず、各地を治める騎士たちには自分の領地にいる家臣たちに被災者を助けるようにさせた。

一応、被災した者たちを受け入れる場所を用意させ、そこに薪を運び込むように命じている。

が、どの程度真面目にやってくれるかはいまいちわからない。

もしかしたら、やりましたというもののあまり熱心にはやらないかもしれない。

だが、自分の領地が弱ることを良しと考える者もいないだろう。

こちらも譲歩して減税や救助費用の一部を出すと約束している。

あとはその土地の責任者に任せるしかない。

そして、その救助を命じた俺も実際に自分で動く必要がある。

命令した俺がなにもしないわけにはいかないからだ。

実際にこちらが手本となるように行動に移すことにした。

バルカにいるヴァルキリーたちを投入し、大量の毛布をソリで曳きながら各町や村を回っていく。

食べ物も必要だが、今回は運ばない。

あまり火事が起こっていないのであれば、最悪倒壊した建物からもある程度なら食料を回収できるかもしれないからだ。

だから、優先すべきは避難場所と暖を取る方法を持っていくことだった。

いくつめかになる村についた俺が早速村の村長に会い、空いた土地を提供してもらう。

そこに魔法を使って建物を建てる。

いや、魔法と言っても呪文化していないので正確には魔術というほうが正しいのかもしれない。

まあ、どっちでもいいか。

そんなことを考えながら魔力を練り上げて魔法を行使する。

一緒についてきたバルカの騎士が【整地】した土地へと手を付けて魔力を送り込む。

そして、その魔力をさらに【記憶保存】で覚えていた建物の形へ変え、そしてその形通りに魔力をレンガ造りの建物へと変えた。

一瞬にして、大きな建物が建つ。

以前までなら俺の魔力では二階建ての建物くらいしか造れなかったが、今はその頃よりもさらに魔力量が増えている。

そのため、それまでよりも大きな建物が造れるようになっていた。

魔力量が増大した俺が造ったのはレンガでできたアパートのような建物だった。

いや、イメージ的にはアパートというよりも団地住宅の一棟というほうが近いかもしれない。

実はこれは以前、メメント家と戦ったときに【記憶保存】して形を覚えていたのだ。

メメント家との戦いでは迫りくる相手を迎え撃つために三つの陣地を作り上げた。

当然ながら、その陣地には多数の兵が入り駐屯する。

つまり、兵が寝泊まりするための建物が必要だったのだ。

その時、バルカの硬化レンガを使ってアパートメントを建築した者がいたのだ。

と言っても高級な建物ではない。

本当に兵を押し込めるようにして寝床を作るためだけに建てたような建物だった。

カプセルホテルのように一部屋ごとの空間は狭い。

だが、同じ敷地面積では圧倒的収容量を誇り、さらに前線基地用の建物として造られたため分厚い造りになっており倒壊しづらい構造だった。

今回の地震でも倒壊せずにピンピンしていたという報告を受けている。

そんな建物を記憶していた俺はあっという間に四階建ての無数に部屋のある建物を村の空き地に作り上げたのだ。

「よし、毛布を運び込め。要救助者を収容したら、その者たちを使って村の倒壊した建物から食べ物の回収を。あとは晴れた日に建物の復旧をよろしく」

「はっ」

俺がまたたく間に建物を建てたところを見て、村人たちが驚いた顔をしている。

が、もう見飽きたのか、一緒に来た兵士たちは誰もなにも言わずに俺の指示を聞いていた。

いくら俺が魔法で建物を建てられるといっても、フォンターナ領のすべての被災者の建物を復旧するのは無理だ。

なので、アパートを建てたあとは、一緒に来ていた兵を数人管理人として残しておく。

呪文一つで建物を建てられる魔法がすでにあれば楽だったのになと思わなくもない。

が、呪文は一つ作り出すだけでも長い時間がかかる。

ひたすら同じ言葉をつぶやき続けながら、全く同じ現象を引き起こす魔術を成功させ続けなければならないからだ。

まだ、ただの農民だったころなら時間があったので好きなように便利な魔法を作ることもあったが、さすがに今はそうもいかない。

他にもしなければいけない仕事があるからだ。

それに、建物を造る魔法なんか作ったらフォンターナ中が同じ建物ばかりになってしまいそうで、それはそれであまり面白くもないだろう。

「ふう。とりあえず、この村ではこんなもんだろう。よし、次にいこうか」

「わかりました、アルス様。今日の予定では、あと十三の町村を回ることになっています。時間がありませんので急ぎましょう」

「……そんなにあるのか。魔力回復薬まだあるよな？　ちょっと回復させとかないと持たないな」

冬の寒さの中でも移動できる箱ソリに入り込み、温かいお茶のような魔力回復薬を飲んで体を温める。

そうして、すぐに次の村へと向かって走り出した。

まあ、忙しく走り回っただけ多少は救える命もあるだろう。

こうして、俺は要請のあった場所へと足を運んではアパートを建築しまくっていったのだった。

◇◇◇

「結局のところ、俺個人としては一番の被害はガラス温室だったな」

「ふーん。ガラスの温室っていうのはあれだよね。ここバルカニアの隣にあるリンダ村の薬草を作ってるっていうやつだったっけ？」

「うん、そうだよ、キリ。この寒い中でも薬草を育てられていたのは壁をガラスで覆っていたからだ。

そのガラスが地震の揺れで結構割れちまったからな。村の人達がすぐに他のガラスで塞いでくれたけど、割れたガラスで怪我した人もいれば、寒さに負けて枯れた薬草もあったからな」

「へー、それって大丈夫なの？　貴重な薬草もあったんじゃないのかな、アルス君？」

「まあな。ただ、うちには植物に精通した人がいるからな。ぶっちゃけて言えば、ほとんど問題なかったとも言えるかもしれん」

「それってカイル君だよね。さすが、森の精霊と契約しているっていうだけあるよね。やっぱりすごいねー、カイル君は。こりゃ、世の女の子たちが放ってはおかないだろうね」

「……おいおい、何言っているんだよ、キリ。あいつはまだ子どもだろ？」

「えっ、それはこっちの台詞だよ、アルス君。君は何を言っているの。カイル君ほど将来有望な子もそうはいないでしょ。かわいいし、仕事もできるし、それにもう十分結婚できる年齢でしょ？　いいところの男の子ならそろそろ結婚相手を考える頃合いだよ」

フォンターナ領の被災者対策が一区切りついたころ、俺はバルカニアに戻ってきていた。

そこで、キリと話をしている。

本来の用件は暦などについてだが、温かい飲み物を飲みながら雑談に興じていた。

でも、まじかよ。

カイルってもう結婚を意識される年齢なのか。

しかし、早すぎないかと思ってしまう。

が、俺も十歳で結婚しているからカイルが特別早いというわけでもないのか。

というか、あれか。

カイルの結婚相手って俺が決めないといけないのか？

誰がいいとかあるのだろうか。

カイルに好きな人でもいるのか聞いてみたほうがいいのかもしれないが、しかし、相手は厳選しなければいけないだろう。

なんといっても、カイルはリード家という家をたてているのだ。

しかも、フォンターナ領のなかで大きく根を張るようにリード家の人間がいて、もはや仕事をするうえで切り離すことはできない存在感がある。

リード家の当主であるカイルにふさわしいと俺が認められる相手なんているんだろうか。

「……アルス殿、キリ殿、世間話がしたいなら他所でやってもらいたいのでござる」

「あ、ごめん。けど、グランには聞きたいことがあったからここに来たんだ。魔電鋼と水晶を使った時計の開発ってどうなっているんだ？」

「……今必死に考えているのでござるよ」

「そ、そうか。なんか、ピリピリしているみたいだな、グラン。えっと、キリのほうはどうだ？　お前が提唱した古代の暦の名称をガロード暦ってつけようかと考えているんだけど、かまわないか？」

「うーん、暦の名前は昔のと変えてもいいかな。昔の暦とは少し違うところがないわけでもないからねー」

「え、そうなのか？　てっきり、全く一緒の暦だとばかり思っていたんだけど」

「違うよー。実は【自動演算】で計算し直したら、ちょっとだけ気になるところがあったんだよね。それを再計算して暦に落とし込んでいるから、厳密には新しい暦とも昔の改良版とも言えるんだよ。

それに、ガロード様のお名前を暦にいただけるのは素直に嬉しいし」

「よし、なら決まりだ。フォンターナ領ではガロード暦を新しく発表して、採用することにする。今年のうちに各所に公示して、来年くらいから正式に使っていくって形のほうがいいかもな。で、あとは正確な時計があれば言うことないんだけど」

「……ふう。アルス殿、ちょっといいでござるか？」

「なんだ、グラン？」

「本当にアルス殿の言う通り、水晶と魔電鋼を組み合わせるとそのクオーツ時計とやらが作れるのでござるか？　いや、アルス殿が嘘を言っているとは思わないのでござる。たしかに、拙者も水晶に電気を流すと細かく震えることが分かったのでござる。が、それを時計にするのはなかなか難しそうでござるよ」

「う、それを言われると困るな。俺も水晶と電気でクオーツ時計ができるくらいの知識しかないから、細かいことはわからないんだよね」

俺とキリがグランのそばで話をしている間、グランは常に眉間を寄せて額にシワを作っていた。

そして、何枚もの紙を見つめてひたすら計算を行い、その結果を紙に書き付けてから再び考え込むという行動を繰り返していた。

それはどうやら、俺が求めたクオーツ時計の開発に難航しているということを意味していたらしい。

本当にクオーツ時計などできるのか、というグランの問いかけに対して俺が答えられるかというとノーだ。

前世の知識では水晶に電気を流すと非常に細かく、しかし規則的に震えるという性質が発見され、それがクオーツ時計の開発につながったということだけを知っているだけだ。

水晶振動子の細かな震えをどうやって測定し、それを歯車の回転へとつなげて時計の針を動かしていたのかと聞かれるとわからないとしか言えなかった。

というか、わからないからこそ、グランに情報を与えて丸投げしているのだ。

そのグランがお手上げであるというのであれば俺にはどうしようもない。

「というか、単純に疑問なのでござるが、アルス殿の言うようにわざわざ電流を物を動かすための動力とする必要があるのでござるか？」

「どういう意味だ、グラン？　電気で物が動かせられたら時計以外にも応用範囲が広がると思うし便利だと思うけど」

「アルス殿の中ではそうなのでござろう。きっとそこにはなにか考えがあると思うのでござる。ただ、拙者はこの魔電鋼をもっと別の使い方をしてもいいのではないかと思っているのでござるよ」

「別の使い方？　物を動かす以外にってことならやっぱり雷鳴剣のような電気の武器にするのか？」

「いや、これは失礼。別の使い方というよりは別のやり方で物を動かすことができるのではないかという意味でござる」

「別のやり方？　どういうことだ、グラン？」

「いいでござるか、アルス殿。もともと、この魔電鋼というのはアーバレスト地区にあるネルソン湿地帯に出現する泥人形の中にあったものでござる。それは間違いないでござるな？」

「ああ、間違いないよ」

「つまり、この魔電鋼は泥を動かす力がある、ということでござる。本来は動くはずのない泥を動かす。つまり、物体を操作する力が本来魔電鋼には備わっているはずなのでござるよ」

「う……ん。そうなるのか、な。よくわからんけど」

「いや、間違いないでござる。魔電鋼には物を動かす力がある。ではどうやって泥のような土を人間のように二足歩行で動かしているのか。それを調べれば、時計の針を規則正しく動かすことができる可能性につながるのではないかと拙者は思うのでござるよ」

「お、おう。ようするに、できるかもしれないってことだよな、グラン」

「そうでござる。できる可能性は十分にあるのでござるよ、アルス殿」

「なるほど。で、いつぐらいにできそうなんだ？」

「……時計はまだ完成していないのでござる。正確な時間は答えられないでござるよ、アルス殿」

あ、こいつ、なんだかんだ言ってまだなんの手がかりもついていないってことじゃねえか。

なんかよくわからんことを言って煙に巻こうとしている。

もしかして、いつ完成するかわからないから、期限を設定せずに研究したいだけなのではないだろうか。

その場合、もちろん研究中に必要な魔電鋼やその他の機材、あるいは人件費や食費などの生活費もグランには必要になる。

ようするに、グランはこう言いたいのだろう。

時間も金も気にせずに思う存分に魔電鋼の性質について研究したい、と。

……まあ、いいか。

グランがものづくりやその研究に没頭するタイプだというのは前から知っている。

そして、俺も無茶振りしているという自覚もある。

こうして、グランはバルカニアの家に完全に引きこもり、魔電鋼について研究することになった。

その姿を見て、俺は時計が出来上がるまではまだ先のことになりそうだなと思わずにはいられなかったのだった。

◇◇◇

「マドックさん、久しぶりだね」

「おお、そうじゃな。お主はどんどん出世するからなかなか会えんが、元気にしておるようじゃな」

「もちろん。マドックさんこそ元気?」

「もちろんじゃよ。戦には行かなくなったが、こうしてバルカニアでは常に忙しく仕事をしておるんじゃ。まだまだ老いを感じるには早すぎるというものじゃよ」

「そりゃよかった。なんか、いつの間にかマドックさんも仕事量が増えていたみたいだしね。あんまり会えてなかったとは言え、心配していたんだよ」

「そうじゃのう。最初はバルカニアという街の裁判官として、そのあとは商人連中の格付けを見る仕事じゃったが、それ以外も増えておるのう。頼まれたら断れなくなってしまってな」

バルカニアでグランたちと話をしたあと、俺は会う頻度が減っていたマドックさんと顔を合わせていた。

もともと樵だったマドックさん。

俺が幼少期のころから魔力茸の原木を調達する相手として知り合った仲であり、バルカの動乱時には戦場に出て俺を助けてくれた存在でもある。

しかし、そんなマドックさんももう戦場には行けないといい、バルカニアで仕事をするようになり、対して俺のほうがフォンターナの街で暮らすことになった。

そのため、あまり会うことが無くなってしまっていたのだ。

そんなマドックさんだが、しっかりと裁判官などの仕事を勤め上げてくれている。

バルカニアは父さんが治安維持をしっかりと行い、マドックさんが揉め事などの裁判を住民の不満がなるべく出ないように執り行なっているので、大きな問題もなくすんでいる。

さらに、バルカ騎士領にある他の村からの揉め事でもマドックさんは意見を求められるようになっており、実質的にバルカ騎士領における裁判長のような立ち位置になっているのだ。

この人がいなければ、俺は安心してフォンターナを活動拠点にできていなかったかもしれない。

「それで、今回はどうしたんじゃ？　わざわざこうして会いに来たということはなにか話したいことがあったのではないのかの？」

「マドックさんの顔を見たかったのは本当だよ。ただ、話したいことがあったのも確かだ。ちょっと気になる動きがあってね」

「気になる動きじゃと？　それはバルカのことでか、それともフォンターナ領のことでかの？　わしがわかるようなことなのか？」

「そうだな……。バルカでというよりはフォンターナ領でのことなんだけどな。そろそろ雪解けになる。そうしたら、人が大きく動くかもしれない」

「……人が動く。もしかすると、先にあった地震の影響かの？」

「うん、そうだよ。この冬に起こった地震はかなり広範囲で揺れたらしい。それはフォンターナ領でも大きな被害を出したけど、ほかの貴族領でもそうだったみたいだ。かなりの死者が出ているらしい」

「ふむ、痛ましいことじゃ。しかし、それがどうしたというんじゃ？　フォンターナ領はお主が動き回って被害を減らしたという話だったと思うが。バルカの住民は概ねお主の行動に感謝しておったが」

「そうだね。各騎士領の尻を叩いて動かしたこともあって、フォンターナ領は地震の被害があったとは言え、まだマシだ。けど、それでも生活の場を失った人はいる。避難所に逃れたものの、もとの仕事に戻れないって人も多いんだ。そんな人が仕事を求めて大移動してくる可能性があるらしい」

「仕事を求めて人が集まる、か。まるであのときみたいじゃな」

「ああ、あのときは本当に大変だったからな」

マドックさんは俺が会いに来たのはなにか理由があるとすぐに察してくれたらしい。

だから、現在少し気になっていることを話す。

本当ならフォンターナ領についての問題でもあるので、マドックさんに話をするよりフォンターナの街に戻って実務をしている連中に相談することかもしれない。

だが、それでも俺はマドックさんと話をしたかった。

それはかつて俺とマドックさんが今回に似た問題に直面したことがあったからだ。

フォンターナ領を直撃した地震の影響。

一応被災した人たちを対象に救助を行い、なんとか命に関わる冬の寒さを凌げるだけのことはした。

しかし、住む家を失った人たちが、もとの生活に完全に戻れるかというとそうではないだろう。

崩れた家を再建する際に家を出て新天地で仕事を探そうという人がそれなりに出てくるのだ。

とくに農家の次男以下のやつなんかはそんな傾向がある。

だが、無学な農家出身の人ができる仕事なんてそう簡単に見つかるものではない。

近くの街に出ていき、日雇い仕事を請け負って日々を暮らして次の冬には蓄えもなく死んでいく。

そんな流れになるのは火を見るよりも明らかだった。

しかし、そうではない可能性がある。

特別な技能がなくとも入ることができ、しかも衣食住が保証されている仕事があるとしたらどうだろうか。

そんなものがあると知れば、思わず飛びつきたくなってしまうのを誰が非難できるだろうか。

地震の影響で家を飛び出してくるやつが向かう先。

それは間違いなく、去年新たに創設されたフォンターナ軍という組織だ。

軍に入れば住む場所と日々の食事、さらには衣服まで支給されるのだ。

当然、軍に参加する以上戦いに身を投じて命を失う危険性はある。

しかし、そんなことをあまり心配せずにやってくる者が多いだろうという予想がたてられていた。

なぜなら、そのフォンターナ軍のトップに立つ俺は今のところ負けなしでここまで来ており、しかも軍の損耗率は低いという実績があるからだ。

つまり、冬が終わればフォンターナの街に人が集まってくる可能性が高いのだ。

まずは街に出て仕事を探す。

そうして仕事があり、安定して暮らせることができるのであればそれでいい。

そうでなければ、軍に入隊する。

そうすれば、当面の間は食っていけると考えている者が一定数いるのだ。

だが、それは結構厄介な問題に発展する可能性がある。

一つはフォンターナ軍は無尽蔵に兵を募集しているわけではないということにある。

というか、必要だと思う人数を徴兵制を導入してすでに集めているのだ。

今以上に兵が増えると、その分だけ軍に必要なお金が増していき財政を圧迫してしまうのだ。

では、フォンターナの街なら流入してくる人を受け入れることができるかと言うとそうでもない。

なぜなら、現在のフォンターナの街は流通の集積点となっており、商人たちが生き馬の目を抜くように活動しているからだ。

村から出てきた何も知らない無学の者が満足に働くことができる仕事がそこまで多いわけではないかもしれない。

するとどうなるか。

街に集まった人は仕事を得ることもできず、街でたむろするようになってしまう。

つまり、貧民街のようなところでしか生活できず、そうなると次に取る行動は犯罪だ。

盗みや殺しという犯罪行為に手を染める人が出てきてしまう。

これと似たことは以前バルカでもあった。

俺がバルカ騎士領の領主としてカルロスに認められて領地を得たあとのことだ。

最初は村が二つの小さな領地で、その後さらにいくつかの村を加増されたがそれでも村数個分しかない小さな騎士領だったのだ。

そこに人が集まってきた。

あのときも同じだ。

俺の魔法を使って豊作だったことを聞きつけて、食い詰め者たちが各地から集ってきたのだ。村が数個の領地に数千人レベルで人がどんどん集まってきたときのことは俺もマドックさんも今でも覚えている。

特にバルカニアができて間もない頃はバルカ村の住人くらいしかいなかったのだ。

そこにどんどんと集まるよそ者。

特に何か仕事ができるわけでもなく、しかも、土地を持たない流れ者。

そんな奴らを最初は受け入れていたが、だんだんともともといた住人と他所からの流れ者たちで意見の衝突が起こり始めたのだ。

実はあのとき、領地運営は大きな危機を迎えていたと言ってもいい。

元いた住人とバルカニアができた直後でまだ人を受け入れる余裕があったときに来た移住民と、その後バルカの活躍を聞いて来た流れ者などがぶつかり合っており、裁判官をしていたマドックさんも大変だったはずだ。

最終的にはよそからの金も技能もない流れ者は強制的にバルカ軍に入れられて、規則を絶対に守らせるというやり方でなんとか乗り越えたのだ。

「しかし、今回もあのときのようなことになりそうなのかの？　当時のバルカと違って、今のお主はフォンターナ領全体に影響力があるのじゃから、適度に人を割り振っていけばよいのではないのかの」

「そうだね。フォンターナの中だけならそれでもいいかもしれない。けど、今回はほかの貴族領からも移民が来るかもしれないんだ。地震の影響が大きかったからね」

「なるほどのう。ほかの貴族領からだと間者のような存在もおるだろうて。なかなか、厄介なことになりそうじゃな」

「だよね。フォンターナの街に限界以上に人が集まったら、去年数が減ったアーバレスト地区に流してやろうかと思ったんだけど、間者の話を聞いてバルガスとかもちょっと嫌がっているみたいなんだよね。どうしたものかと思って、今から頭が痛い問題になりそうだよ」

「フォッホッホ。相変わらず気苦労が多いのう、お主は。まあ、頑張るんじゃの。なんなら、また新しい街でも作ってそこに移民たちをまとめてしまってもいいんじゃないかの。そうすれば、少なくとも既存の住人たちと揉めることはなくなるじゃろうしな」

「……なるほど、新しい街を作る、か。それもいいかもしれないな」

あまりによそ者が増えすぎて困るのであれば、よそ者ばかりを集めた街を作るのはどうか。

強引と言えばあまりにも強引な意見だろう。

だが、そのマドックさんの意見にうなずけるところもないではない。

仕事もそうだが、土地が絡むと人は本当に殺し合いにすら発展するトラブルを起こしかねない。

マドックさんの助言を受けて、俺は新しく街を作ろうかと検討し始めたのだった。

◇◇◇

「というわけで新しい街を作ろうかと思っているんだけど、どう思うかな、リリーナ？」

「新しい街ですか、アルス様？　ええと、よくわかりませんがいいのではないでしょうか。住む場所を失った方々の拠り所になるというのであれば結構なことだと思います」

「だよね。というわけで、リリーナにお願いがあるんだけど聞いてくれるかな？」

「え、私にアルス様からのお願いですか。もちろん喜んでお聞きいたしますが、いったいどのようなことなのでしょうか？」

「リリーナに預けている服職人がいたよね。その職人たちがほしいんだけど」

「衣服の職人たちですか？　確かにいますけれど、私も贔屓《ひいき》にしている者たちですので、彼らをどうするおつもりなのかお聞きしてもいいでしょうか」

「ああ、ごめんごめん。説明の順番がおかしいよね。実は新しい街を作るにあたって街の方向性を決めてしまおうかと思ってね。今度作る街は服作りに特化させてしまおうかなって思っているんだ」

「え……、街そのものを服作り主体にするおつもりなのですか？　さすがにそれは聞いたことがありませんが、うまくいくのでしょうか」

「わかんないよ。ただ、試してみようと思ってね。地震で住むところを失って仕事を求めてくる連中を振り分けるつもりなんだ。フォンターナの街やバイト兄のバルトリア、そしてバルガスのアーバレストの街へね。で、それでも足りないかもしれないから、そのときは新しく作った街に集めて針子の仕事でもさせようかと思ってね」

「あの、服を作るのは職人仕事ですがそのような技能を持つ者がくるのでしょうか。簡単な仕事ではありませんよ、アルス様」

「分かっているよ。そのことは考えてあるけど、とりあえず置いておこう。一応場所はフォンターナの街とバルカニアの中間にある川北城を改修して街を作る。そのときに職人たちをそこに移住させたいんだ」

俺は新しく街を作ることにした。

一応、被災した者たちの対処でもあり、よその貴族領から来た人をも受け入れるためにと考えている。間者はいるかもしれないが、これぱかりはいくら考えても完全には防ぎようがないので十分気をつけるように各地にしっかりと言っておくくらいしかできないだろう。

一応原則としてフォンターナ領のうち、ウルク地区からの移住者はバイト兄が治めているバルトニアでなるべく受け入れてもらい、アーバレスト地区はバルガスに引き取ってもらう。

どちらも人手不足ではあるので一応ある程度の受け入れ対応は可能だろう。

そして、そこでも受け入れ限界を超えた場合やフォンターナ領全体、あるいは他貴族の領地からの流れ者はフォンターナの街で受け入れる。

が、その補助的なものとして新しく街を作ろうとしているのだ。

その街はフォンターナの街から北に行くとある川のほとりの城の周りに作ることにした。

川北城、これは俺が初めて造った城でもある。

バルカの動乱時にレイモンド率いるフォンターナ軍を相手に築いた拠点の城であり、川の水を堀に流し込んで防御力を高めている。

が、その後、レイモンドを倒した俺はカルロスと停戦合意し川北城にはあまり存在意義が無くなってしまった。

といっても、兵を収容可能な防御拠点であり、今でも最低限の兵を常駐させ、バルカニアへと向かう商人たちの宿場町のようになっている。

実はカルロスとの停戦合意時に取り決めで、この川北城には兵を置いておける限度数が設定されていた。

当然それは今も有効な取り決めではあるのだが、現在のフォンターナ家を動かしているのは俺だ。

多少条件を変えてもいいだろう。

もともと人が住んでいた場所ではなく、この川北城に今いるのはバルカの騎士と兵が主であり、あとは宿泊客くらいだ。

ここの城を中心として街を作り上げて人を集めても、既存の住人と大きく揉めるような心配もない。

バルカの牧場で採れるヤギの毛を糸にして、ここで服を作ってしまおう。

最近はヤギの数もどんどん増やしているし、今まではリリーナが厳選した最高級の糸だけを生地にしていたが、ランクの落ちる糸をもう少し積極的に使っていってもいいだろう。

「あの、アルス様のお考えはわかりました。確かにそのような街をあそこへお作りになるのはいいと思います。しかし、やはり針仕事を簡単に考えすぎているのではないでしょうか？　職人の仕事はそこまで簡単に真似することはできないのですよ？」

「そうだろうね。ただ、俺が考えている服作りはリリーナとちょっと違うかもしれないんだ。いずれは服を大衆向けに作っていきたいんだよ」

「大衆向けですか？」

「うん。今はまだ衣服は高価なもので、貴重な生地を貴族や騎士たちに合うように職人が細かな仕事をしているだろ。だけど、いずれは庶民が着られるくらいの服を作れるようにしておきたいんだよ。言ってみれば仕立て服から既製服を主体にした服産業を育てたいってことだね」

「既製服ですか。でも、衣服は人の体に合わせて作るためにしっかりした採寸をもとに裁断していく必要があるのですよ。適当に切った貼ったでは人体に合う服にはなりませんよ、アルス様」

「そりゃそうだ。なにも考えずに生地を切って服を作っていたらそうなるだろうね。だから、型紙からパターンを起こして服を作るようにする」

「型紙？　パターン？　なんでしょうか、それは」

「人の体はみんなそれぞれ違う。職人たちはその違いをしっかりとした採寸をとってそれに合うように生地を立体でとらえて裁断する。だけど、人体は個体差はあっても共通項もあるんだ。つまり、男性用や女性用、さらに体の大きさを大中小なんかに分けて、作っていくんだよ。そうすれば、いちいち仕立て屋に採寸してもらわなくても、自分の体にある程度あった型の服を選んで買うことができるようになる」

俺の街づくりに賛成はしつつも、服に特化した街づくりというものには懐疑的な立場のリリーナ。

そのリリーナに俺が考える服作りの話をした。

リリーナにとって服を作るというのは、ある意味芸術品を作らせることに近い。

なにせすべて職人が熟練の技で作り上げるオーダーメードの服しかないのだから。

貴族や騎士といった上位の階級に位置する者が、自分に見合った格の服を着るために、職人を贔屓にして育て上げていく必要があるのだ。

センスと技術が高度に要求される、一品物の服を作るマエストロ。

そんな専門集団こそがリリーナにとっての服作りの職人と呼ばれる存在だった。

だが、俺は少し違う。

以前、おっさんにも言われたが、この世界では衣服は基本的に高価なものだ。

生地や糸を自前で生産できたからといって、すぐに価格が安くなるものではないだろう。

しかし、それでももう少し服は手軽に買える値段に落とし込みたかったのだ。

そのために、専門家が一つ一つ丁寧につくるのもいいが、型紙から量産する服作りをする仕組みを作り上げるのもありだと思う。

それに服を作る街といっても、全員が針と糸をもって縫い物をするわけでもない。

バルカニアから運び込まれるヤギの毛を生地にする仕事。

その生地をいろんな色や柄に染める仕事。

大衆に広く親しまれる服を作るデザイナーの仕事。

そのデザインをもとに型紙にして生地を裁断する仕事。

そして、裁断された生地を縫う仕事。

あるいは、それらの衣食住などに関わる仕事など働く場は多岐にわたる。

生地を染めるには水が必要だが、それには流れている川の水が使えるだろう。

さらにその川は少し下流に行けばスライムが生息するカイルダムにつながっている。

染料による水の汚染があってもきれいにしてくれる効果があるだろう。

川北の城は新しく街を作り、服に特化させるにはいい条件が揃っているのだ。

こうして、俺はリリーナに何度も説明を続け、服職人のなかから俺のやり方に共感を覚えてくれた者を回してもらうことに成功した。

それを受けて、早速川北城の周りを再開発し始めたのだった。

◇◇◇

「こうしてみると、この川北城って小さかったんだな」

新しく服作りに特化した街を作ろうと考えた俺は、その候補地であるフォンターナの街とバルカニアの中間地点にある川北城へとやってきた。

もともとバルカがまだ村だった頃はフォンターナの街までは三日ほどの移動距離だった。

が、今はそこにしっかりとした道路を作り、しかも、俺は常に移動をヴァルキリーに頼っている。

【身体強化】させたヴァルキリーを走らせ続ければこの川北城は素通りすることも多かった。

だが、改めてこの城をみると「あれ、こんなものだったかな」という感じになった。

バルカの動乱で俺はここにわずか数日で城を建てた。

その時は、なかなか立派なものをつくったものだと思った。

しかし、今見ると数百人がギュウギュウ詰めで立てこもることができるだけの土地で、城というよりも小さな砦のような感じにしか見えない。

あのときは、グランと一緒に後世に残るような城にしてしまえと息巻いていたはずなのだが、その後いろんなところで陣地作りをしたので小さく見えてしまうのだろうか。

が、そうは言っても高さ十メートル、厚さ五メートルの壁で囲まれて、その壁の四隅には高さ三十メートルの監視塔が建っているのだ。

報告では壁そのものは地震で崩れたりはしていないようなので十分使える。

あとは、さらに街の広さを拡張していく必要があるだろう。

今はバルカの魔法を使える者たちを引き連れて、拡張する土地に【整地】を使わせている。

それが終われば、既存の壁につなげるようにして新しく【壁建築】をしていき、街をぐるっと囲むことになる。

ついでに今回はほぼ最初からの街づくりになるので下水道なんかも計画的に作っておく。

その間、俺は居住区にアパートメントをいくつも建てることにした。

「アルス、普通の家を建てたりはしないのか？　このアパートとかいうのは沢山の人が住めるのはいいが部屋が狭いだろう？」

「うーん、まあ移住者を受け入れるための住宅だからな。一人ひとりのために俺が一軒家を造る必要もないし、このアパートでも十分じゃないかな、父さん。一応地震でも倒壊しなかったっていう実績のある建物と同じ造りだし」

「それはそうだけど、前線基地や避難所ならともかく、こうも他人と近くに住んでいたら揉め事も起こりそうだけどな。しかし、住む場所もそうだけど、働く場所までアルスが造るのか。というか、服作りをするだけにしては大きすぎる建物もあるようだけど、なんでなんだ？」

「ああ、あれね。一応考えがあって、分業制の工場みたいにでもしようかと思っているんだ」

俺と一緒に新しい街づくりの仕事をしている父さんが声をかけてくる。

俺が魔力を回復しながらいくつものアパートを建てているのを見て、若干呆れ気味だ。

たぶん、父さんからみると異常な建物に見えるだろう。

もともと、農家として周りに畑があった場所に住んでいたのだ。

ここまで赤の他人と近い距離で生活する必要のある建物は違和感があるはずだ。

まあ、このへんは俺にしてみれば前世の団地のようなものだと思う。

上の階の足音がうるさいなんて苦情が出てくるかもしれないが、そのへんは実際に住んでいる者同士で解決していってもらおう。

文句があるなら、金を払ってアパートとは別の一軒家でも購入してもらうしかないだろう。

で、そんな感じにアパートに人を入れて働かせる。

が、リリーナが心配している通り、服作りの経験がない者も多いだろう。

というか、ほとんどの人は自分の服を繕うくらいしかした経験がないかもしれない。

そんな連中を集めて服を作れるはずがないという意見もわかる。

なので、仕事を単純化させてしまうことにした。

普通は服を作る職人というのはその人が一から十まで責任を持って行うことになる。

注文者の体のサイズを測り、その人にあった体型に希望の生地を裁断し、縫っていく。

それらすべての作業を移住者に覚えてもらおうとしても時間がかかりすぎる。

なので、俺は分業制の工場のようにしてしまうことにした。

職人が一人ひとりに合わせた服を作るのではなく、型紙を使ってサイズ別に服を作る。

リリーナから譲ってもらった職人はその型紙作りと服のデザインがメインの仕事となる。

そして、その職人に認められた者が型紙から生地を裁断し、それを工場に詰める針子に縫わせる。

ようするに移住者の多くは針に糸を通して生地を縫えれば最低限の仕事がこなせるのだ。

針子として腕を上げながら、いずれは裁断師、さらにデザイナーに頑張ってステップアップしていってもらいたいところだ。

言ってみれば俺が作るこの街は、新しい街であると同時に大きな会社のような組織でもあるということだ。

いずれ服の大量生産を可能とするために、効率よく人を使いたい。

数年前からリリーナが服職人を使っていたのと、バルカニアで生地を生産したことで、服作りについての職業訓練をしていたのもよかった。

とりあえずは職人をデザイナーとして、そして、バルカニアで針仕事を覚えた者たちを裁断師にしてしまおう。

交渉してここに引っ越してもらうことにする。

「でも、本当にそんなうまくいくのか？　出来の悪い服が作られるだけだったりしそうだが買い手がつくんだろうな？」

「たぶん最初のうちはうまくいかないだろうね。当面はフォンターナ軍で使う服を生産させようかと思う。それで買い支えて腕が上がるのを待つって感じかな」

「そりゃまた気が長い話だな、アルス。また、お金の無駄遣いだって怒られるんじゃないか？」

「確かにおっさんには怒られるかもしれないね。まあ、けど領内の治安対策でもあるから多少の出費は仕方がないよ。うまくいくことを祈ろう」

こうして、春頃からだんだんと形ができあがっていった川北城を改修して作られた街。

服作りが好きなリリーナの名前をとって、「ドレスリリーナ」と名付けられたこの街は今までにない特区の街として歩み始めたのだった。

◇◇◇

「ミーム、いるか？　地震は大丈夫だったか？」

「おお、これはこれは、我が同志ではないか。よく来てくれたね。いやー、まいったよ。急に揺れてしまって貴重な資料がいくつかだめになってしまってね」

「ああ、なるほど。なんか液体につけた標本みたいなものがあったからな。ガラス容器だとこういうときに困るね。けど、ミームの体が無事だったのならよかったよ」

「どうやら同志には心配をかけてしまったみたいだね。お互い何もなくてなによりだよ。して、今日はどうしたのかな？」

「ああ、ちょっとミームにお願いがあってな。人体の構造について詳しい情報を持っているのはフォンターナでミームが一番だろう。実は新しく服作りをすることになってね。その服作りにミームの持つ情報がほしいんだよ」

「服作り？　医学のというわけではないのだね。しかし、人体の情報と言っても服を作るのならその手の職人が採寸して必要な情報を得るはずだと思うが……」

「うん、普通ならそうなんだけど今回はちょっと違うことをしようと思ってね。各個人の体に合わせた服を作るんじゃなくて、こちらが作った服を購入者が選んで着るようにしたいんだ。で、そこで必要になってくるのがどんな体型の人が多いのかっていうことなんだ」

　ドレスリーナという服作りに特化した街を作り始めた俺は、その事業を更にすすめるために再びバルカニアに戻り医師のミームと会うことにした。

ミームに既製服についての説明を行う。

各個人にあわせるオーダーメードの服ではなく、「いくつかのサイズの服を用意することで多くの人に対応できる」という服が作りたい。

そのためには、たくさんの人の体のサイズを測る必要がある。

もちろんそれは服職人と一緒に多くの人に対して採寸を行うのが望ましい。

が、その手間を省ける存在がいた。

それが医師のミームだったのだ。

ミームはこのバルカニアにきてからは主に二つの仕事を俺から任されていた。

一つは解剖学についての研究だ。

亡くなった献体を解剖し、その情報をまとめて人体解剖図としてまとめる研究。

そして、もう一つは既存の薬の効能について調べる臨床試験だ。

こちらは薬を投与するグループをいくつかに分けて、本当にその薬が効果を出していると言えるのかという研究をしている。

現在、ミームは人体解剖図を本としてまとめることに成功しており、もっぱら臨床試験の方をしているらしい。

そして、ミームはものすごく几帳面な性格でもあった。

細かなデータも見逃さず、そして、集めた情報はきちんと残す。

解剖した献体も臨床試験をした人体も、その情報を余すところなくしっかりとデータ化していたのだ。

その情報は体の部位ごとの長さにまで及んだ。

例えば、薬を使う対象者の身長だけにとどまらず、頭や胴体、腕や足など、その体のパーツごとの長さまで情報を集めていたのだ。

初めてそれをみたときは呆れたと同時に、なぜそこまでするのか疑問だった。

身長くらいならわからなくもないが、腕や足の長さで薬の効果が変化するとも思えなかったからだ。

が、ミームから返ってきた答えは非常にシンプルなものだった。

それは、体の大きさを測るのは一瞬で終わるからだというものだった。

ミームは医師であると同時に、カイルから名付けを受けたリード家の人間でもある。

つまり、カイルの魔法である【自動演算】という魔法も使えるのだ。

どんな計算も一瞬で終えることができるこの【自動演算】を使って、体の大きさを測定していたのだという。

やり方は簡単だ。

ミームの研究所にある壁の一つには高さや幅を測ることができるように格子状の線が入っている。

その測定器となる壁に背をつけるように被験者が立ち、それを見ながらミームが【自動演算】と呪文を唱えるのだ。

すると、あら不思議、壁に書かれた線を基準にして体の各パーツごとの長さを一瞬で測定することができるのだという。

そして、そこで得た情報は【念写】を使えば一瞬で紙に記録することもできる。

ミームの言う通り、体の大きさを測定することなどまたたく間に終わるのだ。

これによってミームの持つ情報はかなりの数にのぼり、かつかなり正確なものさしとなった。

この情報をミームにさらにまとめてもらう。

ミームが研究対象とするのは上位の身分の者ではなく、一般人だ。

この一般人はどれくらいの身長をしているのかなど、一番多いであろうボリュームゾーンを計算してもらい、それを標準体型として設定する。

そうして、男女ごとに出した標準体型をMサイズと仮定し、そこから更に標準体型よりも痩せ型でもっとも多い体型をSサイズ、逆に少し肥満気味の体型をLサイズとした。

多数の人から集めたこのデータをもとに出した最大公約数的なMサイズをもとに型紙を作れば多くの人がそこそこ体にあった大きさの服というのを作れる、はずだ。

まあ、あとはこれを服職人に渡してなんとかしてもらおう。

なにせ、ミームの測定方法では体の長さを測ることはできても、ウェストなどの周径を測るには不向きだったからだ。

実際にこのデータからだけで服を作るにはまだ情報が足りないだろうが、それは職人の腕で補ってもらうことにしよう。

「しかし、同志よ。この情報はいずれ古くなるかもしれないよ」

「情報が古くなる？　どういうこと？」

「そのままだよ。人の体の大きさは発育状態で変わってくる。たくさん食事ができる富裕層なら太り気味になるし、逆であれば痩せてしまう。当然、背の伸び具合も変わるだろう」

「そりゃそうだね」

「で、このバルカでは若い世代が少し発育が良くなってき始めているように感じるんだ。たぶん、同志の持つ魔法で食料事情が他の土地よりもいいからだろうね。いずれはもっと身長の高い世代というのが登場してくると私は考えている」

「なるほど。たぶん、それは間違いないだろうな。まあ、けどそれはもう少し先の話だろ。今使えるならそれでいいし、いずれ必要なら標準体型の見直しをすればいいさ。身体測定そのものはリード家のやつらなら、誰でも簡単にできるんだし」

「ふむ、たしかにそうだね。で、同志の話というのはこれで終わりかな？」

「え、うん。とりあえず、これだけ詳細な身体測定の結果がわかれば十分だよ。これを職人たちに渡しておくだけできっちり仕事をこなしてくれるだろうし。ミームは俺になにか用でもあるのか？」

「ああ、よくぞ聞いてくれた、我が同志よ。実は人体解剖図という大きな仕事をしながらも、私は新たな研究に目を向けていたんだ。そして、それをゆっくりと、しかし着実に進めていた。そして、最近になって非常に興味深い知見が得られたんだよ。これは非常に興味深い発見だと私は確信している」

俺が型紙についての話に一区切りついてから、急にミームの興奮具合が変わった。

どうやら、俺の用事が終わるまでは抑えていた感情が爆発したようだ。

なにやら興味深い研究とやらの結果が出たようで、俺に話したかったらしい。

が、その興奮したミームの話を聞いて俺は頭を抱えてしまった。

出身地で許可なく人体解剖をして住む家と仕事を捨てて放浪することになってしまった狂気の医師、マッドサイエンティストのミーム。

解剖学は必要な研究だと判断した俺はそんなミームをバルカで受け入れて仕事を与えたが果たしてこれは正しかったのだろうかと思ってしまった。

ミームは俺に報告なしに新たな研究に着手してすでに一定の成果を見出していた。

そして、その研究はまごうことなき、生きた人の体を使った人体実験だったのだ。

「はあ……。つまり、お前が言いたいのは人間の体と魔力の関係ってことでいいんだな、ミーム?」

「そう、そのとおりだよ、我が同志よ。人体解剖をしているときに同志とも話し合ったが、魔力の多寡《た か》で身体能力が変動する。それはもちろん人体が持つ自然治癒力などにも関わってくるのだよ。魔力量を無視して人体を語ることは無意味だ、とね」

「確かにそうだな。けど、あのときはとりあえず一般的に使える情報を集めようってことにして、解剖して調べるのは基本的に農民なんかばかりにしていたはずだ」

「そうだね。その結果、人体解剖図は魔力量が突出していない一般人に適合した研究で、騎士や貴族といった地位にある者たちには適さないものがある。同志もそれはよく分かっているはずだね?」

「……まあね。もともとウルク家の魔法にあった【狐化】なんて、体に耳や尻尾が生えてきたんだからな。しかも可逆性があって、もとの体に戻ることもできるときた。人体解剖図はそのへんの事情を無視して作らざるを得なかったからな」

「何を言っているんだね、同志よ。君もウルク家に負けず劣らず無茶苦茶な体になっているじゃないか」

「へ、俺がか?」

「バルカ家が持つ【毒無効化】なんてまさにそうじゃないか。臨床試験でも明らかに致死性があると認められた毒物を摂取してもピンピンしているなんて、医者泣かせと言わざるを得ないよ」

「なるほど。確かにそりゃそうだ。人体の構造は変わっていないと思うけど、機能的には人の領域を逸脱していると言ってもいいかもしれないないか」

「そう。つまり、人間の体は魔力に大きな影響を受けているというのはまごうことなき事実であると考えられる。では、人間以外であれば魔力がどう関わってくるかという点についても見ていかなければならないはずだ。そこで、我が同志が遭遇した二つの存在が重要になってくるというわけだ」

「俺が関わった二つの存在？　なんだっけ？」

「おお、君ともあろうものがわからないのかい。なんと嘆かわしいことだ。そんなことでは学問をより深く掘り進めていくことができないよ。実に簡単なものだ。同志の言い方を借りれば、不死骨竜と泥人形のことだよ」

「……なるほど。魔石と魔電鋼のことか。不死骨竜も泥人形も生物学的には動くはずのない体だ。それを動かす核が存在して行動を可能としていた」

「そのとおりだ。そうだよ。骨も泥も核となる物を破壊、あるいは摘出されたら行動できなくなる。では、人間はどうだ？　人体に核はあると思うかい、我が同志？」

「……おい、ミーム。お前まさかカルロス様のご遺体の損傷を修復するのを喜んでいたのはそれが理由か？　なにかしたな？」

「ふふふ。まさか私がこの手で貴族家の当主様のお体を拝見する機会があるとは思いもしなかったよ。たとえそれが亡くなられた後だったとしてもね」

「おい、いいから答えろ。あのとき、何をしたんだ？」

「そんなに怖い顔をしないでおくれよ。私はただカルロス様の体に核となるものがないか観察しただけさ。損傷の修復をしながらね」

「お前、あのときそんなことをしていたのか……。せめて、そういうことは事前に相談しろ。……で、見つかったのか、その核とやらは？」

「……腹部の臍の下、いわゆる丹田と呼ばれる場所に魔石が見つかった。これは一般人には見られなかったものであることは間違いない」

「魔石が体内に？　ってことは、もしかして……」

「そうだよ、我が同志。このバルカには魔石が溢れているね。それを活用しない手はない」

「……もしかして、もうやっちゃったのか？　人体実験を」

「もちろんだとも。医学の研究のためには必ず調べておかなければいけないからね。外から魔石を取り込んだ人体はその後どのような変化を現すのか、あるいはなにもないのか。調べておく必要がある」

「ちょっと聞いてもいいかな、ミーム君。その研究内容を知っているのは他に誰かいるのかな？」

「うん？　いや、これを知っているのは私の他には我が同志以外いないよ。手術は私が責任をもって一人で執り行ったからね」

「……画家くんは立ち会ったりはしなかったのか？」

「モッシュ君かい？　いいや、彼は手術には加わっていないね。それがどうしたんだい？」

こいつ、本気で頭がおかしいやつだった。

なんにも悪気がなく、ここまで突っ走るやつをマッドサイエンティストというのだということがよく分かった。

さすがにこれはちょっといただけない。

特にカルロスの体をかっさばいて中をいじくり回していたと他に知られたらお終いだ。

ミームではなく、俺が。

なにせ、損傷の激しかったカルロスの体をエンバーミングしてきれいにしようと言い出したのは俺であり、その修復を行う者をミームに決めたのも俺だったからだ。

いざとなったら、こいつは俺が裁こう。

だが、その研究自体には非常に興味をひかれるというのは確かだ。

もしかして、俺の体にも魔石があったりするのだろうか？

さらにペラペラと自身の研究について熱く語るミームを見ながら、俺は腰にある氷炎剣の柄に手を置きつつ、その話を聞き続けたのだった。

「つまり……、カルロス様の体内から見つかった魔石は核として機能していなかったってことか？」

「それはそうだろうね。もしそうなら、カルロス様が亡くなられた際に不死者のように動き出してもおかしくないはずだよ。でも、そうはならなかった」

「なんだよ、じゃあ結局体の中に核がある云々は間違っていたってことか」

「それはまだわからないさ。もしかしたら、もっと大きな貴族家の当主様くらいになると核となる魔石が体内にあるかもしれない。それは実際に調べてみないとわからないだろう？」

「いや、それなら大貴族家には代々そういうものがあるって伝わっていそうなもんだけどな。でも、そういうことなら魔石を体内に埋め込んだっていう人体実験はあんまり意味がなさそうだな」

「……ところが、そうとも言えないのだよ、我が同志。魔石を埋め込んだ者にはわずかながらに変化があったんだ」

「変化？」

「実はね、体内の魔石をその後取り出して確認したところ、色が変わっていたんだよ。埋め込みの時点よりも青色が濃くね」

「それって、魔石が魔力を吸収していたのか。つーか、お前本当に無茶苦茶な実験してやがったんだな。ちゃんと被験者の同意はとってある実験なんだろうな?」

「もちろんだよ」

「だったら、実験について被験者は知っているのか。魔石を体内に埋め込まれていたってことを」

「いや、説明では腹部を調べるために切開し、一定期間後に再切開するとしか伝えていない。魔石が自分の体に入っていたとは気がついていないはずだよ。もっとも違和感くらいはあったかもしれないけどね」

それはもう同意をとったとは言えないんじゃないだろうか。

完全に意図して情報を伏せている分だけかなり悪質だ。

が、まあそのへんについては後でしっかりとミームに言い含めておこう。

それよりは、この実験結果で判明した事実のほうがより重要度が高かったからだ。

ミームが言うには体内へと魔石を埋め込まれて生活することになった人は例外なく魔石の色がより濃くなっていたという。

つまり、それは魔石が魔力を吸収したということを意味する。

まあ、それ自体はさほどおかしなことではない。

バルカでは普段から【魔力注入】などで魔力残量が減った魔石に魔力補充をして使っているのだから。

体内に取り込まれた魔石が呪文など使われなくても、その人の魔力を自然に吸収したということがあっても、そういうこともあるかというだけだと思った。

だが、ミームは違ったようだ。

というのも、ミームは魔石の色以外にも被験者に変化が見られたところに着目したのだ。

それは、体から漏れ出る魔力の量が減ったように見えるということだった。

多くの人は常に体内で魔力を作り上げ、湯気のように体外へと漏れ出すようにして生活している。

これは一般人でも騎士たちでも同様だ。

俺が作った【瞑想】という呪文などのように、体から漏れ出る魔力をなくすことができる方法を取らない限り、無意識に垂れ流している状態なのだ。

が、この実験の被験者たちは魔力が漏れ出す量が減ったのだという。

つまり、体内で作られた魔力が体外へと漏れ出る前に魔石の方に吸収されてしまったのではないか。

ミームはそのように仮説を立てたのだ。

「ま、そういうこともあるかもしれないな。でも、そんなに気になることか？」

「もちろんだよ、我が同志よ。これがどれほどのことか分かっていないのかね？　では、そんな同志にあえて訊ねよう。個人の領域を定義してみてくれないか？」

「はい？　領域？　なんの話だ、ミーム。魔石の話はどうしたんだよ」

「いいから答えてくれたまえ。君はどこからどこまでを自分の体だと認識している？」

「俺の体がどこからどこまでってどういう意味だよ。そりゃ、頭の天辺から足の先まで髪の毛一本から血の一滴まで全部俺の体の一部だろ」

「では、もしもその体内に魔石が埋め込まれたらどうかな？　それは君の体の一部と言えるのかい？あるいは、その魔石に貯蔵している魔力は自分のものと言えるのかな？」

「……おいおい、それってもしかして体内の魔石の中の魔力がその人の総魔力量として認識されるっていう話か？　それってつまり、魔石に溜め込んだ分だけ総量を増加する効果があることになるんじゃや……」

「さすが、同志は理解が早いね。私もそう考えていたのだよ」

「まじかよ。ってことは、一般人じゃなくて騎士連中に使うとどうなるんだ？　【壁建築】は使えても【アトモスの壁】を使えない魔力量のやつに魔石を埋めて、その体内魔石に魔力を溜めたら【アトモスの壁】が使えるようになるのか？」

「ふふ、どうかな。我が同志にとっても興味深い研究になってきただろう？」

「いや、たしかに気になる研究ではあるけどな。もしそうなら大変なんだけど。魔石の販売は禁止してこの情報を秘匿しないとまずいことになるぞ」

「……ああ、なるほど。確か、魔石は一括して取り扱って、ラインザッツ家にも販売するんだったかな。でも、大丈夫だと思うがね」

「大丈夫ってなにがだよ？　ラインザッツ家がこのことを知ったら必ず真似してくるぞ。最大勢力の貴族家が突出することになる。防衛上も大問題だってのに」

「その心配はないさ。この実験は成功でもあり、失敗でもあったのだから」

「失敗？　どういうことだ？」

「魔石が定着しなかったのさ。不思議だよ。手術後再切開せずに放置していたら、いつの間にかどんどん溶けるようにして体内で小さくなっていき、最終的にはなくなっていた。結果的に増えた魔力総量も魔石が無くなった時点で元通りということになるね」

「はあ？　なんだよそれは。もったいぶった結果がそれかよ。結局意味なかったんじゃねえか」

「何を言っているんだね。失敗は成功の母。今回の実験は最終的に貴重な情報を私にもたらしてくれたんだ。それだけでも意味があるというものだ」

「けど、結局は消えてなくなるんならあんまり有効活用できない情報ってことになるだろ。くそ、ちょっと興奮したのに損した気分だ」

「そう結論を急ぐものではないよ。忘れたのかい？　実験では確かに体内に入れた魔石が一定期間経過すると消えてしまった。しかし、消えずに残っていた魔石も確かに存在するんだよ」

「……そうか。カルロス様の体には魔石が残っていたんだったっけ。いや、でもそれは埋め込んだ魔石とは違うか。というよりも、そもそも本当にそれは魔石だったのか？」

「うむ。やはりそこが注目すべきところだね。私が確認したところでは確実に魔力を内包した魔石ではある。が、これがバルカの騎士が作り出す魔石と同一のものであるかは判断がつかない。と、いうわけで同志にはこれを見てほしかったのだよ。カルロス様の魔石をね」

そういってミームが箱を取り出した。

箱の蓋を開けると内部は柔らかそうな布が詰まっている。

そして、その布を丁寧にどけると中からそれが出てきた。

丸く少し雫型になったような青い石だ。

こんなものがカルロスの体の中にあったのか。

そう思いながら更によく観察する。

その雫型の青い石にはたしかに魔力が内包されている。

それもかなりの量だ。

しかし、その内包している魔力量が少し気になった。

親指大ほどの大きさの石にしては魔力量が多すぎる気がしたのだ。

俺が見た他の魔石は不死骨竜だけのものだ。

そして、その不死骨竜の魔石を【記憶保存】して俺は魔石を作り上げることに成功した。

が、そこで作った魔石は大きさによって魔力量には上限があった。

より大きな魔力を込めたければ魔石の大きさを大きくする必要がある。

ちなみにバルカの騎士が使える【魔石生成】という呪文で作った場合、手のひらで包み込めるくらいの大きさのクリスタルが出来上がるがすべて同一の大きさだ。

魔石を大きく作るというのは俺が呪文を使わずに魔力操作で作り上げるしかない。

が、俺の魔石だとこの親指大ほどの大きさではとても込めることができない量の魔力がこの雫型魔石には入っている。

そう考えるとやはり少々違うものである可能性が高い。

俺はミームに対して声をかけてから、その雫型魔石に手を伸ばした。

そうしてつぶやく。

【記憶保存】と。

こうして、俺はカルロスの体内に存在した雫型の魔石を脳内に正確に記憶することに成功した。

……どうしようか。

ミームには怒ったが、非常に気になる。

この雫型魔石を体内に埋めたら、同じように無くなってしまうのか、あるいは残り続けるのか。

少し悩んだが結論は最初から決まっていたのかもしれない。

やろう。

もし問題が起きたらそのときはその時だ。

ミームが一人で勝手にやりました、とでも言い逃れしてしまおう。

こうして、俺はミームの人体実験に共同作業という名の共犯関係として関わることになったのだった。

◇◇◇

カルロスの体から摘出した雫型魔石。

それを俺は【記憶保存】の呪文を使って完全に記憶した。

そして、魔力的に記憶したその構造をもとに同じものを再現してみる。

結果としてそれは成功した。

不死骨竜から作った魔石とどこがどう違うのかはよくわからないが、こちらのほうが小さくても魔力内包量が多い。

が、不死骨竜の魔石ほど大型にはできないようだ。

あくまでも大きさは親指大からそれよりも少し大きい程度でしか再現できなかった。

まあ、これが腹の中にあるものであればコンパクトな大きさのほうが都合がいいのかもしれない。

そして、その記憶した状態でコピーするかのように複数個作り上げた雫型魔石をミームに渡して実験させた。

被験者に新たな魔石を埋め込み様子を観察する。

しばらくの間、缶詰状態になりながら新薬を腹部に埋没する実験と称して、正式に人を集めたのだ。

嘘は言っていないが、その新薬という名の雫型魔石は体を治す効果などは無いだろう。

最終的にこの実験は効果なしと位置づけられることが決まった状態でスタートした生きた人を使った人体実験を繰り返す。

それによりだんだんとこの魔石について情報が集まり始めたのだった。

「やはり、雫型だと体内に残り続けるのか」

「いや、どうもそうとも言えないようだね。体内に埋め込んだ雫型だが、これも本来であればだんだん小さくなるのではないかと私は考えている」

「そうなのか？　でも、消えて無くなったりはしていないんだろ？」

「おそらくだが、魔力の吸収率が違うのではないかな？　同じ人物に雫型と結晶型の二つを同時に埋め込んだ結果、雫型のほうがより魔力を吸収していたことが分かったんだ」

「なるほど。腹の中で自然に魔力を吸収しているって言っても、【魔力注入】を使っているわけじゃないからな。吸収量に違いが出ることもあり得るのか」

「これもおそらくだが、雫型は効率よく人体から魔力を吸収し、溜め込む能力が高いのではないかと考えられる。そして、その取り込んだ魔力を使って魔石の縮小現象を抑えているのではないかな。魔力量が少ない者では吸収量が不足するのか、微妙に小さくなっている傾向がある」

「……で、騎士に対しても雫型は埋め込んだんだろ？　どうなった？」

「喜んでくれたまえ。実験は成功した。被験者となった騎士の魔石は減少せずに体内に留まり続けている。しかも、魔石の内蔵魔力量が個人の総魔力量と判断されているようだ。今まで使えなかった魔法が新たに使えるようになったという事例が確認された」

「位階が上がったってことだな。今まで【アトモスの壁】が使えなかったやつらが使えるようになれば助かるな」

「騎士について実験して分かったことは他にもある。雫型魔石が吸収するのはその人の魔力ではあるが、外からとりこんだものも関係しているらしいね」

「外からっていうのはどういうことだ？」

「例えば食べ物や大気中の魔力を取り込むことだね。騎士の面々はそこらの一般人よりもしっかりと食事を与えているだろう。食べ物が普通よりも多いことで、より多く食物から魔力を摂取できている。そして、バルカ軍は呼吸を通して魔力を取り込むように訓練させているそうだが、それも一般人にはない行動だね」

「ああ、そのことか。つまり、騎士連中はそこらの一般人よりも体の外から取り込む魔力量が多いから、それが雫型に溜まって魔石を維持していることにつながっているのか」

もともと軍では訓練の一環として魔力トレーニングをさせている。

俺が子どもの時から独自の研究で発見したトレーニング方法で、空気中からも魔力を取り込み、食べたものからも魔力を取り込んで、自分の腹のあたりでもともと自分が持っている魔力と混ぜ合わせ濃縮させるという方法だ。

これをしていると普通に生活しているよりも魔力を効率よく取り込めるのは、今までの実績で明らかになっている。

だが、この方法で魔力量が増えるものの体から自然に魔力が霧散してしまうのは変わっていなかった。

雫型魔石を体内に入れると、その無駄に垂れ流してなくなっていた魔力が体の中に蓄積されることに繋がる。

そして、その魔石に溜まった魔力もその人の総魔力量としてカウントされるのだろう。

今まで無駄になっていた魔力が雫型魔石によって留められ、それによって位階が上昇した。

【壁建築】などしか使えなかったバルカの騎士の中で雫型魔石を埋め込み、より上位の【アトモスの壁】などが使えるようになる者が出てきたのだ。

現状ではまだまだ調べなければいけないことが多いだろう。

魔石を体内に入れることで本当に害はないのか。

総魔力量が上昇したことで、魔力パスによる魔力の流れに変化はあるのか。

いろんな気になることはある。

が、それを差し引いてもこれは非常に面白い技術だと言えるだろう。

なぜなら、今までできなかった直接的な強化方法であるのだから。

「よし、やってくれ、ミーム」

「本当にいいんだね？」

「もちろんだ。他の連中にやらせて、自分がしないってわけにもいかないしな。一思いにやってくれ」

「わかったよ、我が同志よ。それでは、これより手術を執り行う。被験者アルス・フォン・バルカに対して雫型魔石の埋め込み術式を開始する」

そして、いくつかの人体実験を経て一応の安全性が確認されたこの魔石埋め込みの手術を俺も自分の体に受けることにした。

こうして、俺のお腹には魔石が埋め込まれ、新たに位階の上昇へとつながったのだった。

不思議な感覚だ。

いつものように静かに呼吸を繰り返す。

大気中に漂う微量の魔力を呼吸を通して体内に取り込む。

そして、その空気中の魔力と食べ物からも吸収した魔力が自分の体から沸き上がる魔力と腹の中で混ざり合うようにイメージする。

均等に、むらなく混ざりあったその魔力を今度は凝縮する。

それまではまだふわふわした気体だった魔力を液体へと変化させ、さらにその液体をどろどろになるまで濃縮するのだ。

初めて畑仕事をし始めたころからこの魔力トレーニングを積んでいたこともあり、もうほとんど無意識にこれらの作業を俺の体は行なっていた。

だが、最近になってそこにさらにひと手間加わるようになった。

ミームの手によって、カルロスの体から摘出されたという雫型魔石をもとに俺が魔力で再現した同質の魔石を臍の下あたりに埋め込まれてからだ。

いつもならば極端に濃縮した液体のような魔力を体の頭から腕、足の先まで送り込むようにしていた。

しかし、今は少し違う。

腹の中で濃縮した魔力を埋め込んだ雫型魔石に送り込むのだ。

意識せずとも勝手に体の魔力を取り込んでいく魔石。

小さな魔石であるにもかかわらず、どんどん溜め込んでいく。

そして、この魔石に溜まった魔力は皮膚から霧散していくようなこともなく、体内に留まり続ける。

なんと表現するのがいいのだろうか。

今までは俺の体では魔力を作り上げることができたが、その作った魔力は常に古いものを捨て新しいものを使っていた。

言ってみれば、発電所みたいなものだろうか。

食べ物などといった食料を使って魔力を作り上げる装置。

そんな作ることに特化した施設に、この度新たに大型バッテリーが搭載されるに至ったのだ。

今までは作るだけだったところに、蓄電を可能とするバッテリーが内蔵された。

もちろん、このバッテリーたる雫型魔石にも魔力を溜め込む容量の限界というのは存在しているのだろう。

だが、瞬間的に見れば俺が使える魔力量というのは、今までの魔力製造量プラス貯蓄魔力量となったわけだ。

ようするに総魔力量が増えたと言い換えることもできる。

そして、一度に使うことができる魔力量が増えたことで新たに発動可能となった魔法がある。

フォンターナ家の上位魔法たる【氷精召喚】とも違う上位魔法。

それは教会に名付けされ使えるようになった生活魔法の上位に位置する魔法。

つまり、回復魔法だった。

「回復」

魔力量が上昇し位階が上がった瞬間に急に使えるようになった回復魔法。

それを俺は早速自分の体に使ってみることにした。

ミームによって行われた手術によって俺の体の腹部には手術痕が残っている。

その傷跡が【回復】によって消えた。

成功だ。

どうやら無事に傷を治すことに成功したようだ。

「しっかし、回復魔法を手に入れるまで結構かかったな」

自分の体の傷が一瞬にして治ってしまうという現象を見ながらも、俺はそんなことを考えていた。

パウロ司教がバルカ村の教会で一神父として活動していたころ、俺からの魔力パスの影響で魔力量が急上昇して位階が上がり司教としての立場を手に入れたのはもう何年も前の話だ。

ただ、これはあくまで例外で大体は一つの貴族領の教会トップに立つ立場の者が回復魔法を使えるレベルらしい。

だが、パウロ司教は俺やヴァルキリーの魔力とつながった魔力パスの影響で位階が上昇したのだと考えられる。

その意味で言えば、俺もそのうち魔力量が増えて回復魔法が使えるようになるだろうとは思っていた。

が、思ったよりも時間がかかったように思う。

実はこれは俺が子どもの頃からしていた魔力トレーニングのデメリットでもあった。

体内で発生した魔力を凝縮させて、それを肉体に満たすことで得るメリットもあればデメリットもあったのだ。

濃厚な魔力は肉体面を通常よりも強化してくれていた。

まだ年齢が一桁だった子どもの俺が魔力量の多い騎士や当主級などを相手にしても力負けしなかった理由はそこにある。

が、濃縮しすぎた魔力は魔力量としてみると通常よりも減ってしまうという面があったのだ。

例えば普通ならば十はあるはずの魔力を濃縮して一くらいにまでしてしまうと質は上昇したが、量は単純に言って十分の一に減ったことを意味する。

そして、名付けによる魔法習得、とくに上位魔法は魔力量によって使えるか否かが決まるのだ。

つまり、俺は肉体面の強さを手に入れるために質重視にしていた魔力によって、上位魔法を使えるようになる魔力量という基準を満たせずにいたということだ。

それが今回の雫型魔石によって解決した。

体内に大量の魔力を貯蔵したことで総魔力量が増えたと認識され、教会の上位魔法である【回復】が使えるようになったというわけである。

「ミーム、ちょっといいか?」

「どうしたのかね? なにか問題が出たのかい」

「いや、そうじゃない。実験は無事に成功した。だけど、これ以上はこの手術はするな。魔石埋め込み術式は今後禁止とする。いいな?」

「……いいのかい? これは同志にとっても意味のある手術であると思うのだが」

「意味がありすぎるからだよ。というか、これ以上続けてみろ。ミームが手術した騎士たちは軒並み位階が上昇することになる。そうしたら、さすがになにか理由があるんじゃないかと勘ぐられる。お前も無駄に探りを入れられることになるぞ」

「だが、それだと今後は一切手術ができなくなるのではないかな？　騎士たちの魔力量を上げることができるのは同志にとっても大きな意味があるはずだ。それを捨てるとでも？」

「いや、それについては問題ない。もう覚えた」

「覚えた？　なにを覚えたんだい？」

「魔石の埋め込み場所だよ。これからは手術をする必要はない。俺が直接魔石を体内に作るからな」

ミームに対してこれ以上の手術は禁止だと言う俺。

それに対して、さすがにすぐには納得のいかない様子のミームに対して俺は近づいていく。

そうして、おもむろにミームへと手を伸ばし、その腹へと右手を押し当てた。

呼吸を整えて魔力を操る。

俺の魔力をミームの腹部へと送り込み、そして魔石を作り上げる。

ミームのように手術で腹を開け傷を作ることもなく、対象の腹部へと雫型魔石を作ることに成功した。

「まさか……、手術の代わりに魔法で代用するとはね」

「これなら傷が残らないから、体を見ただけでは魔石を埋め込まれたとは気づかれにくいはずだ。今後、騎士たちに対しては俺が自らこの方法で魔石を埋め込む。ミームには悪いが、今回の実験は表に出すことはできない。人体解剖図とは違って発表は控えてくれ」

「……ふう、さすがにこれは危険な技術だというのはわかるよ。ただ、研究結果として残せないのは残念だね」

「悪いね。まあ、その分研究費は増額しておくから勘弁してくれ」

こうして、俺とミームの秘密の研究は一定の成果を得て終了した。

そして、俺はこの魔石埋め込み術式の魔法をバルカの騎士たちに使っていくことにしたのだった。

◇◇◇

「氷精召喚」

フォンターナ家が誇る氷の魔法。

通常の騎士が用いる【氷槍】ではなく、使われたのはその上位に位置する魔法だった。

【氷精召喚】というのは文字通り、氷の精霊を召喚し一時的に使役する方法である。

ウルク家の【黒焔】とも、アーバレスト家の【遠雷】とも違う独特の上位魔法。

二つの貴族家を打倒し、またたく間にフォンターナ領を拡大させたその上位魔法が発動された。

「おい、見ろよ。バルガスのやつはデカイ亀みたいだな」

「本当だな。氷をまとった亀か。守りが好きなバルガスらしいっちゃらしいな」

その【氷精召喚】を発動したのは俺ではない。

俺の配下の騎士であり、旧アーバレスト領都を中心としたアーバレスト地区を任せているバルガスがフォンターナ家の上位魔法を発動させたのだ。

というか、あっという間だったなと思わないでもない。

なにせ、つい先日までフォンターナ領でこの上位魔法を使えるのは俺くらいだったのだ。

それが今は俺以外にも【氷精召喚】の使い手が現れることになってしまった。

まあ、それもひとえに俺の行動によるものだろう。

俺はミームによってもたらされた雫型魔石を体内に埋め込む手術を教わり、それを魔法で再現できるようになった。

そこで、早速このことを何人かに話したのだ。

バルガスもそのうちの一人だった。

バルガスの腹部に触れて魔法を発動させる。

と言っても、これは呪文化させていないので正式には魔術で、現在のところ俺しか使えないのだが。

だが、その効果は確実だった。

バルガスの腹に触れながら、体にメスをいれることもなく、その内部に雫型魔石を作り上げた。

これによって、俺と同じようにバルガスは体内に魔力貯蔵庫を持つに至った。

そして、その魔石に魔力という液体を注ぐことでバルガスも位階が上昇したと言うわけである。

こうして、晴れてフォンターナ家には新しい当主級が誕生したというわけである。

「よっしゃ。それじゃあ、いっちょ手合わせといこうぜ、バルガス。俺の氷精とどっちが強いか勝負だ」

「ああ、いいだろう。こっちの氷精に負けても文句を言うなよ、バイト」

「言ってくれるじゃねえか。望むところだ」

そんなバルガスに対して突っかかっていくのは、別に俺ではない。

その場にいたもうひとり、つまり、バイト兄がバルガスに勝負を挑んだのだ。

新たに当主級となったのはバルガスだけではない。

俺の兄であり、ウルク地区の東側を騎士領とするバイト兄もその一人だ。

当然バイト兄にも魔石を移植している。

その結果、バイト兄も【氷精召喚】が使えるようになっていた。

そのバイト兄が【氷精召喚】と呪文を唱えると新たに氷の精霊が現れる。

青白い色の体をした狼のような氷精だ。

バルガスの亀の形をした氷精に狼型の氷精が駆け寄っていき攻撃を開始する。

バイト兄の氷精を仮に氷狼と呼ぶことにしようか。

この氷狼は移動速度が速い。

もしかしたらヴァルキリーよりも速いのではないだろうか。

成人男性よりも体高がある大きな氷狼は恐ろしいスピードで走りつつ、左右ジグザグにピョンピョンと跳ねるようにして相手の攻撃を避けることもできる機動型のようだ。

そして、その口にある牙と足にある鋭い爪で攻撃してくる。

もちろん、氷の精霊として使える魔法もある。

実際に相手にするにはかなり厄介な相手と言えるのではないだろうか。

対するバルガスの氷亀は速度はない。

が、小山のような大きな体と硬い氷の甲羅が恐ろしいほどの防御力を発揮しているようだ。

氷狼による高機動攻撃を受けて、頭と手足を甲羅に引っ込めて完全防御の姿勢を貫いている。

だが、さすがにそれでは防御一辺倒で氷狼には勝てないのではないだろうか。

その戦いを見ているとそう思ったのだが、氷亀には攻撃手段もあったようだ。

氷狼の攻撃を受けながらも、だんだんと攻撃準備が整っていく。

それは甲羅にびっしりと氷槍が生えて、増え続けていたのだ。

そして、氷狼による幾度かの攻撃が一段落して一度距離をとったタイミングで、氷亀からの攻撃が発射された。

甲羅に生えた無数の氷槍が一斉に射撃されたのだ。

「あ、危ねえ！」

亀を中心にして周囲全てに氷槍をぶっ放す攻撃が放たれた。

安全圏にいると思って気を抜きながらその戦いを見ていた俺は慌ててガードする。

体の大きな亀の甲羅から作られた氷槍は、フォンターナ家の持つ【氷槍】の魔法で作られる氷柱よりも太い。

そんなものが周囲に無数に飛んでくるというのはなかなか危険な技を持っているなと感じてしまう。

「キャウン」

そして、その攻撃は見事に氷狼へとあたったようだ。

大きな氷の槍が体に当たり、大ダメージを負う氷狼。

その氷狼の鳴き声を聞いたのかどうかはわからないが、氷亀はのっそりと甲羅から首を出した。

しかし、それは早計だったようだ。

大きなダメージを負ったとはいえ、いまだ氷狼は動ける状態だった。

最後の力を使い、高速で氷亀へと駆け寄って甲羅から出た首へと鋭い牙を突き立てる氷狼。

カヒュッという音がしたかと思うと、その後すぐに亀の首がグラリと落ちていく。

そして、その首と同じように氷の狼も地面に倒れ臥した。

「くっそー、引き分けか」

「いや、今のは俺の勝ちだろう。氷亀の攻撃が先にあたって狼のやつは瀕死になっていたんだから」

「なに言ってんだ、バルガス。むしろ、次戦ったら亀に勝利はありえないだろ。あんな攻撃が来るって分かっていたら当たるはずないんだからな」

「おいおい、それこそ何を言っているんだよ。まともに攻撃が通らなかった時点で狼に勝ちはないさ」

バルガスとバイト兄が言い争っている。

まあ、言い争いとは言ってもそこまでヒートアップしてはいない。

なんだかんだで、この二人もそれなりに長い付き合いになるしな。

だが、そんなことよりも気になることがあった。

この二人の氷精って強くないか？

多分、今の戦いも軽い模擬戦程度のものだろう。

それをみていると、俺の氷精って弱すぎないか？　と思ってしまう。

俺は同じ呪文を使っているはずなのに、明らかに強さに違いのある自分の【氷精召喚】と比べてショックを受けざるを得なかったのだった。

第三章　三頭会議

「この度の大規模広範囲の地震の原因はすべてフォンターナ領の当主代行アルス・フォン・バルカによるものである。よって、我がパーシバル家はフォンターナ家へとその責任を追及すべきであるとここに提案する」

元覇権貴族であるリゾルテ家を追い落とし、その勢力を拡大させた三貴族同盟。

その三貴族同盟が一堂に介して年を跨ぎながらも話し合いを続けていた。

教会が主導して開催された三貴族同盟会談といわれるものだ。

この三貴族同盟会談の主な目的は次の覇権貴族を決めるというものだった。

いまだに数多く存在する各地の貴族家に対して、王家と密接な関係を持ち、間接的にだが強力な影響力を持つ覇権貴族へと上り詰める。

三つの大貴族はすべて自分たちがその地位にふさわしく、絶対に他家にはその覇権を握らせてはならないと思っている。

会談開始当初はお互いが牽制しあって、いつ暴発してもおかしくない一触即発状態に陥っていた。

だが、そこにだんだんと変化が現れた。

未だ覇権を握ることを狙いつつも、ひとまずは現状で安定化しようという動きが出始めたのだ。

その理由は三貴族同盟の北と南にあった。

元覇権貴族であり、衰えたとはいえ未だ存続している南の大貴族であるリゾルテ家。

そして、そのリゾルテ家と北のフォンターナ家が南北同盟を結んだことが最初のきっかけだった。

その同盟はかなりの異例の事態だったと誰もが感じていた。

なぜなら、北のフォンターナ家はほんの少し前に当主であるカルロス・ド・フォンターナが領地から遠く離れた土地で亡くなっていたのだから。

残された子どもはまだ話をすることすら不可能な幼子であり、急場をまとめるのは不可能である。

誰しもがそう考えていたのに、事態はまたたく間に進行したのだ。

農民出身と言われる騎士が当主カルロスの死の直後に動いた。

その速さはまさに電光石火と言えるほどだ。

誰もが関知しない間に当主の死を知ったその騎士は次期当主であるカルロスの嫡子を保護し、当主代行の地位に収まった。

そして、その直後にリゾルテ家と同盟まで結んでしまったのだ。

ほんの少し前まではそこいらに存在している弱小貴族家となんら変わらなかったフォンターナ家をまたたく間に拡大した英傑であるカルロスと密接に関係のあったアルスという騎士。

しかも、そのアルス・フォン・バルカ率いるバルカ軍は圧倒的多数を誇るメメント軍と対峙しても一切引かず和睦に持ち込んだのだ。

メメント軍が北へと向かった当初は誰もがメメント側の圧勝と予想していたこの戦いの結果は予想外の出来事でもあった。

北と南に大きな不安要素が残っているというこの状態で続けられた三貴族同盟会談は少しずつその目的を変化させていった。

あわや、三大貴族同士で戦い合う日が来るかと思われたこともあったが、当面の問題についての話し合いを優先することで、だんだんとその内容が変わったのだ。

次の覇権貴族を決めるためではなく、三大貴族、及びそれらの影響力が及ぶ貴族領に起こる問題についてを話し合う場へと。

そうして新年を迎えてしばらくしたころになると三貴族同盟会談はその名を三頭会議と呼ばれるよ

うになった。

互いの領地、経済、軍事など多岐にわたる内容を議論し合う場へとなったのだ。

話し合うことはいくらでもあり、潜在的な敵がいることで無駄に三貴族同盟内で争い合うのは愚行との認識が一致した結果、武力を用いずに妥協点を探すことができる場が出来上がったのはすべてのものにとって幸運なこととなった。

だが、その三頭会議も長くは続かなかった。

突然の天変地異が襲いかかったのだ。

もうじき春が来て、これから更に忙しくなってくるというときになって、なんの前触れもなく突然の不幸がすべてのものに降り掛かった。

広範囲に地揺れを起こした大地震によって三大貴族のどの領地も影響を受けたのだ。

建物が崩れ、それによって多くの人が冬の寒さに身を震わせた。

たとえどれほどの大領であろうとも無視できない大災害が引き起こされたのだ。

だが、しばらくすると不思議な話が聞こえてくるようになった。

未曾有の大災害を事前に「予告」したものがいるのだという都市伝説のような話だ。

こういう話そのものはよくあるものだ。

実際に何かが起こってから、あとになって「実は自分はこの出来事を予期していた」と主張し、まるで予言者であるかのように振る舞う不届き者が出現するのは世の常だからだ。

しかし、今回は違った。

大災害が起きる直前に観測された三つの天文現象。

地震という現実的な被害を与える前に、まるで恐怖を引き出すかのように起こった星と月と太陽の異常事態。

それを事前に宣告した者がいたのだ。

その人物こそ、近年急速に注目度が上がったフォンターナ家所属の騎士であるアルス・フォン・バルカその人である。

アルス・フォン・バルカは数日前から盛んにその天文現象が起きることを喧伝《けんでん》していた。

なんと驚くべきことに、フォンターナ領とは遠く離れた王領にまでその情報を届けていたのだという。

そして、その直後に地震が起きた。

この地震は誰が原因であるか。

考えるまでもないだろう。

アルス・フォン・バルカは氷の一族に名を連ねる一方で、独自に土の魔法を習得し、その力を以ってして敵対する勢力と戦っていたのだから。

地揺れはまさに土に関係した現象であり、この事態は自ら魔法を開発するという情報すらあるアルス・フォン・バルカがいよいよ上位魔法を生み出したのではないかと考えられたのだ。

しかも、地震が起きる前日の夜の月も注目された。

本来ならば夜空に月が見えることがない新月の日に、赤い月が現れたのだ。

この赤い月は古来より不吉の象徴とも言われている。

すでに文献は失われ、原理はわからないものの、魔力が関係していると考えられていた。

大気中の魔力がその濃密さを増す特別な日に、本来は存在しない赤い月があたかも空に浮かんでいるかのように浮かび上がるのだ。

やつはその魔力を利用して、土の大魔法を発動させたのではないか？

そう考えるのは当然の流れだった。

だからこそ、三大貴族家の一角たるパーシバル家はこの大災害を引き起こした北の悪魔を討伐すべきであると三頭会議で宣言したのだ。

「異議あり」

だが、そこで反論が起こった。

今回の三頭会議でフォンターナ家に対しての責任追及があることは誰の目にも明らかだった。

だからだろうか。

フォンターナ家から証人として会議へと出席した者がおり、その人物が異議を申し立てたのだ。

「我がフォンターナ家、及び当主代行たるアルス・フォン・バルカはそのような事象を発現できるいかなる手法も持ち合わせてはいません。事実無根であり、逆にフォンターナ家はパーシバル家にこそ責任を求めます」

「なんだと？　貴様、我らパーシバル家にいかなる責任があると言うのだ！」

「先程も言ったとおり此度の災害はフォンターナ家が関知するものではありません。むしろ、なぜこのようなことが起きたのか、それは昨年の王の死が関係しているのではないでしょうか。王領へと帰還しようと視察先であるフォンターナ家から移動中であった王が突然の襲撃によってお隠れになってしまいました。言ってみれば、此度の災害は王の怒り、あるいは天の意志と言えるのではないでしょうか。そうであれば先の王襲撃事件の首謀者こそが、此度の大災害を引き起こした直接の原因であると考えます」

「どういう了見だ？　まさか、王に手をかけたのが我らパーシバル家だとでも言いたいのか？」

「いかにも。我がフォンターナ家は先代当主カルロス様が亡くなられてからこの件に関して緻密な調査を行なってきました。そこで、浮かび上がってきたのは間違いなくパーシバル家の存在です。三頭会議にご出席の御歴々に問いたい。王の身に手をかけた者を許してもいいのでしょうか。否、答えは否です。パーシバル家へ王の死についての説明を求めます」

本来は地震についての責任を追及するためのはずだった三頭会議。

だが、そこへ一石を投じる者がいた。

フォンターナ家に所属するグラハム騎士家当主のリオン・フォン・グラハムだ。

当初は釈明に訪れたはずのリオンが堂々と宣言した。

王の命を奪ったのは三大貴族のうちのパーシバル家である、と。

そして、その発言の直後、三頭会議内では大きな拍手が起こった。

パーシバル家がフォンターナ家に地震の責任を追及すると発言した際より大きな拍手が起こった。

その拍手は間違いなく、リオン・フォン・グラハムに同意を示すという合図に他ならない。

それも当然だろう。

三大貴族が会談を開く前から王都圏で活動を開始したリオン・フォン・グラハムが、なんの算段もなくこの場に訪れることはないのだから。

すでに、王家と教会、そして三貴族同盟内でもフォンターナ家と経済的つながりを持つことになったラインザッツ家とメメント家はすでにこの発言に同意することを内密に了承していたのだから。

こうして、三頭会議は新たな局面を迎えた。

三つの大貴族がそれぞれ話し合う場から、王殺しの主犯とされたパーシバル家に責任を問う場にさらなる変質を遂げ始めたのだった。

◇◇◇

「で、その三頭会議に出席したリオンのやつは無事なのか、カイル？」

「うん。ちゃんとその後に報告があったから大丈夫だよ、アルス兄さん。今はパーシバル家に対して他の二家が責任を追及しているところだって。リオンさんはまだしばらく王都に残って、三頭会議の流れをみる予定だって言っていたよ」

いつの間にやら三貴族同盟会談から三頭会議と名を変えていた集まりが、今度はパーシバル家の責任追及機関へと変わってしまっていたようだ。

まあ、それも仕方がないだろう。

王を殺したのはパーシバル家である、とリオンが言い、その証拠を提出したのだ。

ここで、ラインザッツ家やメメント家がそれを無視するわけにはいかない。

なぜなら、その情報はすでに王家などにも渡してある。

見て見ぬ振りをすれば、それは王殺しに他の家も関与していたのではないかと疑われることになるのだ。

王家の影響力はいまだに大きい。

というよりも、王都圏の経済力というべき力関係が影響力を持っているのだ。

王家が所有する領地はさして広くなく、その王領のそばには複数の弱小貴族が密集するようにくっついている。

そして、それらの貴族家は王家に対して今でも忠誠を誓っている。

それらをまとめて王都圏などと呼ぶのだ。

この王都圏は大貴族ほどの武力を持ち合わせてはいない。

というよりも、下手すると攻め込まれたら僅かな期間で簡単にすべてを奪われてしまいかねないほどに弱いらしい。

では、なぜそんな弱い連中が束になって固まっているとはいえ存続できているのか。

それは経済的な力を持っているからだった。

かつて、この地は初代王によって統一された一つの国であり、各地に貴族家が配置され、それぞれの貴族家が王から与えられた領地を治めていた。

だが、長い歴史の中で王家の力が激減し、各地の貴族家が台頭し、王家から離れていった。

その中で各貴族家は独自で持っていた攻撃魔法を使って領地を奪い合い始めたのだ。

が、攻撃魔法を持たない貴族家というのも存在していた。

いや、むしろはるか昔の安定していたころにはそちらの貴族家のほうが多かったようだ。

では、それらの攻撃魔法を持たない貴族家はどのような魔法を持っていたのか。

それは、いわゆる生産型や文化系と呼ばれる魔法系統だった。

バルカニアにいる占星術師であるキリの一族はかつて貴族だったそうだ。

星の運行をもとに占いの魔法を発動するが、そこに攻撃魔法などはなかった。

そんな文化系魔法のほかに、生産型の魔法を使うものもいる。

これは俺が魔法でレンガやガラスを作るのに似ているのかもしれない。

というか、俺の魔法の中に【散弾】が無ければ、バルカ家は生産型魔法の使い手と認識されていたのだろう。

長い動乱の続いたこの国で、これらの直接的な戦うための力を持たない貴族家は多くが滅亡していった。

が、なんとか現在でも生き残った貴族も存在する。

そのような貴族家はどのようにして生き残りを図ったのかと言うと他者の庇護を得ることでだ。

つまり、生産型・文化系の魔法を持つ貴族家は攻撃魔法を所持する貴族家の下についたのだ。

もっとも、それらは格下の魔法と蔑まれ庶民レベルからも人気がない。

なぜなら、攻撃魔法を持ち、領地を治めている貴族家から所有品のように扱われたのだから。

彼らは生涯を俗世とは離れた場所に隔離され、上から命じられたように物を生産し続けるだけの機械のような扱いを受けるようになっていったからだ。

だが、そうならずに存続できた貴族家もいる。

それが王都圏に集まった貴族家たちだった。

王領周辺で寄り集まるようにして土地を治めつつ、そこで自らが持つ魔法を使って物などを生産する。

そして、それらは王家の物として他の貴族領に流れるのだ。

なかには魔法でしか作り上げることができない物も存在してる。

よそでは手にはいらない価値を一つの貴族としてではなく、複数が集まる集団として守っているのだ。

ここに手を出すのはいかに勢力の大きな貴族といえども難しい。

なにせ、他では手にはいらない物を魔法によって作っている貴族を武力でもって殺してしまえばその損失は計り知れないのだ。

そのような歴史的背景があり、基本的にどのような勢力が覇権貴族としてのし上がってきても、王家と手を結び、王都圏の生産物の流通ルートを押さえるだけにとどめてきたのだ。

だからこそ、王殺しは罪に問われる。

王を殺すということは王都圏の貴族すべてに手をかける可能性を自ら証明したことにもなるのだ。

そして、そのような危険な行動をとる貴族と歩調を合わせていると思われると困る。

つまり、パーシバル家はすべての貴族家にとっての敵であり、許してはいけない存在であることになるのだ。

「でも、リオンさんはすごいよね。王とカルロス様を襲撃した犯人をしっかり突き止めたんだから」

「うん？　いや、どうなんだろうな。あのときはリオンもすぐに逃げざるを得なかったから、真犯人は誰だかわからなかっただろう。本当にパーシバル家が黒幕なのかは闇の中だろうな」

「え？　でも、リオンさんは三頭会議でパーシバル家が王殺しをした証拠を提出したんだよね？　だからこそ、ほかの二家もそれを認めて責任を追及しているんじゃ……」

カイルがポカンとしながら聞いてきている。

その姿をみて素直ないい子に育ったな、と思わずにはいられない。

だが、そんなカイルには言いづらいのだが、実際にはまともな証拠なんてさして残っていなかった。

なぜなら、カルロスが死んだ直後に俺はその死の原因追及に積極的に動かなかったからだ。

つまりは、あのときリオンが王殺しの確たる証拠を探すほど調べることはできなかったことを意味する。

では、なぜリオンはパーシバル家が王殺しを手引した犯人であると断じたのか。

それは俺がそう言うようにリオンに指示を出していたからだ。

間違って他に情報がもれないように、リード家の【念話】ではなく、それ以外の情報網を使って指示を出していたからカイルはそれを知らなかったのだろう。

別に王とカルロスを殺した犯人役を他の二家、つまりラインザッツ家やメメント家に仕立て上げることもリオンならできただろう。

そうせずにパーシバル家を犯人に仕立て上げたのは、単に都合が良かったからだ。

三貴族同盟の中ではもっとも勢力が劣る第三位という位置に甘んじているうえに、今回の三頭会議で地震の原因が俺にあるとふざけたことを言い出すという情報も事前に入手していたからだ。

リオンが説得するのは基本的に王家だけでよかったというのも大きかった。

王家に対して、「王殺しの証拠をつかんだ」と報告すればいいのだ。

あの襲撃で生き残った者は数が少なく、リオンは貴重な証人でもある。

それが当時の状況と合わせて適当な証拠を持ってきて、説明をする。

それを反論したければ、犯人であると名指しされた者が真犯人を見つけ出すしか無い。

だが、それができるのであれば、もっと早く真犯人を突き止めていることができるはずだ。

つまり、リオンが犯人であると言った時点で高い確率で言い逃れができない状況が出来上がるのだ。

そして、王家さえ説得してしまえば他の二家に対しては王家が話をすすめることになる。

つまり、パーシバル家を追及すべきであるというのはリオンの提案ではあるが、王家の意思でもあるわけだ。

当然ながら、それを無下にすれば共犯関係を疑われる。

ラインザッツ家とメメント家はそれを断りにくい。

こうして、俺から遠く離れた地でリオンが駆け回り、うまく立ち回ってくれたおかげで、地震の原因などというものに俺が付き合う必要もなくなった。

その後、さらにリオンから入ってきた情報によるとパーシバル家はラインザッツ家とメメント家の両家と交戦状態に突入したようだ。

本来ならば言い出しっぺであるフォンターナ家もその戦いに参加するのが流れかもしれないが、俺は動かなかった。

カルロスの死を悼んで一年間喪に服すと宣言していたからだ。

まあ、できるだけの支援はしてやることにしよう。

パーシバル家と戦っている両家に対してそれぞれ食料と魔石の販売という名の支援をしながら、俺は北の地から三大貴族家同士の戦いを見守ることにしたのだった。

◇◇◇

「貴殿はなかなか無茶をしているようだな」

「無茶ですか？　別に私は特に何もしていませんよ、ピーチャ殿。三大貴族家の一角たるパーシバル家が現在の状況に陥っているのは、彼らの犯した罪のためなのですから」

「ふむ、なるほど。では、そういうことにしておこうか」

「そうしてください。で、今日はどうされたのですか？　ピーチャ殿はアインラッド騎士領に戻ったはずだったのでは？」

「うむ、一度雪解けに合わせて領地に戻った。先の地震の影響がどれほどのものだったのか、家臣に報告を受けてはいたが自らの目でも見てみたかったからな。だが、気になることが出てきたので、こうしてフォンターナの街へと舞い戻ってきたのだよ」

「気になること？　何かありましたか？」

「……何かありましたか、ではない。貴殿の配下のバルガスや騎士バイトが当主級に上り詰めたという話を聞いた。それは真のことかと思って確認するために動いているのだよ」

「ああ、そのことですか。そうですね。その二人は【氷精召喚】という呪文を発動することができるのを確認しています。当主級の実力があると言って差し支えないでしょう」

「……やはり、か。そして、それには貴殿の力が大きく関わっている、という噂は本当なのかな？」

「二人が当主級に上り詰めたのは、ひとえに彼らの努力の賜物でしょう」

「ここだけの話、として本当のことを教えてはくれないだろうか。貴殿がなんらかの方法を用いたのだろう？　本当のことを言ってもらえねば、少々まずいことになるかもしれん」

「まずいこと、ですか？」

「そうだ。我が友バルガスが当主級となったことはまだいい。が、騎士バイトが当主級になったことには少々不安がある。下手をすると、ウルク地区が荒れることになるかもしれんぞ」

「ウルク地区が？　バイト兄がなにかやったのですか、ピーチャ殿？　それとも、もともとウルク家に所属していた騎士たちに動きが？」

「……いや、そうではない。騎士バイトの力が増したことを不満に思っているのはウルク由来の騎士たちではない。ビルマ騎士領を治めているエランス・フォン・ビルマなどだよ」

なんでだ？

バイト兄が当主級の実力者になった。

そのことを気に食わないやつがいる。

それ自体は、そう考えるやつもいるんだろうと思うことはできる。

が、なぜそれがフォンターナの騎士の不満につながるのか。

俺の感覚では全くわからなかったが、ピーチャに説明を受けてようやく意味が理解できた。

ウルク地区にあるビルマ騎士領を治めるエランスがバイト兄に対して強く不満に思っている原因。

それは、序列や格付けといったものからくるものだったのだ。

力のある者が領地を奪い合う恐ろしい環境に身を置く貴族や騎士たちだが、それでも序列・格付けなどといった形式的なものが存在している。

現在のフォンターナ領でもっとも序列が高い者はまだ幼子ではあるが貴族家の当主であり、先代当主のカルロスの残した子どもであるガロードだ。

そして、ガロードをトップとしてフォンターナの騎士たちがその下にいる。

現在、当主代行という地位にいる俺だが、身分的にはフォンターナ家当主に忠誠を誓ったフォンターナの騎士というわけだ。

一応、例外的に教会から聖騎士という認定も受けているがとりあえずこれは置いておこう。

対して、ピーチャやエランスなども先代当主カルロスとともに戦場を駆け抜けたフォンターナの騎士で、俺が当主代行という立場から降りれば同格の地位に位置している。

が、バイト兄やバルガスはフォンターナの騎士ではない。

この二人は俺が名付けを行った、バルカの騎士なのだ。

要するに、序列や格付けといったものでは一段下がったところにいるのだ。

つまり、ビルマ騎士領を治めるエランスというフォンターナの騎士は自分よりも格下の人間が当主級になったことが許せない、ということなのだろう。

俺からすれば、知らんがな、とでも言いたいところだがピーチャに言わせればその気持ちはよく分かるというものだった。

まあ、考えてみればそれもそうかも知れない。

普通に考えれば、魔力パスというものが存在する以上、格下に魔力量的に追い抜かれることはあまりないのだから。

もっとも、大貴族に所属する騎士であれば、こういったケースは往々にしてあることでもある。

他の貴族を吸収して大きくなったような大貴族の内部構造は複雑で、単純な序列だけでは実力を計れないことが多いからだ。

だが、フォンターナは数年前まではまだ今の三分の一ほどの領地しか持ち合わせていなかったので、エランスのように考えるものも多いのだろう。

エランスに対して、うるせえ、ごちゃごちゃ言うな、と言うことは可能だろう。

だが、わざわざこうしてピーチャが俺に会ってまで言いにきてくれたのだ。

おそらく、この問題はエランスに限った話ではないのかもしれない。

もしかしたら、アーバレスト地区では当主級になったバルガスにたいして、パラメア要塞などを統治しているイクス家のガーナなんかも似たようなことを考えているのかもしれない。

だとすると、あまりいい加減な対応をするのはよろしくないのか。

不満を持ったのがビルマ家だけなら強硬策で解決できても、フォンターナ領中で騎士が俺に不満を持てば他の貴族が付け入るスキができてしまうだろう。

「ピーチャ殿の言いたいことはわかりました。ですが、新しく開発した強化の方法を気軽に使う気はありません。私がバルカの騎士たちに行ったバルカ式強化術を他の騎士にも求めるというのであれば、相応の代価を支払ってもらう必要があります」

「代価、か。まあ、無償で提供しろとは当然言わないが、どのような代価を貴殿は求めるのだ？」

「こちらが指定する土地を輸送専用路として提供してもらいます」

「輸送専用路？　それはいったい、なんだというのだ？　輸送路ということであれば、バルカの【道路敷設】を使うのか？」

「まあ、そんなものですかね。といっても、道路ではなく、線路を敷くんですけどね」

遠く離れた南の地では三大貴族同士が争っている。

それについての情報を集めながらも、フォンターナ領でもいろんなことを言い出すやつがいた。

だが、丁度いい機会かもしれない。

これを機に、さらに流通について改革を施しておこうと俺は考えたのだ。

領地持ちのフォンターナの騎士に対して、当主級になれるかもしれない魔石埋め込み術式という強化方法をチラつかせて、各騎士領の土地の使用権を求める。

そして、そこに俺は線路を作っていくことにしたのだった。

以前から考えていたことがある。

それはもっと流通を良くしたいという思いから発したものだった。

フォンターナ領は俺が作り上げた【道路敷設】という呪文を使うことで、かなり上質な道路を短期間で作り上げることに成功している。

それによって、今までよりも陸路を移動するスピードがあがり、人の行き来も増えた。

もっとも、これはカルロス時代からの関所での通行料撤廃なども関係してるだろう。

このおかげで、流通の便はかなりよくなった。

が、もう少し良くならないかという思いも俺の心に残り続けた。

なにせ、ある程度金を持っている商人でなければ荷車を曳くための騎竜といった使役獣を所有していないのだ。

しかも、使役獣にはいろんなタイプがいて、荷物を曳いている姿形は千差万別で、進むスピードも違う。

【道路敷設】で作り上げた幅数メートルの道路は移動速度の違う者たちが思い思いのスピードで動いているため移動効率が悪かったのだ。

だから、それを解消するために輸送路を作り上げたいという気持ちがあった。

そして、陸で活躍する輸送機関として思い浮かぶのは線路の上を走る列車だろう。

前世の記憶を持つ俺は当然、この線路作りを夢見ていた。

だが、その思いは今まで実現するには至っていない。

それはなぜか。

理由はもちろんある。

当初の村数個しかないバルカ騎士領ではそこまで線路を必要としなかったからだ。

距離が短いのであれば、わざわざ道路とは別に線路を敷いて維持管理していくのは少々効率が悪い。

故にバルカ騎士領の中だけで大々的に線路作りをしていくことはなかった。

では、それをバルカ騎士領の中だけに留めずにフォンターナ領全体に配置するのはどうかという考えにつながるだろう。

しかし、そこでは新たな問題が出てくる。

バルカ騎士領以外の土地は俺の管理下には無い。

ほかの騎士が独自に治める土地に勝手に線路を敷いて、荷物を運ぶことなどできなかったのだ。

つまりは、大規模に線路を作っていこうとした場合、土地の利用などのさまざまな権利関係が問題となってくるのだ。

本気で線路を作って輸送力をあげようと考えれば、各騎士に対して粘り強く交渉を繰り返し、理を説いて、実利を提供し、あるいは力で脅して説得を続けなければならない。

が、そんなことをする気にはとてもなれなかった。

もしそんなことをしようとすれば膨大な時間を交渉に充てなければならないし、仮にどこかの騎士に許可をもらっても、その先に線路を敷きたい土地の騎士との交渉が失敗すればすべての意味がなくなるのだ。

もしやろうとすれば、フォンターナ領のほとんどの騎士に許可をもらうくらいではないとできはしないだろう。

とてもできる気がしなかった。

だが、バイト兄がウルク地区の東にバルト騎士家として独自の領地を持つに至った頃に、やはり線路がほしいという思いが再燃してきた。

それはバルト騎士領の鉱山で採掘された鉄をバルカニアに運んで、炎高炉で製鉄するようになったからだ。

鉄のような重たい金属をもっと運びやすくしたい。

そのために、線路がほしいと常々思っていたのだ。

そうして、そのチャンスがようやくやってきた。

俺がバイト兄やバルガス、あるいは他のバルカの騎士に対して雫型魔石を体内に埋め込むというとんでもない方法で新たな当主級が生まれたことで状況が変わってきた。

平民から騎士になるというのは、通常ではかなり珍しく難しいこととされている。

そして、さらにそれ以上に難しいのは通常の騎士から当主級という実力者に上り詰めることだろう。

一般的には当主級というのはその貴族家の当主か、あるいはその血縁を利用して領地にいる複数の騎士から魔力を集めた特別な者くらいなのだ。

もし、そんな当主級に自分がなれる可能性があるとしたらどうか。

少々無茶な要求であっても、それを呑み込んでしまうというのは誰も責められないだろう。

かくして、俺が代価として持ち出した、輸送専用路のための土地の提供、という領地を治める者なら簡単には頷けない条件を多くの領地持ちの騎士たちが了承した。

ビルマを治めるエランスのほかにもイクス家のガーナ、ちゃっかりと入っているピーチャなどもそうだ。

俺がその条件を提示したら、あっという間に我もわれもと手を挙げたのだった。

◇◇◇

「とりあえずの目標はフォンターナ領を横断する線路を作るって感じかな。バルト騎士領の鉱山から採れた鉄をバルカニアに運ぶ路線、それにバルカニアからアーバレスト地区までもつなごう」

「ちょっと待ってほしい。貴殿がいきなりいろんな変わったことを行うのはよく知っているが、その線路というのはどういうものなのだ？　本当にそんなに大規模にやる必要があるのか、全くわからんのだが……」

「なるほど。確かにピーチャ殿の言うこともっともですね。なら、とりあえずバルカニアとフォンターナの街を結ぶような線路を作って、列車を曳いてみますか」

さすがに、いきなり見たこともないものを自分の土地に作ると言われても困惑してしまうか。

そう考えた俺はすぐに作業に入った。

早速俺はバルカニアを出発点として地面に手をつけながら魔力を使って硬化レンガ製のレールを敷設していったのだった。

長年の夢だった線路作り。

俺はそれを普通の工事ではなく、道路などと同じように魔法で作ることにした。

今はまだ呪文化していないが、今回の線路作りでは呪文として作り上げてしまい、他のバルカの騎士によって各地に線路を伸ばしていこうと考えているからだ。

なので、基本的には道路と同じように真っ直ぐに線路を敷くことになる。

しかも、線路同士を途中でスイッチなどで切り替えたりする装置もない、本当にシンプルな単線の線路を作ることにした。

新たに線路を敷設する土地を確定し、そこにまずは先行したバルカの騎士たちが【整地】をしていく。

そして、バルカニアからとりあえずはドレスリーナへと向かう方向へ真っ直ぐ向かう線路を敷いていく。

事前に気球や飛行船を使い、空からも確認しながら、リード家の人間が【自動演算】で寸分の狂いもなく真っ直ぐに線を引くようにドレスリーナの方向へいけるように計算しているので間違いはない。

その状態になってから、俺は地面へと手をついて魔力を送り込んだ。

俺の魔力を使って地面の土を利用しレールを敷く。

実はすでにレールについては実際に作ったものがあり、それを【記憶保存】で覚えているのですぐに作ることができた。

レールは以前バルカニアで作ったことがあったのだ。

それはバルカニアの北に広がる森のなかでも、樵たちによって計画的に伐採されることになった森林保存区にある。

伐採した木材をバルカニアへと楽に運ぶためにも、レールを作ってその上に車輪を転がして移動できるようにしていたのだ。

そのレールを利用して線路を作っていく。

再び地震が起こっても簡単には壊れないような線路を作る。

そのために、地面の下の土を硬化レンガ製の床へと変化させる。

一応、道路づくりのときと同じようにわずかな丸みがある地面にして雨が降ったときなどに水が左右の溝に流れていくように設計している。

そして、そんな土台の上にレールをつくる。

これも硬化レンガで作ることになる。

だが、レールに使用した硬化レンガは今までの道路よりも磨き上げたような表面にした。

道路を硬化レンガで作ったときに、一度鏡のようにきれいに磨き上げたような硬化レンガにしたら、まるでスケートリンクのように滑ったのだ。

特に雨が降って濡れたときなんかはやばかった。

あまりにも滑りが良すぎるということで、見た目はきれいだが歩行するための道としては危険極まりないものになったという経験があった。

そこで、【道路敷設】という呪文として完成したものはあえて多少ザラつきがある滑りにくい石畳となるようにしたということがあったのだ。

が、レールならばそれよりも滑りを良くして摩擦抵抗を減らすのもありだろう。

狂いなく、まっすぐに伸びるI字型の二本のレールが続く線路が俺の魔力で地面にその姿を現した。

どうしてもカーブが必要なときは、そこだけは鉄のレールでも作って工事しよう。

とりあえずは、この真っ直ぐなレールの線路を作れるように呪文化していく。

こうして、俺は地面に手を当てながら延々と真っ直ぐに伸びるレールを作って前に前に移動していったのだった。

◇◇◇

「坊主、線路の上に列車を設置したぞ。いつでも試運転を開始できる」

「分かった。それじゃあ、出発進行だ。発進してくれ」

バルカニアからドレスリーナに向かって続く真っ直ぐな線路。

それが完成したところでは、まだまだ線路作りの魔法は呪文化できていない。

だが、一度線路作りはそこで中断して、そのレールの上に列車を走らせてみることにした。

おっさんの準備ができたという声を受けて、俺が列車を発進するように指示を出す。

それを聞いて、線路の上を列車がなめらかに進みだした。

しかし、列車という言葉を使ってはいるものの前世で見たことのある電車などとは全く違っている。

というか、これは俺は前世で実際にみたことはないが、いわゆる馬車鉄道というやつだろう。

俺は作り上げた線路の上を走る列車の動力として、ヴァルキリーの力を利用することにしたのだ。

わざわざ線路を作って列車が走れるような環境を作り上げたのだから、本当ならば炎鉱石を使った蒸気機関車や魔電鋼を使った電車を造りたかった。

だが、現状ではそれは難しかったのだ。

技術的な問題だけではない。

炎鉱石も魔電鋼も、そのどちらも武器の材料として優秀すぎるという点がネックになった。

炎や雷を放つ魔法剣という希少な武器を作ることができる貴重な物質が、線路という限られた移動ルート上を行き来していたらどうなるだろうか。

確実に狙われるだろう。

あまりにも貴重すぎる戦略物資だけあって、それを列車の動力源として使うことができなかったのだ。

仕方がないので、列車の移動はヴァルキリーがその動力源となることになった。

俺のイメージする電車などと比べるとやはり積載量などに不満が残る。

が、今はこのくらいでもいいのではないだろうか。

少なくとも、レールというものを活用することによって、同じヴァルキリーが荷車を曳くよりも楽に大量の物資を輸送することに成功している。

しかも、通常の道路とは完全に分けて線路として作ることで移動の邪魔となる歩行者や他の荷車がいないため移動効率が格段にいい。

バルカニアからドレスリーナまでの移動は格段にしやすくなったと言えるだろう。

試運転はとくに問題が起こることもなく、上々の結果で終わった。

その後、バルカニアへ向かう復路となる線路をもう一本作り、さらにドレスリーナからフォンターナの街までの線路を作る。

線路を引きながらも実際に使用してみて、問題点をあぶり出し改善を加えることも忘れない。

そうして、ひたすら線路を作り上げながら、なんとか呪文化することにも成功した。

こうして、バルカの騎士は新たに【線路敷設】という呪文が使用可能となり、フォンターナ領各地に向かって新たな輸送路が構築されていったのだった。

「……フォンターナ領横断列車は無理だな。少なくとも今は」

【線路敷設】という真っ直ぐに伸びるレールを敷くための呪文を作り上げた俺だが、その後、いくつかの問題点も見えてきた。

まず、フォンターナ領を横断するような東のウルク地区から西のアーバレスト地区まで伸びる真っ直ぐな線路を引くという考えは断念することになった。

本当なら、長距離を通る線路を作りたかったのだがそれもしょうがないだろう。

なにせ、線路の上を走る動力をヴァルキリーにしたのだ。

電車や蒸気機関車とは違って、まずは積載量が違うという問題もある。

が、それ以上にヴァルキリーはいかに優れた使役獣であるとはいえ生きた動物であるという点である。

食べ物も必要ならば水も飲むし、体を休める時間も必要だ。

角ありを列車を曳くための動力として利用すれば、それでもいくらか走行距離が延びるかもしれないがそれはできない。

魔法が使える角ありは俺の持つ最強のカードでもある。

バルカ騎士領の中だけならともかく、他の騎士領を通過することもある列車に角ありを使うことはできなかった。

そのため、動力として列車を曳いてもらうことになったのはすべて角なしだ。

彼らは【瞑想】などといった魔法も使えないので、しっかりと体を休めなければならない。

そんなわけで、地平線の彼方に続く線路を延々と列車移動できるということにはならなかった。

必然的に一定程度の休息場所が必要という結論に達したのだ。

では、どこで休憩するのが一番いいか。

線路の上を車輪を転がして運ぶとはいえ疲れてしまうヴァルキリーが安全に休める場所であること。

そして、休んでいる間に賊などに荷物を奪われないための場所が必要だ。

そうすると、簡易休憩所みたいな造りはなるべく避けたかった。

そういうわけで、結局フォンターナ領を走る線路は手頃な距離にある街から街へと向かうように敷設していくことになったのだ。

まあ、今なら丁度いいといえば丁度いいかもしれない。

地震が起きて被災者を収容するために、俺がフォンターナ領中の小さな町や村にまでアパートなどを建てたのだ。

その建物を駅舎などに活用しよう。

そうして、各地に点在する俺の建築物に向かって、縦横無尽に線路が敷かれることになったのだった。

一応駅舎と列車の保管庫、荷物の保管庫などの施設を維持していく必要もあるため、その地の住人にも働いてもらうことになる。

これが意外と地震の影響による失業者への対策にもなったので、移動効率が少々落ちてしまうが結果オーライとなったのだった。

◇◇◇

「すみません。俺ってなにかしましたか、パウロ司教？」

「ふむ。アルス、あなたは自分のしていることがどれほど異常なことなのか、あまり理解していないようですね？」

「えーと、なんの話なんでしょうか？　もしかして、線路を作ったのってなにか教会にとって不都合だったりしましたか？」

「いえ、線路はどうでもよろしい。それよりももっと重要な問題があります」

「あー、もしかして最近俺がしているバルカ式強化術が問題なんですかね？　でも、フォンターナ領を守っていくためには当主級一人だけっていうのはちょっと大変なんで、しょうがなかったんですよ」

「その結果があれですか？　あなたやガロード様以外の当主級が六人ほど増えたようですね？　それについても聞きたいことはあります。が、ひとまずそれも置いておきましょう」

「あれ、強化術のことでもないんですか？　それなら、パウロ司教が呼び出したのっていったい？」

「あなたは傷ついた配下の者たちに対して【回復】を使っていますね？」

「……ええ、使っていますけど。え、だめなんですか？　位階上昇によって覚えた【回復】は使っても教会になにか言われるような話は無いって聞いていたんですけど」

「そうですね。あなたが自身の実力で位階を上昇させ、それによって【回復】という魔法を使えるようになった。それをどのように使おうと教会が異を唱えることはありません」

「では、何が言いたいんですか、パウロ司教？」

「その前に、こちらへ。あなたにはこれからわたしの前で【回復】を使っていただきます。ああ、もちろんそのための対価は教会からお支払いしますのでご安心を」

【線路敷設】という呪文を作り上げ、実際の試用試験から得られたデータをもとに、どのように線路を敷くのか。

その際に、誰がどこまで維持費や管理費、人件費を負担し、安全を確保するのか。

収益をどのように分配するのか、などといったことまで多岐にわたる条件を各騎士領を治める騎士と協議していた。

お互いの利権が関わり合うことなのでアレコレといろいろ話し合っていたとき、教会からお呼びがかかったのだ。

なんのことだろうか、と思いながら教会にやってきたら、久しぶりにパウロ司教の顔がひどく緊張していたのだった。

どういうことかと話を聞いてみれば、どうやら【回復】についてらしい。

確かに俺は雫型魔石を体内に取り込んで位階が上昇してから覚えた【回復】という魔法を何度も試してみた。

そのことについて怒っているのだろうか？

といっても、パウロ司教が言うようにそれ自体を怒るというのはおかしな話なのだが。

パウロ司教がこっちに来いといい先導して歩く教会の通路を黙ってついていく。

そして、その先にあったひとつの扉を開け、中にはいっていく。

その部屋にはベッドが設置されており、そこに一人の怪我人が横になっていた。

黙ってここまで連れてきたパウロ司教がそのベッドのそばで立ち止まり、俺の顔を見る。

ということは、この怪我人にたいして俺が【回復】をかけるところを見たいのだろうか。

そのように判断した俺は一度パウロ司教の顔を見て、視線を合わせてから呪文を発動させた。

「回復」

俺が患者に対して右手の平を当てて、一言つぶやく。

するとその患者の体を覆い尽くすように俺の体から発した魔力が包み込み、不思議な現象を発動させた。

体全体の傷を再生させていくのだ。

何度見ても異常な光景と言わざるを得ないだろう。

なにせ、ベッドに横たわった患者の体から、失われていた右手と左脚がニョキニョキと生えていき再生したのだから。

俺は今まで戦に出ても大怪我をしたことがなかったが、これほど【回復】には効果があるとは知らなかった。

そりゃ、こんなとんでも魔法があれば医学も発展しないというものだろう。

ミームも苦労するはずだと思ってしまう。

「……噂は本当だったのですね。まさか、失われた手足を再生することができるとは」

「え？　もしかして、パウロ司教、できないんですか？」

「はい。できません。というよりも、【回復】が使える教会関係者でもそのようなことができる者というのは限られた特別な人だけでしょうね。大司教様といえどもできるかどうか……」

「はい？　え、なんでですか？　呪文を唱えるだけでしょう？　司教以上の立場の人ならだれでもできるんじゃ……」

「いいえ、違います。【回復】という魔法は体の傷を癒やすことはできますが、欠損した肉体を修復することはできないのです。教えなさい、アルス。それはどのようにして行っているのですか？」

「いや、教えろって言ったって呪文を唱えているだけですしね。むしろ、できないのが普通だっていうのすら知らなかったからわかりませんよ」

まじかよ。

てっきり俺は欠損治療までできるのが【回復】の効果だとばかり思っていた。

だけど、違ったのか。

俺の左右の肩をガッチリと掴んで揺さぶるように質問をぶつけてくるパウロ司教を前にして、俺も動揺を隠せないでいた。

もしかして、これが原因で教会に身柄を拘束されたりするんだろうか？

困ったな、と思いつつ、なにか適当な言い訳でもないだろうかと頭を働かせることにしたのだった。

パウロ司教に俺が使った【回復】が身体の欠損部位を再生させたことに対しての説明を求められた。

が、なんと答えればいいのだろうか。

普通はこんなことはできない、などと言われたところで俺はその普通がなんなのかをよく知らないのだ。

なんで他の人が同じ【回復】という呪文を唱えて使えないのかが理解できなかった。

しかし、今まで世話になりっぱなしだったパウロ司教に対して貸しを作ることができるチャンスでもある。

こんなに真剣に聞いてくるということは、欠損治療にはそれだけの価値があるのだ。

まあ、それもそうかもしれない。

他の人ができないことができるということはそれだけ優位に立てるということでもある。

が、それ以上に大きな意味もあるのだろう。

それは、魔法という存在についてだった。

俺が知る魔法の多くは手の平などを起点に魔法を発動させている。

もちろん全てがそうではないのかもしれないが、仮に魔法を使える貴族や騎士がその腕を両方ともなくしてしまうと魔法を発動できなくなることもあるのだということを聞いたことがある。

が、それを治療できるとしたらどうだろうか。

魔法を失った貴族の体を治すことができるとなれば、その恩恵は計り知れないだろう。

喉から手が出るほどやり方を知りたいと考えるのはそうおかしなことでは無いのかもしれない。

そう考えると、俺が欠損治療をできるというのは大きな意味があるが、パウロ司教が使えるようになっていてもらうのもメリットが大きい気がしてきた。

もし、なんらかの事態で俺の腕がなくなってしまったときに、パウロ司教が欠損すら治療できる【回復】を身に付けていれば俺の生存率も高まるというものだろう。

恩を売りつつ、生き残るための確率を上げることができるのであれば、それに協力するのもやぶさかではない。

そう考えた俺は、【回復】について思考を巡らせる。

パウロ司教はなんと言っていたか。

確か、【回復】が使えるのは教会の中でも限られた特別な人だけである、とかなんとか言っていたように思う。

つまり、俺だけが使えるというわけではなく、他の人も使えるということを意味する。

さらにいえば、俺の使う【回復】もパウロ司教が使う【回復】も、そして、教会の中にいる特別な人とやらが使う【回復】、そのどれもが同じ魔法だ。

効果が違う、ということではなく、使い方に違いでもあるのではないだろうか。

そう考えると、魔法の効果というものにも考えが及んでいく。

俺が自分で作った魔法は、呪文を唱えると画一的な効果、あるいは現象が発揮されるというものばかりだった。

例えば【レンガ生成】などがそうだろうか。

この呪文を唱えると、毎回必ず同じ形で同じ重さのレンガを作り上げることができる。

その際、何をどう頑張っても違うレンガが出来上がるということはない。

必ず毎回同じ効果が現れるのだ。

だが、カイルの魔法はどうだろうか。

カイルの魔法の【速読】や【自動演算】という魔法は、呪文を唱えると一瞬にして書かれている文章を理解できたり、計算できたりすることができる。

が、リード姓を持ち、それらの魔法を使えるにもかかわらずできない人もいた。

それは、そもそも文字も読めなかったり、計算できないといった無学の人だ。

カイルの魔法を真の意味で使うためには、自分で勉強して文章を読めたり計算できたりする頭脳が必要なのだ。

それがなければ、猫に小判、豚に真珠だ。

リード姓を授けられても満足にその魔法を使いこなすことなどできはしない。

もしかすると、【回復】もそのような側面がある魔法なのではないだろうか。

つまり、欠損すら治療するためには【回復】という呪文を使えるだけでは不足であるということ。

ようするに、肉体の治療について医学的な知識がいるのではないだろうか。

例えば、人体は骨や筋肉、内臓などがどこにどうあり、それらがどのように関係しあって生命活動を行っているのか。

あるいは、それらの人体の構造を理解した上で、人の体は怪我などをしたときにどのように治る仕組みがあるのか。

それらを知っている必要があるのではないだろうか。

……どうだろうか。

可能性がないでもないが、もしかしたら単純に知識など関係なく、魔力の質が関係している可能性もあるだろう。

パウロ司教は俺よりも魔力量があるが、今は俺のほうが魔力の質だけをみると上だ。

同じ【回復】という魔法を使っても、魔力の質が高いほど欠損治療が成功しやすいのかもしれない。

どちらが正しいのか、あるいはどちらも違うのか。

わからない、が、そのどちらかである可能性はそこそこ高いのではないだろうか。

「と、いうわけでパウロ司教に必要なのは知識ではないかと思います。実際のところ、どうなんでしょうか。【回復】を使う際に、人体の仕組みを多少なりとも意識して呪文を唱えていますか?」

「……いえ、そう言われるとあまり深くは考えていませんでしたね。教会で住民たちに命名の儀式を執り行い、自身の魔力を高める。そうして位階を上げて【回復】が使えるようになれば、それだけで治療ができるようになるとしか思っていませんでした。人の体の仕組みなどといったものに造詣が深いかといえば、そうではないと言わざるを得ないでしょう」

「なら、まずは知識をつけることにしてみてはいかがでしょう。魔力の質を高めるのも並行して行ってもいいですが、時間がかかるでしょうしね」

「そうは言いますが、人の体の仕組みをどのように理解すればいいのでしょうか？【回復】に頼らない市井の治療師の話は玉石混淆で真偽が定かではないものも多いようですし」

「なんだ、そんなことですか。それならいいものがありますよ。実はバルカで研究していた人体解剖図という本があるのですが、それは人の体について勉強するには非常に充実した内容と正確な知識が記載されていることを保証します。ぜひ、読んでみてください」

「……ああ、あなたが死者を弄ぶようにして作った本でしたか。てっきり、あやしげな研究でもしているのかと思っていましたが……」

「違いますよ。全く、そんなことを言いだしたのは誰なんでしょうね。……実はあまり良い印象を持たれなかったのも事実で、完成した人体解剖図の本を買おうとする人がいないんですよね。けど、内容はちゃんとしていますから、パウロ司教にはぜひ読んでもらいたいと思います」

「わかりました。あなたがそこまで言うのであれば信じましょう。勉強させていただきます」

こうして、今まで完成したもののあまり注目されずほとんど売れなかった人体解剖図がようやく日の目を見ることになった。

パウロ司教は忙しいはずなのに、かなり勤勉で、すぐに読破してしまったようだ。

さらに、一度読んでそれが論理的で実証的な内容の本であるということを理解し、何度も読み込んだという。

そうして、しばらくした頃、パウロ司教も欠損治療に成功したという知らせを受け取った。

そして、もちろんこの話はパウロ司教だけのなかで留まることはなかった。

パウロ司教を通して、教会のなかでバルカで出版された人体解剖図が広く認識され始めたのだ。

人体解剖図から「新説・回復魔法の運用におけるパウロ司教の覚書」というタイトルに変更されて。

こうして、ほかにも欠損治療ができる人が現れることとなり、【回復】という魔法の歴史に画期的な変革をもたらしたとして、パウロ司教は俺の聖騎士認定に続いて教会から聖人認定を受けるに至ったのだった。

◇◇◇

「この度はおめでとうございます、パウロ司教」

「パウロ司教ではありませんよ、アルス」

「は？」

「これからは私のことは聖人パウロか、あるいはパウロ大司教と呼ぶように」

「ああ、そういえば教会から大司教へと任命されたんでしたね。ですが、確か大司教になるためには清めの儀式ができる位階へと上がる必要があるんじゃなかったんでしたっけ？」

「そのとおりです。今回は私が聖人として認定されたことを受けて、特別に大司教と位置づけられました。ですが、アルスの言うように私は清めの儀式を執り行うことはできません。ですので、中央への異動はなく、このままフォンターナ領の教会を取りまとめることになります」

「なるほど。まあ、こちらとしても今更パウロ司教、じゃなかったパウロ大司教以外に代わられても変な感じがしますしね。そのほうがありがたいです」

「そうですね。これからもアルス、あなたとは良い関係でいたいものです。そこで、あなたに頼みたいことがあります」

「頼みたいことですか？　なんでしょうか、パウロ大司教。いまなら大司教就任祝いとして俺が聞けることならなんでも聞きますよ」

「今、なんでもと言いましたね？」

「え、あ、いや。まあ、できる範囲でって感じですけど」

「では、あなたがフォンターナ領の騎士たちに行ったバルカ式強化術というのを私にもしてはもらえませんか？」

「……あの強化術ですか。確かにあれは俺や騎士の位階を引き上げた実績があります。けど、短期的にみて体に影響はないのは確認していますが、長期的にみてどんな影響があるかはまだはっきり分かっていないですよ。そんな危険を冒す必要があるんですか？」

「そうですね。確かにそうかもしれません。が、私がこれからも教会内での立場をあげようと考えた場合、多少の危険には踏み込む必要があるでしょう。それに、あなたも自身の体にその強化術を施しているのでしょう？　ならば構いません。私がここまで来られたのはアルスという人間と関わってきたからです。毒を食らわば皿まで、と言いますしね」

……え、それって俺が毒だってことだろうか。

せめて一蓮托生だとか、そんなふうに言ってくれればいいのに。

まあ、いいか。

なんだかんだで、パウロ大司教には世話になっている。

それに大司教というのは本当に位の高い地位に当たるのだ。

普通ならば簡単に会うことすらできないだろう。

以前フォンターナに呼んだ中央所属の大司教はパウロ大司教に声をかけてもらい、多額の喜捨をしてさらに移動費・滞在費などすべて俺が負担したりしていたのだ。

それでも、ちょうどスケジュールが空いていたから来てくれただけで、数年先まで予定が埋まっていることもあるとか。

そんな忙しい大司教と呼ばれる人がフォンターナ領にいてくれて、比較的簡単に会うことができるというのであればこちらにとっても助かるのは事実だ。

なので、俺は特にためらうこともなくパウロ大司教の腹に雫型魔石の埋め込み術式を施した。

この魔石による内部バッテリーの効果によって、名目上大司教という地位についただけのパウロ大司教は本当に位階が上昇した。

清めの儀式に用いられる【浄化】という呪文を使えるようになったのだ。

不死者の穢れを防ぎ、清める効果のある魔法。

これでいつなんどき、また不死骨竜が現れても大丈夫だろう。

いや、できれば二度と来なくともいいのだが。

◇◇◇

「はい。というわけで、無事、パウロ大司教が清めの儀式を執り行うことのできる、正真正銘の大司教となりましたとさ。というわけで、さしあたって必要なものがあるけど、なにかわかるか？」

「……そうですね。いろいろ必要なものというのはあるでしょうが、やはり新しい教会ではないでしょうか、アルス様。ここ、フォンターナの街にある教会も歴史あるものではあるでしょうが、大司教様ほどの地位のお方がいる場所としては少々格式が落ちてしまうというのは事実でしょう。大司教様に相応しい教会が必要かと思います」

「はい、正解。ペインの言うとおりだ。というわけで、フォンターナの街はまた壁を増築して再開発する必要がある。でっかい教会でも建てることになるだろうな」

「新しく教会を建てるなら、またアルス様の出番ということになるのでしょうか？」

「いや、俺の魔法はそんなに万能じゃないからな。それに、教会の伝統ある格式を保った建築方法なんてのも知らないし。リオンに連絡をとって、王都圏から専門知識のある人を呼ぶことになる」

「なるほど。確かにそのほうがいいでしょうね。あとから大司教様にふさわしくないと言われて作り直すなんてことになっても大変ですから」

「そういうことなんだけど、ちょっと問題もあるんだよな」

「問題ですか？　いったいどのような問題なのでしょうか、アルス様？」

「パウロ大司教はバルカ城にあるステンドグラスを大教会にも導入したいって言っているんだよ。それくらいなら、俺が魔法で手伝うこともできる。だけど、そうなると今度はこのフォンターナの城が問題になるんだよな。このままじゃ、フォンターナの街で一番大きくて目立つ建物がフォンターナ家の城じゃなくて、教会になるっていうことになるからな」

「それは、そうかもしれませんね。しかし、そうなるとこの城まで改築ですか？　大変な作業になるでしょうね」

「まあ、大規模建築ってことで仕事の創出にはなるっていう面もあるから、いいんだけどさ。また、調度品なんかも含めて金が掛かりそうだよ」

世の中、出世するとそれだけ見栄えを整えなければならないらしい。

これはたとえパウロ大司教が別にいいと言っても、教会関係者からクレームがくるため、教会を新たに建てるというのは覆すことのできない決定事項となった。

まあ、たしかに大司教でありつつ聖人認定まで受けたのだから今まで通りというわけにもいかないのだろう。

大教会を建てるための費用はもちろん教会側が捻出するので、人を雇って建物を建てる以上、多くの人がその恩恵を受けることになる。

地震によってフォンターナの街に集まってきた人たちの一助になるだろう。

が、それによってさらにフォンターナ家の居城までもを改めなければならないことになった。

こちらは教会とは関係なく自前で費用を捻出しなければならない。

地震の影響で税収を数年抑えるという処置を取らざるを得なかったフォンターナ領としてはなかなか痛手だ。

だが、やらねばならない。

当主代行の俺が城を新しくしなければ、主であるガロードをないがしろにしていると非難されかねないのだから。

こうして、俺は再び新たな城造りに着手することになったのだった。

◇◇◇

「というわけで、助けてグラえもん」

「……アルス殿、拙者の名はグラえもんなどというものではござらんよ」

「ごめんごめん。でも、新しい城を造ることになったからさ。やっぱり、ものづくりはグランに頼むのが一番だと思ってね」

「あ、アルス殿はそこまで拙者のことを評価しているのでござるか。拙者、感激でござるよ」

「そりゃ、お前以外には頼めないからな」

「……拙者以外には？　何故でござるか？　建築の知識を持つ者は拙者以外にもいるでござろう」

「建築技術のあるやつはそりゃいるけどさ。俺が今回造りたいなって思っている城は他のやつじゃ無理だよ。なんたって、大司教に相応しい格式の大教会にも負けない、変わった城を造りたいんだからな」

「確か、大教会とやらにもアルス殿の作るステンドグラスを使用するのでござるな？　それに負けない城造りはなかなか大変そうでござるが、なにか考えがあるのでござるか？」

「ああ、時計塔を造ろうと思う」

「時計塔、でござるか？」

「そうだ。同じステンドグラスを使った城はすでにバルカにもあるしな。同じようなもので違いを出そうとしても大きさとかくらいしか変化をつけられないだろう。だから、別の方法で違いを出す。そのために、大きな時計塔を城に設置しようかと思ってな」

「なるほど。それで、拙者のところに話を持ってきたというわけでござるか」

「ああ、そうだ。グランからも時計作りに進展が見られたって話がきていたところだからな。できそうなのか、水晶と魔電鋼を使った正確な時計は？」

フォンターナの街に新たに造ることになった城。

この城は同じく新たに建築予定の大教会に少なくとも負けてはいけない。

だが、これから新しく街の外壁を作り直して広げた土地に建築することにした大教会と比べると、使える土地に制限があるのだ。

うまくスペースをやりくりする匠の技を発揮して城を造る必要があるが、それだけでは足りないだろう。

誰もが驚く城にしたい。

そのために、俺が考えたのは時計を使うというものだった。

城にどでかい時計塔を設置して、フォンターナの街に住む者は誰でも時刻を見られるようにしてみるのはどうだろうかというアイディアである。

なんなら時刻を知らせる鐘を鳴らしてみるのもいいかもしれない。

そんなイメージを膨らませた俺は、その考えを唯一実行できそうなグランへと話を持ち込んだというわけである。

グランには冬に手に入れた魔電鋼という不思議な物質を預けて時計を作るように依頼していた。

水晶と電気を利用したクオーツ時計のように正確な時刻を刻む時計だ。

だが、さすがに難しい技術であるだけに、絶対にクオーツ時計にこだわるというのはやめてもいい。

ある程度の正確性があるなら、ゼンマイ式の時計でもいいと思っていた。

だが、そんな妥協気味の提案をしようとしていた俺の行動よりも早く、グランの方から報告が上がっていた。

水晶と魔電鋼を使用した時計の設計について、目処がついたというのだ。

……本当なのだろうか？

自分で依頼しておきながらこんなことを言うのもあれだが、クオーツ時計は少々無茶ぶりが過ぎたかなと思っていたのだ。

いくらグランでも、さすがにそんな高性能なものをちょちょいと作るなんてことは無理だろうと反省していたくらいなのだが。

「ふっふっふ。拙者を甘く見てもらってはいけないのでござるよ、アルス殿」

「つっても、まだ実物を作ったわけではないんだろ？　本当に作れるのか？」

「もちろんでござるよ。あれからいろいろと研究したのでござる。そして、ようやく見つけたのでござるよ。アルス殿に依頼された時計を作るために必要な、もう一つの材料が」

「もう一つの材料？　えっと、確か魔電鋼が泥人形として泥をどうやって動かしていたのかを研究するとか言っていたよな。そっち関係でなにかおもしろい発見でもあったのか？」

「……魔電鋼を用いて物体を動かす、というのはできなかったのでござる」

「あ、そうなんだ。それができれば面白かったんだけどな」

「それは拙者も実現したかったでござるよ。でも、無理でござった。なので、他になにか使える素材がないかどうかを探すことにしたのでござるよ」

「他の素材か。なんだろう。時計作りに使えるような変わった素材なんてあったっけ？」

「きっかけは振動にあったのでござるよ、アルス殿。魔電鋼から発せられる電気を水晶に流すことで細かく規則的な振動が生まれるのでござるが、それをいかに時計の針を動かすために活用するのか。それは、共振動現象を持つ素材を利用することで解決したのでござる」

「共振動現象？　なにそれ？」

「聞いて驚くでござる。ヴァルキリーの角でござるよ、アルス殿。あのヴァルキリーの頭に生えている角は変わった特性を持っていたのでござる。全く同じ形に加工したヴァルキリーの角に対して振動する水晶を触れさせると、その振動が水晶とは触れていないはずの同じ形に加工した別の角に伝わるのでござる。拙者はこれを共振動現象と呼ぶことにしたのでござるよ」

なんだそりゃ？

俺が使役獣の卵から孵化させたヴァルキリーの角にそんな変な特性があったのか。

……まあ、あってもおかしくはないのかもしれない。

なぜなら、ヴァルキリーは生まれながらにして持つ固有魔法として【共有】というものを持っているのだ。

この【共有】のおかげで、俺が名付けした初代ヴァルキリー以外もフォンターナやバルカの魔法を使うことができるうえに、群れ全体で魔力を共有しているのだ。

共振動現象とやらがあってもおかしくはないだろう。

グランはこの現象を発見し、それを時計作りに応用することにしたのだという。

簡単に言うと、魔電鋼を使って電気を発生させて、その電気を水晶に流す。

すると、水晶は規則正しく振動する。

そのとき、加工したヴァルキリーの角を振動する水晶に触れるようにしておくのだそうだ。

水晶の振動を感知したヴァルキリーの角は、共振動現象によって同じ形に加工された別の角を振動させる。

これは驚くべきことに距離が離れていても起こるのだそうだ。

この振動を利用して時計の部品の歯車を回すのだという。

部品として使用する角の形を振動によって効率的に歯車を回す形に加工しておくのがポイントだそうだ。

うまく時計を動かすための動力になるように振動を制御するため、特殊な形に加工する技術がいるらしい。

が、現段階でこの加工は完成形が見えている。

あとは、実際に歯車を動かして時計の針を動かすだけで俺の要求したものを作ることができる。

いや、違うか。

グランは俺が要求した以上の時計を作り上げることになるだろう。

なぜなら、共振動現象は一対一の関係ではないからだ。

同じ形に加工さえしていれば、水晶の振動を複数の角が受信することができるのだ。

それはつまり、複数の角は完全に一致した動きをすることを意味する。

一瞬たりとも狂いなく同じタイミングで歯車を回す装置を作ることすら可能なのだ。

こうして、グランは俺の予想を超える技術を作り上げた。

すべての時計を完全に制御する時計塔を持つ新たな城。

グランのもたらした画期的技術を用いた新たな城は、今まで存在しなかった「時を支配する城」として建設することになったのだった。

これによって、正確な時計を作る目処がついた。

というわけで、早速時計塔を造っていこうと思う。

現在、フォンターナの街は周りを壁で囲われている。

そして、その壁の中の土地の中央は少し盛り上がった小さな丘のような地形をしており、そこにフォンターナ家の城が建っている。

パウロ大司教のための大教会は新たに拡張する予定の土地に建てるが、城はこの丘の上に建てることになるだろう。

丘という高い位置に時計塔を設置し、それを町中から見えるようにする。

そうすれば、このフォンターナで一番重要なのは大教会ではなく、フォンターナ家の城にいる人物なのだと言わずともわかるようになるはずだ。

が、現在の城をいきなり潰して新しい城を建てるわけにもいかない。

今も政務を執り行う場として使用中であり、そこがなくなると困るのだ。

なので、先に時計塔を設置して、その後、その時計塔と接続するように城を建設する。

いろいろと協議した結果、時計塔は俺とグランが主導するようにして作り上げ、その他の城部分はフォンターナ家のもともとの家臣が建築家を雇って造ることになった。

グランに対してどう思うか聞いたところ、別にそれでもいいとのことだ。

むしろ、著名な建築家と共同で城を造ることになるのでいい刺激になると喜んでいた。

「じゃあ、ちゃっちゃと時計塔だけでも造っておこうか。一応、完成予想としてはこんな形の塔を建てて、塔の上部に四方向から見ることのできる時計盤をつけようと思っているんだけど作れるかな」

「時計盤を四つ、塔の壁につけるだけでござろう？　同じ時計を複数作るだけならそこまで難しい問題ではないでござるよ、アルス殿」

「そうなのか？　四つの時計盤を同時に動かすように歯車の組み合わせを調整しないといけないんじゃないのか？」

「別にそんなことをしなくともいいでござるよ。ヴァルキリーの角の共振動現象を利用すれば、別々にしても問題ないのでござる。それよりも、内部を複雑な機構にしないほうが故障したときに修理しやすいのでござるよ」

「ああ、なるほど。作りを複雑にしないほうがいいのか。時計塔なら秒針もいらないだろうし、最低限の機構で造ることができるってことだな」

「そうでござる。時計塔の内部に魔電鋼と水晶、加工ヴァルキリーの角を使った動力源さえ設置すれば、共振動現象のおかげでいくらでも時計塔を造れるのでござる。それこそ、遠距離に同じ時計塔を造ることも可能でござるよ」

「遠距離にいくらでもってことは、例えばバルカニアやウルク地区のバルトニアなんかに時計塔を造っても動くってことだよな？　つまり、その場に魔電鋼が無くてもいいってことか？」

「もちろんでござる。ここフォンターナの街にできるはずの時計塔が動いていさえすれば、ほかの地に造ったものは魔電鋼を必要としないのでござる。同じ形に加工したヴァルキリーの角さえあれば、でござるが」

「……ちょっと待て。それじゃ時計塔に定時で鳴る鐘を作ったとしてだぞ。その鐘に加工したヴァルキリーの角をつけていたら、それは同じ形の角を振動させることになるのか？　魔力とかは必要なく？」

「そのとおりでござる。あくまでも共振動現象というのはヴァルキリーの角が持つ特性でござるからな。魔法剣などのように魔力を注がなければ効果を発揮しないものと違って、魔力の有無は関係なく引き起こされる現象でござるよ」

まじか。

音叉《おんさ》のように近くで振動が共鳴するようなものと違うとなると、どこからその動きを可能とするエネルギーを得ているんだと思わなくもない。

いったいどんな原理でそんなことが起こるのか、いまいちピンとこないがグランができると言っている以上それはできるのだろう。

ということは、時計塔の鐘を各地で全く同時に鳴らすことも可能だということだろう。

フォンターナの街にある時計塔が鐘を鳴らすとき、その鐘の内側にでもヴァルキリーの角をつけておけば、それが別の地で鐘の動きを再現するように振動して音を鳴らすことも可能なのだから。

最悪、時計塔が無くとも鐘さえ吊るしておけば同一時刻に音を鳴らすこともできるということか。

……というか、それならもっと活用方法があるのではないだろうか。

パッとは思いつかないが、グランの話を聞いて糸電話を思い出した。

二つの紙コップの底部分に糸をつなげて、片方が紙コップに向かって話しかけ、もう片方が耳に当てる。

すると糸を伝わった振動によって、遠く離れていても相手の声が聞こえるというものだ。

これは電話の技術につながるかと思ったが、現状ではリード家の【念話】がある以上すぐに必要なものではないだろう。

が、電話以外にも活用できる気もする。

やばいな。

ただでさえヴァルキリーの性能はすごいというのに、いろんな活用法まであるとは驚きだ。

ますます重要度が上がってしまうではないか。

グランとの会話で改めてヴァルキリーの偉大さに気がついた俺は、その日、フォンターナの街にいるヴァルキリー一頭一頭を丁寧にブラッシングして感謝の意を示したのだった。

◇◇◇

「あー、テステス。こちらの声が聞こえますか？　応答してください」

「聞こえてるよー、アルス兄さん。……で、これは何？　なんで遠くに離れたところにいるボクにアルス兄さんの声が聞こえるの？　もしかして、アルス兄さんも【念話】を使えるようになったとか？」

「違うよ、カイル。俺は【念話】を使えない。これはグランの発見したヴァルキリーの角にある共振動現象を利用した道具によるものだよ。ありがとう。試運転は無事終了だ」

俺はフォンターナの街に新たに建てる時計塔の基礎部分を魔力で作り上げた。

地下深くにまで伸びるような硬化レンガの支柱をいくつも作ることで、新たな地震があってもなるべく倒壊することがないようにしっかりと作っている。

その後、他のバルカの騎士が【硬化レンガ生成】という魔法で作った山のように積んだレンガをグランが指示して壁を作らせている。

壁ができたらあとは時計塔内部の機構を作るだけだが、これはもう完全にグランまかせだ。

なので、俺は別に作ったものをカイルと一緒に使ってテストしていたのだ。

作ったのは非常にシンプルで、前世では子どもの玩具として作ったものを参考にしている。

それは糸電話だ。

二つの紙コップの底に一本の糸を付け、片方のコップに口を近づけて声を出す。

すると、もう片方のコップに耳を当てていると、向こうの声が聞こえるというものである。

基本的な構造としてはこの紙コップの糸電話と同じようなものを作ってみた。

といっても、今俺とカイルがもっているのは糸ではつながってはいない。

箱の側面に開いた穴に布を張り、そこに同じ形に加工したヴァルキリーの角を取り付けていたのだ。

ヴァルキリーの角は同じ形に加工したもの同士であれば共振動現象を起こして遠隔で震え合う。

つまり、箱に向かって声を発すると、その声という名の空気の振動が箱の側面にある布を震えさせて加工角を振動させるのだ。

そして、その振動が別の箱の布を震えさせることで、離れた場所でも俺の話し声を聞くことができる。

糸でつながっていなくとも声が聞こえる立派な電話の出来上がりである。

「うーん。けど、これなら別にボクの【念話】のほうが使いやすくないかな？　確かに魔力がいるし、リード姓のある人じゃないとできないけど、道具なんていらないんだし。それに、この電話っていうのは会話しにくいよ、アルス兄さん」

「まあ、たしかにカイルの言う通りだわな。加工角も同じ形のものにしか反応しないから、話す相手を臨機応変に変えることもできないからな」

「じゃあ、あんまり意味ないんじゃないのかな？」

「いや、そうとも言えないぞ。こいつのいいところは一気にたくさんの人に声を届けることができるってところにある。それにリード家じゃなくても使えるっていうのも利点だ。やり方次第じゃ、むちゃくちゃ役立つと思う」

「もしかして、アルス兄さんはこれの活用方法をもう思いついているの？」

「もちろんだ。バルカに放送局を作る」

今、俺が作ってカイルと試しているのはあくまでも試作品だ。

カイルの言う通り、中途半端な電話機なんて作っても【念話】のほうが便利なのは間違いない。

だから、俺はこの加工角の活用方法を電話ではなく、別のものにつかうことを考えていた。

それは「ラジオ放送」だ。

加工角は同じ形であれば、すべて寸分たがわぬ振動を同時に再現する。

であれば、これの活用は一対一の関係で使うよりも、一対多の関係で使ったほうが効果を発揮するはずだ。

まずは、発信器を作り上げ、そこに相手に聞かせたいものを吹き込む。

すると、たくさん作った受信器がそれを受け取り、全く別の土地にいながらにして同じ内容の話を聞くことが可能になるのだ。

これは立派なラジオ放送と言えるのではないだろうか。

これをバルカで作り上げる。

バルカが発信する情報を各地に送り届け、相手はそれを享受する関係を作り上げる。

多分、ウケるはずだ。

このあたりの人々の生活では、多くの人が娯楽に飢えている。

毎日生きていくだけでも精一杯で、冬を越すことも難しい人もいるくらいなのだ。

そんな人が楽しめる娯楽を提供しようではないか。

ラジオならば一つあれば、その周囲にさえいればみんなで楽しむことができる。

個人では購入できなくても、例えば教会や学校、あるいはそのへんのお店でかかっているラジオを聞くことができるかもしれない。

それになにより、音というのがいい。

貧乏で勉強したことがない人は文字が読めないため、新聞などを発行したとしても読んで理解できないのだ。

だが、耳から入る話であればほとんどの人が理解できる情報ツールとなる。

こうして、俺はラジオ用の発信器と受信器を開発することにした。

なるべく、小さな音でも正確に拾うことができるマイクのような発信器と、その発信器から送られてくる振動をなるべく大きく音で乱れないようにできるスピーカーのような受信器。

いろいろ試した結果、ラッパと言うかメガホンというか、そんな拡声器のような形をした受信器ならより大きな音を聞く側に届けられそうだということが分かった。

これらを作り上げ、それをバルカニアを中心に広げていくことにした。

とにかく、これはなるべく多くの人に楽しめるようにしなくてはならない。

なので、娯楽を中心に発信することに決めた。

歌のうまい吟遊詩人や歌手に歌わせたもの。

楽器の得意なものに奏でさせた音楽。

面白可笑しく話ができる語り手の話。

あるいは、バルカニアの遊戯エリアにある使役獣レースの実況中継。

とにかく、思いつく限りの音が関係する娯楽要素を詰め込んだ放送を開始したのだ。

ある程度続けてみて人気があるようであれば続け、無ければ新番組を作る。

あるいはこの人のほうが面白いという意見があれば、その人に出演してもらったり、逆に我こそはという者がいればどんどん採用する。

こうして、俺はバルカ文化放送局という、民衆に発信する情報ツールを開発することに成功したのだった。

◇◇◇

『はーい、みんなお待ちかねのキリの星占いの時間だよー。まずは、今日の運勢を発表するねー』

俺が作ったラジオからキリの声が聞こえてくる。

ちょうど、朝飯時に流れるキリの番組だが、これが意外と人気があるらしい。

どこの世界でも占いというのは女性に人気があるのだろうが、占星術というのも関係しているのかもしれない。

　地震が起きる前に起こった天文現象を予測したのは占星術師のキリであるということがそこそこ知れ渡ったのだ。

　なので、占いのほかにもちょっと変わった天文現象を予測し、事前に予言することができるキリの番組は思いの外注目された。

　まあ、それがいつまで続くのかはわからないが、息の長い番組になってほしいものだ。

「ラジオっていうのはいいもんだな、坊主。かなり売れているぞ」

「まあ、持っているだけで情報が入ってくるからな。魔石なんかの消耗品もなしで聞くことができるこのバルカラジオは多少目端が利けば即買っていくだろう。我ながら久々にいい商品を作れたって実感があるよ」

「ああ、これは間違いなくもっと売れるぞ。それに坊主が各地の教会や学校に無償で提供して普及を進めたのも大きい。今、それらの施設は人がよく集まってきているらしいからな」

　バルカニアにバルカ文化放送局なるものを作り上げた。

　だが、ラジオというものを全く知らない人にとってみれば、俺が作った商品は何をするものなのかひと目ではわからない。

　なので、デモンストレーションなどを行ってラジオがどういったものかをお披露目することにしたのだ。

　そして、そのついでに各地の教会や学校などにもラジオ受信器を無償提供して普及に努めている。教会にも受信器を贈ったのは、ラジオで教会の説法も流れているからだ。

各地にある教会は基本的に名付けを行い、その地の人々に生活魔法を与えるという大きな役目があるが、それ以外にも普段から人々に対して説法をしている。

つまり、普段から学のない人に向けて聖書などの内容をわかりやすく伝えるための話術を使っているのだ。

音声のみを届けるラジオは身振り手振りなどのジェスチャーはほとんど意味をなさず、純粋に話術スキルの高さが面白さに繋がりやすい。

そのため、教会の神父やシスターに出演してもらうことも多かったのだ。

聖書の内容を引用しつつ、普段の生活に結びつけて話す神父たちの話は安定した需要があったというわけだ。

現在はいろんな人に出演してもらい、内容が安定して面白く人気があると判断されたパーソナリティーは朝夕の食事時の時間帯が当てられた。

やはり、一番ラジオを聞きやすい時間というのは食事を食べているときらしい。

録音放送ではないので、生放送独特の失敗みたいなものも起こることがあるが、それでもそれなりにうまくいっていると思う。

ラジオは作れば作るだけ売れる、という状況になっていた。

「そういえば、このラジオは他の貴族領でも販売してもいいんだよな、坊主?」

「もちろん。売れるなら禁止する意味も無いからな。どんどん販売してくれていいぞ、おっさん」

「よかった。商人たちの話を聞いていると、よそでも注目されているらしいからな。とりあえずは、経済力の高い王都圏を中心に販売網を広げていくことになると思う」

「そうだな。それでいいと思う。ぜひとも王都圏の人間にはバルカ文化放送を楽しんでもらいたいものだ。そうすれば、次の段階にも移行できる」

「次の段階？　なんだそれは。そんなこと俺は聞いてないぞ、坊主」

「まだ誰にも言っていないからな。つっても、そんな変なことをするつもりはないけど」

「ちょっと待て。坊主が何をするつもりなのか、今のうちにきちんと聞かせてくれ」

「いや、別に心配するようなことじゃないよ。というか、おっさんにとっても悪い話じゃない。ある程度、ラジオがフォンターナ領や王都圏で普及したら広告を流そうと思っているだけだよ」

「広告、だと？」

「そうそう。今は番組だけを流している状態だけど、そのうち番組と番組の間に広告を流す時間枠を作るつもりだ。今日紹介するこの商品はここがすごい、みたいな話をラジオで流して購買意欲を刺激する。聞く人が増えれば増えるほど、その効果が上がるからな」

「……商品の広告か。確かに、どんないい品であってもそれが知られていなければ買うやつはいないからな。魅力ある商品を知ってもらうということではいい方法だと思う。けど、坊主はバルカのどの商品を広告していくつもりなんだ？」

「うん？　ああ、違うよ。俺が売りたい物を紹介するんじゃない。商人や造り手が売りたがっている物を広告するんだよ。そいつらから金をもらってね。そうすれば、ラジオ受信器の販売が一巡しても金を稼げるようになる。というか、その広告料のほうが儲けの主体になるだろうな」

「なるほど。広告するために金を出させるのか。たしかにそれなら、ラジオが普及した後の安定的な収入にもつながる。意外と考えてるな、坊主」

「おいおい、意外ととか言うなよな。ちゃんと考えてるんだよ、俺なりにな」

バルカ文化放送局にはいくつかの役割がある。

一つはまず情報を多くの人に送り届けるというところにある。

キリの番組ではないが、地震などの被害があったためか多くの人はなんでもいいから情報を欲しているのだ。

何かあったときのために、すぐに送られてくる情報があれば役立つことも多いだろう。

そして、それと同時にバルカについて伝えることも重要だ。

まことに遺憾ながら、俺は悪魔などと不名誉な言われ方をしているらしい。

特にフォンターナ領を出るほど、その悪名は大きく広がっているらしい。

そんなマイナスイメージを払拭するために、ラジオを利用する。

といっても、これは特別に俺の良いところをアピールするというわけでもない。

が、俺やバルカの悪口を放送で流すことがあればどんな人気のあるパーソナリティーであっても即クビにするつもりだ。

権力者による放送への介入は良いことではないかもしれないが、がっつりと放送内容に口出ししていく所存である。

そして、最後に広告収入を得ることも狙いに入れている。

最初はバルカの商品について広告し、それがどの程度の効果があるかを具体的な数値として実績を出せば、金を払ってでも商品を広告したい者も出てくるだろう。

なにせ、俺も今まで色んな物を作ってきたが、商品を売るためには貴族であるカルロスなどに献上して使ってもらい、貴族御用達などの付加価値をつけないといくら優れた商品でも売れないということを経験してきたのだ。

だが、誰でも貴族と繋がりを持てるものではない。

いくらいい物を作ったとしても、そのような付加価値をつけることができずに埋もれる商品もある。

そんな埋没しそうな品を金さえ出せばアピールできる広告というシステムは今までにない大きなビジネスチャンスになりえるはずだ。

そして、それは比較的裕福な人が多い王都圏を巻き込むことが条件でもある。

そのためにも、俺はある程度フォンターナにラジオを普及しつつも、王都圏に対しても積極的にラジオを聞く人が増えるように働きかけることにした。

そして、それがある程度進んだころになると、王都にいるリオンから俺の悪い評判が王都周りから少しずつ減ってきているという報告も来るようになったのだった。

第四章　次なる動き

「おお、すごいな。これがお前の言っていた時計塔ってやつか」

「すごいもんでしょ、バイト兄。ここバルトニアに建てた時計塔はバルカニアと同じ型の時計塔だ。フォンターナの街にあるのは、これよりもう一回り大きいんだぜ」

「へー。でも、お前も大変だな、アルス。わざわざフォンターナ領を走り回って、この時計塔を造っていっているのか？」

「まあね。なんだかんだで、俺が魔力で造るのが一番早いってのもあるからな」

俺がバルカ文化放送局を作り上げている間、グランがフォンターナの街の時計塔を完成させた。

そして、その時計塔をモデルとして簡略版の時計塔をバルカニアにも造ってもらった。

形としては同じようなものだが、高さなどはフォンターナの街にあるものよりも低くして、時計盤も二方向にあるだけだ。

そして、その簡易時計塔を俺は魔力で覆って【記憶保存】の呪文を唱えた。

【回復】すら使うことができるようになった俺の魔力量は、その時計塔の構造を丸々記憶できる。

それはもちろん、記憶した情報をもとに同じ時計塔を魔力で再現できるということも意味している。

そうして、俺はフォンターナ領の主要な街に自ら出掛けていって、魔力を使い時計塔を建てていったのだ。

主に外観周りを中心に硬化レンガで作り上げ、後は内部に必要な部品を取り付けて時刻をあわせる。

すでにバイト兄が統治するバルト騎士領に向かうまでにもあちこちに時計塔を建てたのだった。

それに合わせて、各地の状況も実際に自分の目で確認することにしている。

今年起こった地震の影響からどこもある程度立ち直ってきているようだ。

ここバルトニアも活気があって、多くの人が忙しそうに行き交っていた。

「でも、このままでいいのか、アルス？」

「ん？　どういう意味だ、バイト兄？　このままでいいかっていうのは」

「そりゃ決まっているだろ。お前、今年はまだどことも戦ってないじゃねえか。もうすぐ雪が降るぞ」

「領地内でもいろいろやることがあったんだからちょうどよかっただろ？」

何を言い出すのかと思ったら、どうやらバイト兄は今年ほとんど戦がなかったことに対して文句を言いたいらしい。

まあ、それもそうか。

今年はもう冬の気配が近づいてきている頃になっているのだ。

年をとったら時間のすぎるのが早くなるというが、それとは少し違うだろうか？

今年は冬の終わり頃に地震が起こった。

その地震の対処のために春を過ごし、復興のために動き回った。

被災者が大きな街に押しかけてくるかもしれないという危惧から、わざわざ新しくドレスリーナという街まで作ったほどだ。

そして、そのドレスリーナでの服飾のために標準体型を決めようとミームと話していたら、カルロスの体にあった雫型魔石の存在を知らされ、バルカ式強化術なんてものも編み出した。

その後も忙しかった。

各地の騎士たちを再び集め、強化術を施した。

そのおかげで当主級が俺以外にも増えるに至ったのだ。

強化する代価として、フォンターナ領中を張り巡らせる線路を作ることに同意させ、新たに【線路敷設】という魔法まで開発し、それを使って各地にヴァルキリーを利用した列車を導入させている。

更にその後、パウロ司教が【回復】による欠損治療のやり方の確立を行い、聖人認定されて大司教にもなった。

で、大司教になったことでフォンターナの街の教会も新たに建てることとなり、それに合わせてフォンターナの城も建て直すことになり、時計塔まで建築したのだ。

こう考えるとなんとも充実した一年ではないかと思ってしまう。

というか、地震さえ無ければとか、もっと時間があればとも思ってしまうがそれは言いっこなしだろう。

俺としては戦がなかったおかげで内政がはかどったので良いことしかなかったとも言える。

が、バイト兄はそうではなかったようだ。

バイト兄もバルト騎士領という領地を治めているため、決して暇ではなかったはずだ。

むしろ、以前までは敵対していたウルク家の領地を力で奪い取った故に、いろんな問題もあったはずだと思う。

あまり大事にはなっていないが、バルト騎士領内も何も問題がなかったわけではないのだ。

一度は力で抑えられてバイト兄の下についたものの、反抗的な者もいたと聞いている。

ちょっとした武力介入に乗り出してもいたのだ。

だが、その程度ではとても満足できないのだろう。

なにせ、俺が雫型魔石を埋め込んだことによってバイト兄も当主級の実力者になっている。

騎士領内の豪族程度が反抗したくらいでは相手にもなりはしない。

もっと血湧き肉躍る戦いが望みなのかもしれない。

まあ、これはバイト兄だけの意見というわけでもないようだ。

自分たちに力があると考えれば、もっとほしい、という欲も出てくるのが普通なのだろう。

では、そんな力のある騎士たちが何を求めるのかというと、戦での活躍という名誉であり、領地だ。

戦って勝ち、それによって領地を増やして、自分の力を多くの者に認めさせる。

そう考える者が多かったからこそ、領地持ちの騎士の多くは俺が行ったバルカ式強化術を受けるために自分の領地内の土地を提供して線路を作る許可まで与えたのだ。

現在のフォンターナ家は三貴族同盟と揉める可能性もあったが、うまくパーシバル家をスケープゴートにすることに成功している。

ほかの二家に攻められたパーシバル家はかなりの抵抗をしているものの、やはり数の力の前にはどうしようもなく、劣勢に立たされている。

そのため、比較的安定して地力を蓄える余裕のあったフォンターナ家が、カルロスの死という喪に服している期間が終われば動くことも考えられた。

その時、当主級になったのが俺とバイト兄とバルガスだけだったらどうなるだろうか。

考えるまでもないだろう。

騎士同士ではなく、貴族同士の戦いになった場合、当主級であるか否かで武功を立てられるかどうかは大きく違ってくる。

だからこそ、命よりも大事であると言っていいかもしれない土地の一部を提供したとしても当主級の力を求める騎士が多くいたのだ。

いずれ来たるべき戦いで、自陣営の味方に遅れを取らないために。

これはつまり、言い換えると別の意味にもなる。

それは、フォンターナ家の多くの騎士が新たな戦が起きるのを今か今かと待っているということだ。

「で、もう一度聞くが、どうするつもりなんだ、アルス？　来年の春くらいにはどこかと戦わないのか？」

「んー、まあバイト兄には言っとかないとな。実はもう次の戦いについて考えている。バイト兄の率いるバルト家も力を貸してほしい」

「お、なんだ。やっぱり、お前もそのつもりだったんじゃねえか。いいぜ、いつでも力になってやる。いつ出陣するんだ？　来年の収穫が終わってすぐか？　それとも、雪解けすぐにでも動くか？」

「いや、違うよ。来年じゃない。今年だ。雪が降る頃合いに動こうと思っている」

「……は？　もうすぐ冬だぞ、アルス。雪が降るのはもうすぐだ。お前も分かっているだろ。雪が降ったら動けなくなるんだぞ」

「だからだよ。雪が降ればどこの貴族も軍を動かしづらくなる。だからこそ、その時を狙う」

「お、おう。そんなのうまくいくのか？　ていうか、どこを狙うんだ？　すぐ南の貴族家か？」

「違うよ。狙うのはもっと南だ。パーシバル家の領地だよ。カルロス様の弔いだ。パーシバル家を叩く」

「……パーシバル家？　三大貴族の、あの大貴族をか？　本気で言っているのか、お前？」

あ、バイト兄がポカンとしている。

やっぱり、予想外だったみたいだ。

こいつ頭大丈夫か、という感じの目で俺を見ている。

が、もちろん俺は本気だ。

カルロスの死に対して一年間喪に服すとは言ったが、それは今年ずっと喪に服しているという意味ではない。

カルロスは去年、冬が来る前に王の護送中に死んだのだ。

つまり、冬になる頃には一年が経過したことを意味しており、喪に服す期間を過ぎたことになる。

なので、そのときに動く。

狙うべき相手は三大貴族家の一角であるパーシバル家。

なんとか、攻撃してくる他の二家の軍が退いていく冬まで持ちこたえたと思わせたところを襲撃する。

そのための進軍について俺はバイト兄と細かく話し合うことにしたのだった。

だが、普通ならば冬に軍を動かす者はいないだろう。

なぜ、そんな無茶をするのかといえばきちんと理由がある。

そのうちの一つは、他の二家に押されているとはいえパーシバル家ほどの大貴族と現在のフォンターナ家ではまだ力の差があるという点にある。

なので、相手が攻撃されるはずがないと考えているであろう時期に動く。

つまりは、いつもの奇襲と同じである。

冬という動きが取りにくい時期に相手へと襲いかかり、うまく一撃を決めて宣言するのだ。

俺の勝ちだ、と。

その際、別にパーシバル家全体に勝利する必要はない。

あくまでもパーシバル家の一部でもいいので勝利をするということが重要になってくる。

以前、こちらを攻めてきたメメント家の軍に対して行ったことをもう少しスケールの大きな視点で行おうというわけだ。

というのも、今回の参戦の大義名分が「カルロスのかたきを討つ」というところにあるからだ。

俺はリオンを通して、カルロスと王が死んだ原因はパーシバル家にありと証拠を突きつけて糾弾した。

そして、それによってパーシバル家に対して他の三大貴族のうちの二家が王の死の責任を取らせるために戦闘に突入したのだ。

その流れを作ったフォンターナ家、ひいては俺はその二家を中心にしてパーシバル家と戦う貴族軍に物資などを販売することで間接的な援護をしていた。

それはカルロスの死をうけて、フォンターナ全体で喪に服すとしたからでもある。

だが、それでもこう言われることもあるのだ。

「アルス・フォン・バルカは亡き主であるカルロス・ド・フォンターナのかたきを自らの手で討つ気はないのか？」と。

どうも、騎士や貴族というのは面子も重要なのだそうだ。

自らの親でもある主を殺されて、領地に引っ込んだまま敵討ちに動こうとすらしないのはどういう了見だと言われて黙っているわけにもいかないのだ。

いや、別に動きたくなければ動かなければ良いのかもしれないが、周囲からの印象が悪くなるという欠点が存在する。

そういうことを考えずに生き残りだけを優先するのもありだが、そうすると俺は少なからず周囲からの信用を失うことになってしまうのだ。

なので、わかりやすく「敵討ち頑張っています」というのをアピールしたい。

となると、動くしか無いというわけだ。

だが、来年雪が融けて正式に参戦するとなると、それはそれで大変でもある。

遠いパーシバル家の領地にわざわざ軍を率いて攻撃しに行くとなると、それだけでどれほどの出費となることか。

なるべくなら、手早くちゃちゃっとかたきを討ったということにしておきたい。

そこで、この時期にパーシバル家を攻撃するというわけである。

が、正確に言えばパーシバル家そのものがターゲットではない。

俺が狙うつもりなのは、貴族パーシバル家ではなく、その配下のティアーズ騎士家だ。

速攻を仕掛けて、そのティアーズ騎士家を叩き潰す。

それが、俺の立てた戦略目標だった。

◇◇◇

パーシバル家は押しも押されもせぬ大貴族家であり、三貴族同盟としてラインザッツ家とメメント家の二家と協力して前覇権貴族であったリゾルテ家を追い落とした。

だが、パーシバル家はその三貴族同盟内では第三位という位置に甘んじている。

それはなぜか。

それはパーシバル家は数代前に急成長して大貴族家へと成り上がった、かつてはそこらにある平凡な貴族家だったからだ。

現在のパーシバル家当主から数えて六世代前の当主がパーシバル家に大きな変化をもたらした。

といっても、その先祖当主が新たに魔法を開発したとかいうわけではない。

だが、パーシバル家の繁栄にはとある魔法が関係していた。

それは、ティアーズ家のもつ魔法だ。

かつて、ティアーズ家は他の貴族が手駒として所有していた独自魔法を持つ旧貴族家だった。

初代王時代には貴族家として存在していたようだが、王家の力が激減して、各貴族家が自らの力で台頭する時代がやってきた。

だが、旧貴族家のティアーズ家は自らの領地を守り切ることができなかったのだ。

そして、ティアーズ家は他の貴族家の配下として収まり、不遇の時代を迎えることになった。

それはひとえに、ティアーズ家のもつ魔法が格の低い魔法と呼ばれる非攻撃魔法だったからだ。

ティアーズ家はその後、いくつかの貴族家を転々としながらその名を残すことになった。

が、それは決して良いものではなかった。

なぜなら、ティアーズ家を配下として迎えた貴族家はどこも自らの領地で囲うようにして保護していたのだから。

自分たちの才覚で何かをなすということもなく、かろうじて名を残していたに過ぎないのだ。

そんな不遇の時代がティアーズ家にずっと続くかと思われたとき、転機が訪れた。

それが、パーシバル家との出会いだ。

パーシバル家は攻撃魔法を持つ貴族家であり、なんとか荒れ狂う激動の時代を泳いでいた。

が、そんなパーシバル家の領地には他の貴族領とは決定的に違うものがあったのだ。

迷宮。

それがパーシバル家の領地には存在していた。

地下に向かって広がるモンスターのはびこるダンジョン。

そんなファンタジーでしかありえない場所がパーシバル家には存在していた。

そして、その迷宮とティアーズ家の魔法は非常に相性が良かったのだ。

ティアーズ家の魔法は【能力解放】と呼ばれるものだ。

命の危険を感じるほどの経験を乗り越えて成長した者に祝福を与えるとされる魔法。

攻撃能力はまったくないにもかかわらず、多くの貴族家で独占するように保護された過去をもつ魔法。

それが迷宮と出会ってしまった。

パーシバル家はティアーズ家を手に入れた際、すぐにその当時の当主が迷宮近くでティアーズ家の魔法を使うように指示したのだという。

迷宮に潜り、そこにはびこる魔物を倒し、命をかけて戦う探索者と呼ばれる存在。

その探索者に【能力解放】を使用するように命じたのだ。

これが現在も続くパーシバル家の発展につながっている。

迷宮に潜る探索者に【能力解放】を使用し、何度も死線を越えた者たちを強制的に強化する。

【能力解放】のすごいところは、高位探索者に魔術を発現させることもあるというところにあるだろう。

魔法のように呪文を唱えるようにして発動する独特な魔術は、わかりやすくいえばスキルみたいなものだろうか。

それぞれの探索者にあったものが自動で発現するため各自バラバラのスキルなのだが、それでも中には遠隔攻撃を行うことができる者もいるのだとか。

それは言ってみれば、騎士と同等か、あるいはそれ以上の実力者を輩出することにもつながったのだ。

迷宮を探索する者は、その迷宮奥深くへと潜るほど経験を積んで実力を伸ばしていく。

そして、そんな経験を積んだ実力者に対してティアーズ家が【能力解放】の魔法を使うと、身体能力などが強化される。

その伸ばされた能力をもって更に迷宮に深く潜り、より実力を上げた者はそれぞれに見合ったスキルを得ることになるのだ。

だが、それはあくまでも魔術の一種であり、例えば名付けで他者に同じスキルを授けたりはできない。

それに継承の儀で自らの子に残すこともできない。

だが、それでも迷宮に潜る者は尽きないのだ。

なぜなら、相応の実力を身につければ貴族や騎士に認められて雇われることになる可能性があるのだから。

いや、そうでなくとも迷宮に潜っていれば通常よりもいい稼ぎが得られるのだ。

食うに困る連中が最後に一発逆転をかけてやってくるのが迷宮であり、自然と人材を集められるシステムが出来上がっているのだ。

つまり、パーシバル家はその領内に迷宮とティアーズ家を所有することで、ほかの貴族家とは違う実戦経験豊富な戦闘のスペシャリストを作り上げる環境を手にしたのだ。

しかも、迷宮から産出する魔石や素材で経済力も上がった。

そうして、数世代のときを経て、大貴族家の一角とまで呼ばれるほどの力を手に入れることに成功したのだ。

だからこそ、そのティアーズ家を狙う。

パーシバル家にとってティアーズ家はただの騎士家ではないのだ。

経済の中心であり、強靭な戦闘者を作り出す最も重要な騎士家だからこそ、そこを潰す。

そう狙いを絞ったフォンターナ軍は精鋭を集めて南へと向かって軍をすすめることになったのだった。

◆◆◆

「あの、バイト様。本当にアルス様はこんな雪が降り始めた時期に出陣する気なんですか？」

「あん？　なんだ、エルビス。お前、アルスの言うことが信じられねえっていう気か？」

「いえ、そうじゃないですよ、バイト様。だけど、ほら。ここにいる連中みんな体を震わせているじゃないですか。本当にパーシバル領なんて遠いところまで行けるのかなーって気になったんですよ」

「……ま、たしかにそうだな。あいつの考えていることは俺もよくわからんときがある。けど、今回は大丈夫だ。ほら、アルスのやつが来たぞ」

もうすぐ冬が来る、という時期になってフォンターナ軍が動くことになった。

寝耳に水ってこういうことを言うのかもしれない。

バルトニアへとやってきたフォンターナ家当主代行になったアルス様が急にそう宣言したんだそうだ。

俺はアルス様を信じている。

崇拝しているとさえ言ってもいい。

農民から一代で騎士になったと思ったら、気がついたらいつの間にか貴族様の当主代行なんてことまでになっていた。

もうそれも一年くらい前のことになるのか。

ちょうどメメント軍と戦っているときにアルス様がフォンターナの街に帰還したと思ったら、知らないうちに当主代行の地位に収まっていた。

俺も他の連中もびっくりしたもんだ。

そして、そのきっかけとなったのがフォンターナ家の先代当主カルロス様が亡くなった事件だ。

王様を護送していたカルロス様がパーシバル家の刺客に襲われて無念の死を遂げた。

喪に服して、地震なんて不幸があったのにしっかりとフォンターナ領をまとめたアルス様がそのかたきを討つために動いた。

多分、喪に服す期間が終わったからすぐに動きたかったんだろう。

それだけ、アルス様にとってカルロス様の死は許せないことだったんだろう。

……だけど、やっぱり不安ではある。

だって、雪が降ったら普通はほとんど移動できなくなるんだから。

どうやって遠いパーシバル家の領地まで行くのか。

仮に行けたとしてもそこで戦えるのか。

さらに言えば、戦った後どうやってフォンターナまで帰ってくるのか。

無事に帰ってくることができるとは思えなかった。

が、バイト様に聞いてみるとやっぱりアルス様にはきちんと考えがあるみたいだ。

多分大丈夫なんだろう。

そう思っていると、集まった騎士たちの前にアルス様が現れた。

角の生えたヴァルキリーに乗る姿はすごくかっこいい。

次の新年を迎えたらもう十五歳になるんだったっけ？

最初にそのお姿を見たときと比べるとかなり身長も伸びてだんだん大人っぽくなってきたように思う。

ちょうど今は大人と子どもの境目って感じだろうか。

だけど、俺達の前に見せるその姿はこの場にいる誰よりも力強い。

この人についていけばたとえ他の誰が無理だと言っても大丈夫だと思わせる信頼感みたいなものがある気がする。

そのアルス様だが、後ろにはたくさんのヴァルキリーを引き連れてきていた。

全て角ありだ。

アルス様が生み出した使役獣のヴァルキリー。

その中でも角ありは特別な存在だ。

なにせ、使役獣なのに魔法が使えるんだ。

アルス様はこの角ありは特別な者にしか任せないと言われている。

実際、兄であるバイト様もバルト家として独立したときに与えられたヴァルキリーはすべて角なしだったという有名な話があるくらいだ。

無類の強さを誇る魔法を使う角あり部隊に直接命令できるのはアルス様と弟のカイル様だけだという徹底ぶりだ。

ザワッ……。

その角ありを見ていたときだ。

思わず声にならない声を出してしまった。

俺だけじゃない。

他の連中もそうだ。

今、アルス様はなんと言った？

「全員、角ありに乗れ」

アルス様は間違いなくそう言った。

聞き間違いではないかと思ったが、どうやら俺の耳がおかしくなったわけじゃなかったようだ。

なぜなら、アルス様の言葉を間違いなく聞いたのであろう角ありヴァルキリーたちが、俺たち一人ひとりのところへ自ら近づいてきたのだから。

……乗ってもいいのだろうか。

ものすごい高価な使役獣の中でも群を抜いて高い魔獣型である使役獣に俺が乗ってもいいんだろうか。

誰もがそう思っていた。

だが、俺達の主が颯爽とその背中に騎乗した。

バイト様だ。

やはり、バイト様はこのことを事前に聞いていたんだろう。

フォンターナの街まで乗ってきたご自身の愛獣（角なし）を優しくなでてから、アルス様に授けられた角ありへと乗ったのだ。

それを見て、他の者達も我も我もと動き始める。

「騎乗術」

正直、まだ頭は混乱している。

だけど、体が動いた。

アルス様は命令を素早く行動に移すことを何よりも望まれるのだ。

自分の足りない頭では理解できないからといって、チンタラしていてはいけない。

俺の主であるバイト様が持つ魔法【騎乗術】を唱えてから角ありの背にまたがる。

この魔法をバイト様が開発してくれて本当に助かったと思う。

これがなかったら、俺なんてこのヴァルキリーにまともに乗れないのだから。

だけど、呪文を唱えればどこへでも行き、騎乗しながらでも武器を扱うことができる。

いや、こいつの場合は角があるからちょっと気をつけないといけないかもしれないが。

「氷精召喚」

俺たちがみんな角ありに騎乗したことを見届けたアルス様が再び口を開いた。

その瞬間、全員の体がビクッと震えた。

もちろん、俺もそうだ。

だってそうだろう。

アルス様がフォンターナ家の上位魔法である【氷精召喚】を使ったんだから。

俺はあのときその場にはいなかったから直接は見ていない。

だけど、何度もその話を耳にタコができるくらい聞いた。

アルス様が西にあったアーバレスト家と戦った時の話だ。

アルス様は【氷精召喚】の魔法を使い、アーバレスト家の実に三万にのぼる軍勢をたった一人で全滅させたのだ。

今でもその話は語り種になっている。

その【氷精召喚】が俺たちの前で使われたんだ。

ビビるなっていうほうが無理ってもんだろう。

……いや、けどあんま怖そうな氷精じゃねえな？

同じく【氷精召喚】を使えるようになったバイト様の氷精を訓練中に見せてもらったことがあったが、大きな氷の狼でめちゃくちゃ怖かった。

だけど、アルス様の氷精は青い光の玉がフワンと浮かんでいるだけだ。

あんまり怖そうな見た目じゃないんだな。

っていうか、あの氷精ってやつを召喚してどうするつもりなんだろうか、アルス様は。

俺や周りのやつが不思議に思っている間にも変化が起き続ける。

呪文を唱えたアルス様の周りに出てきた氷精だが、それがどんどん増え続けているんだ。

おいおい、どこまで数が増えるんだよ。

次々と数が増える青い光の玉のような氷精。

それがもう数十を超えて数百以上になったころには完全に数を数えるのもやめてしまった。

大丈夫だよな？

別にアルス様はこれで俺たちを攻撃しようってわけじゃないんだよな。

いや、信じているんだよ？

信じてるけど、もう周り全体を氷精たちに囲まれて完全に逃げ場もなくなってんだから怖いんだけど。

「フォンターナ軍、出るぞ。俺に続け」

「おう！」

「え？」

だけど、俺がちょっぴりビビっているうちに急に事態が動き始めた。

アルス様が出陣の合図を出して、バイト様や他の当主級の騎士たちが返事をする。

その次の瞬間にはすべてのヴァルキリーが動き始めたんだ。

俺は何もしていない。

これは多分あれだな。

ヴァルキリーがアルス様の命令を聞いているんだろう。

数の多いヴァルキリーの集団が一切乱れることもなく動き始めたんだから。

こ、このまま行くのか？

つーか、このヴァルキリーたちすごいスピードで走り始めたぞ。

分かってんのか？

雪降ってんだぞ、君たち。

ヴァルキリーは寒いのも暑いのもへっちゃらだってのは知っているけど、俺たち人間は違うんだよ？

そこんとこわかっているのか、と騎乗しているヴァルキリーに問い詰めたい。

「って、あれ？　寒くない？」

「寒さは大丈夫だ、エルビス。集団の周りに出した氷精が周囲の寒さを吸収してくれている」

「あ、アルス様。お、お久しぶりです」

「ああ、久しぶりだな。今回はあのパーシバル家との戦いになる。相手は強敵だけど手柄をあげるいい機会だ。頑張れよ」

「はい。あの、さっきの話ですけど、すごいですね。氷精が寒さを吸収するなんて知りませんでした」

「俺の【氷精召喚】は数だけは多く出せるからな。そういう小手先の技が得意なんだよ。進軍する集団を取り囲むように氷精を出して寒さを抑える。っていっても、あくまでもあんまり寒くないってだけで風の影響はあるだろうけどな」

なんてこった。

あのアルス様が俺の漏らした声に反応して話しかけてくれた。

しかも、今も俺の名前を覚えてくれているなんて。

嬉しすぎてしょんべん漏らしそうなんだけど。

あ、そんなことを考えてたら騎乗している角ありが俺に角を当てて抗議してきた。

大丈夫だよ。

さすがに漏らしたりしないから安心してくれ。

その後、ちょっとだけアルス様と話をさせてもらった。

どうやら、ちゃんと冬期の移動について対策があったようだ。

今回は角ありを使って進軍すること。

そして、寒さ対策はアルス様の【氷精召喚】を利用することを。

その作戦の全貌を聞いて俺は驚いた。

アルス様のとった作戦はこうだ。

パーシバル家の領地にある迷宮街を攻撃するために、遠距離から一気に急接近して攻勢に出る。

そのために、魔法の使える角ありヴァルキリーを投入したのだ。

角ありが使える魔法の中で、俺も使える【瞑想】というものがある。

この【瞑想】は呪文を唱えてから寝ればどんな疲れもバッチリ取れるというものだ。

だけど、別の使い方もできる。

それは【瞑想】を使いながらも動き続けるという方法だ。

【瞑想】を使えばたとえ体を動かし続けていても疲れにくい。

これを角ありが使っているとどうなるか。

ものすごい速度で走っているにもかかわらず【瞑想】のおかげで疲れにくいので長時間高速で走り続けることができるんだそうだ。

しかも、集団で移動する際に風が当たる場所を順番に交代するように走ることで更に疲れを抑えられるらしい。

アルス様はスリップストリームがどうとか、ドラフティングがどうとか言っていた。

よくわからなかったが、ようするに順番に風除けの役割を果たしながら集団で走ると速く走れるらしい。

だから、バルト家が持つ騎兵団も自前の角なしではなく、角ありへと交換させられたんだろう。

これによってフォンターナ軍の動きは従来にないほどの速さを手に入れることができるという。

なるほど。

だからなのか。

今のフォンターナ軍には歩兵と呼ばれるものが一人もいない。

全員がヴァルキリーに騎乗しているのだ。

つまり、この軍は文字通り「騎士しかいない軍」になる。

アルス様の持つバルカ軍やバイト様のバルト軍が中心だけど、ほかにも何人か領地持ちの当主級の騎士がいる。

だけど、その騎士たちは供回りが限られているようだ。

まあ、それは仕方ないと言えば仕方ないことだと思う。

だって、バルト家みたいに【騎乗術】がないと、たとえ騎士と言えどもヴァルキリーに騎乗できないだろうからだ。

バルト家は全員【騎乗術】でヴァルキリーに乗れるからこの作戦では主力だそうだ。

それにしても、この完全騎兵団の移動速度は本当に速い。

普通、歩兵や輜重《しちょう》部隊がいれば軍の動きは鈍足になるんだから。

だけど、この騎兵団は通常であればパーシバル家まで軍として移動すれば数ヶ月はかかるんじゃないかという距離をわずか数日で駆け抜けた。

信じられなかった。

実際に自分で移動しているのに、こんなに短期間で目標地点の迷宮街までやってこられるなんて夢のようだ。

だけど、事実だ。

俺たちフォンターナ騎兵団は誰も予想しない超短期間でフォンターナ領からパーシバル家に強襲を仕掛けることに成功したのだった。

◆◆◆

「ねえ、聞いた？　フォンターナ家がパーシバル家に対して正式に宣戦布告したって話」

「ええ、聞いたわ。でも、本当かしら？　だってもう冬になるのよ？　わざわざこんな時期に宣戦布告しても、どうせ軍を率いて戦場に来るのは雪が融けた来年になるのに」

「そうね。パーシバル家のお偉方も意図をつかみかねているみたい。多分、演出じゃないかって話よ」

「演出？」

「ええ。パーシバル家がラインザッツ家やメメント家と戦いになったのはもちろん知っているわよね。その二家が冬を前にして軍を退いた。まだ完全に引き返してはいないみたいだけど、実質今年の戦いはほとんど終わったことになる。そこで、パーシバル家と戦うと宣戦布告を出したことで、一応年内に参戦したという事実だけを残そうと考えているんじゃないかってことらしいわ」

「ふーん。ようするに実際に戦うとかじゃなくて、政治的な駆け引きみたいなものなのかしらね。一応年内に王家のために動いたっていう実績だけを残そうとか、そういうことかしら」

「かもしれないわね。ま、偉い人達の考えていることは私達にはわからないわよ。私達はこうして見張りをして、報酬を貰えればそれでいいわけだしね」

そう言って、わたしのそばから離れていくジェーン。

彼女とはこの迷宮街にある迷宮に一緒に潜っている。

本当ならば冬の間も迷宮に潜って魔物を倒して素材や魔石を持って帰るいつもの生活をしているはずだった。

だけど、ジェーンやわたしと一緒に迷宮に潜る仲間の一人が怪我をしたからそれも中止。

こうして、迷宮街の周りを囲む壁に登って見張りをする依頼を引き受けたというわけだ。

わたしはもうずっとここの迷宮に潜る生活をしている。

幼い頃に親を失って住むところがなくなった。

女であるわたしが生きていくには体を売るか、あるいは迷宮に潜って自分で稼ぐしかなかった。

普通ならば命の危険がある分だけ、迷宮に潜るという選択をとる人は少ないと思う。

だけど、わたしはそれを選んだ。

いろんなことがうまくいって、今はこうして気が合う人と一緒に女性だけの探索隊を作って生活している。

こういっちゃなんだけど、かなり深層まで潜っているからそのへんの兵士にも負けないくらいの強さがある。

だからこうして誰かが怪我をして迷宮に潜れなくなっても、探索組合からの仕事の斡旋で迷宮に潜る以外の依頼も舞い込んできたりする。

でも、どうしようかなーと考えてしまうこともある。

今年はこの迷宮街をも含む領地の統治者であるパーシバル家が同盟を組んでいたはずの大貴族との戦になってしまった。

そのために、迷宮に潜っていた実力者たちにも探索組合を通して依頼が入った。

戦に出陣するように要請が来たのだ。

それがきっかけで多くの探索者が戦にかり出されて、今迷宮内はちょっとした人手不足だ。

本来ならば内部に潜った探索者のおかげで数が減っている魔物が増え、それで私達の探索隊は危ない目にあった。

このまま、戦が長引くようなら探索深度を抑えるほうがいいかもしれない。

でも、そうなったら稼ぎも減るしな。

あー、どこかに良い男でもいないかしら。

そろそろ家庭に入ってもいいというか、行き遅れたらどうしようって感じなんだけど。

「ねえ、あれ何かしら？　リュシカ、あなたの【遠見】であれがなにか見えないかしら？」

「え、ごめんなさい。どうしたの、ジェーン？」

「ぼーっとしないで。あっちを見て、リュシカ。あそこ、なにか見えない？　なにか光っているような……」

街の外壁の上で見張りの仕事中にいろいろ考え事をしていたら、ジェーンに怒られちゃった。いけない。

ボーッとしていて仕事を怠けていると思われたら仕事の依頼達成にならないかもしれない。

それはわたしだけの問題じゃなくて、他のみんなの迷惑にもなる。

特にわたしは探索組合で受けた【能力解放】で【遠見】という魔法を身につけているんだ。

遠くのものを見通すこの【遠見】を持っていて、壁の外の異常を見逃したとあったら言い訳できないところだ。

そう思って、わたしはジェーンの指が指し示す方向を見つめる。

確かにジェーンの言う通り、遠くでなにか青白く光っているように見えた。

慌てて【遠見】を発動してそこを見る。

「え……、なにあれ？」

「どうしたの、リュシカ？　何が見えるの？」

「わからない。……あれは動物？　たくさんの光の中に角が生えた白い動物がいるのかな？　でも、数が多い。数え切れないけど、数百以上は間違いなくいるように思う。それに、あれは白い動物の上に人が騎乗している。もしかして、使役獣に騎乗した部隊なのかな？」

「それって騎兵隊とかってこと？　でも、仕事を受けたときの情報では今日どこかの部隊がこの迷宮街に来る予定なんて聞いていないけど……」

「ええ、わたしも聞いてないわ。一応、ほかの兵士に連絡しておいたほうがいいわね。……けど、あの騎兵隊ものすごく速いわよ。どんどん近づいてくるわ」

「……ちょっと待ちなさい。あなた、今、白い使役獣って言わなかった？　角の生えた白い使役獣だって、そう言ったわよね、リュシカ」

「え、ええ。そうよ、ジェーン。あの騎兵隊全部同じ白い使役獣だと思うわ」

「それってあれじゃないの？　白い悪魔よ。北の地には目につくものをすべて殺し尽くす白い悪魔がいるって聞いたことあるわ」

「あっ、それって例のフォンターナ家の？　近くの貴族どころか、仲間の騎士すら殺す悪魔の騎士のことじゃないの？」

「名前まではわからないけどそうだと思う。ちょっと、もう私の目でも見える位置まで来てるじゃない。こっちに来てる！　ここを攻撃する気なんじゃ……」

「嘘……。だって、フォンターナ家が宣戦布告をしたのはつい最近だったって話のはずよ。もし本当にパーシバル領に来ようとしても、もっと後になるって話だったのに」

「って、こうしちゃいられないわ。急いで警戒信号を。あなたも笛を吹いてみんなに知らせるのよ、リュシカ」

ジェーンに促されて慌てて見張り仕事を受けたときに手渡された笛のことを思い出す。

小さな笛だけどよく音が通ると評判のものを紐で吊るして首にかけている。

それを慌てて口に当てて吹き鳴らした。

ジェーンも同じように吹いている。

だけど、それは遅かった。

あっという間に近づいてきたその白い悪魔の集団が迷宮街の外壁のすぐそばにまで来ていたのだ。

こちらは全くその動きに対処できていない。

わたしたちから遅れて壁の上からほかの笛も鳴り始めて、兵士が飛び出してきた。

が、その騎兵隊の動きは速かった。

それまでは数が多いのに一糸乱れぬほどの揃った動きで行動していたその集団から一頭だけが飛び出すように出てきたのだ。

そして、その使役獣から一人の男が飛び降りて、壁の上にいるこちらの耳が痛くなるほどの大きな声で吠えた。

「ウォオオオオォォォォォォォォォォ！！！」

次の瞬間、その男が巨大化した。

迷宮街を守る外壁にある硬い扉の門の前で大きくなったのだ。

しかも、大きくなったのはそれだけではなかった。

その巨大な体をさらに超える長さの棒を手にしている。

あんな長い棒なんて使役獣に乗っているときにあったたっけ？

そんなどうでもいいことを考えると同時に、探索者の癖ゆえか相手の持つ道具を観察してしまう。

……あれは魔法武器だ。

迷宮の深層から持ち帰る素材などを使って作られることもある高価で貴重でしかも恐ろしく強い武器。

わたしも今までの探索者歴のなかでいくつかの魔法武器を見たことがあった。

だから、断言できる。

あの武器はやばい。

今まで見た魔法武器の中でも最高位の魔力を内包しているんじゃないだろうか。

……もしかして、素材に伝説に聞くような竜でも使っているんじゃないだろうか？

いや、ないない。

さすがにそんな素材の武器なんてこの迷宮街でも聞いたことがないし。

そんなふうにある種のんき気と言っていいくらいわたしはその男の行動を見ているしかなかった。

そして、その巨大な男がその手に持つ黒い棒、あるいは棍を振り下ろした。

自分の目で見ているものが信じられないでいる。

この迷宮街の外壁は外からの侵略者もそうだが、万が一迷宮から漏れ出した魔物が外に出ることを防ぐための意味もあるのだ。

そのため、外壁も門扉も非常に頑丈に作られていると聞いている。

だというのに、その門扉が巨人の一撃で大きく凹み、二撃目でガチャンと留め具が外れ、三撃目には後方に大きく吹き飛んでいったのだ。

こうして、まともな防衛戦をすることもなく、ここ迷宮街は敵の侵入を許してしまったのだった。

「な、なにあれ……」

「やばいわよ、リュシカ。あいつら、壁門を突破して中に入っていったわよ。このままじゃ迷宮街がめちゃくちゃにされてしまうわ」

だめだ。

頭がうまく働かない。

隣でジェーンが大声でこちらへと話しかけているのはわかる。

が、それでも、わたしの意識は隣にいるジェーンよりも、迷宮街の中に入り込んでしまった白い悪魔たちに釘付けになっていた。

いったいなんなの、あいつらは？

迷宮に潜って【能力解放】を受けた者はその人それぞれの能力が向上したり、魔法を使えるようになったりする。

わたしの場合、特に眼が良くなった。

【遠見】のようにすごく遠くを見通すこともできるが、それ以外も変わった力がある。

それは相手の姿を見れば、おおよそだがその強さがわかるというものだ。

そのわたしの自慢の眼が今は信じられない。

だってそうでしょう?

あそこにいる使役獣に乗った連中はどいつもこいつも信じられないくらい強いのだ。

迷宮に潜ることが多いとはいっても、それ以外の仕事を受けた経験で今まで何人もの騎士たちを見たことがある。

あそこにいる騎兵たちはそのどれもが騎士と同じか、あるいは一般的な騎士よりも強い。

その強さの騎士が、ざっと見ただけで多分千人くらいはいるはずだ。

もう一度、突破された門の外、つまり、騎兵隊が走ってきた方向を見る。

……いない。

どれほど【遠見】を使っても他に部隊の姿は見えなかった。

つまり、あれが向こうの戦力全てなのだろうか?

昔、大雑把に強さの基準を聞いたことがある。

貴族は騎士を配下にし、騎士は従士を率いて、従士は一般兵をまとめて戦に向かう。

おおよその場合、そこにおける階級は強さと一致するという。

従士は一般兵が十人まとめてかかっても勝利する。

騎士は従士を十人まとめて相手にしても互角以上に戦うか、あるいは勝ってしまう。

そして、貴族の当主級はそんな騎士が複数まとまって攻撃しても相手取ることができるとかなんとか。

もちろん、そんな単純に計算ができるものではないが、少なくともそれくらい強いという表現としてはあながち間違いではないと思う。

つまり、騎士相手には弱い者が数だけで対抗しようとしても蹴散らされてしまうのだ。

……そんな騎士を超えるような実力の者だけが千人近く集まって組織的に行動している。

ちょっと意味がわからない。

わたしだって迷宮深層に潜るだけあって、騎士相手にも意外といい相手をするし、なんだったら勝ってしまったことだってあった。

だけど、それは一対一で邪魔が入らない状況での試合みたいなものだ。

騎士が強いのは身体能力だけではない。

雑魚を圧倒するだけの実力を持ちつつ、良質な武器などの装備を有しているからだ。

例えば、剣一つとってもそうだ。

お互いが同じ実力であれば、所持している武器によって勝敗が決まることはよくある。

つまり、相手よりもより良い武器を持つ者、つまり出自が良くて金を持っているやつらというのはそれだけで強者なのだ。

だというのに、あの連中の持つ武器は異様だ。

今も、侵入した騎兵隊を止めようと出た守備兵を斬り捨てた剣一つとっても業物だというのがわかる。

普通の剣と違い、剣身にまだら模様が入っていてどこか妖しい光を放っている。

が、それはあくまでもあの集団の持つ武器の中では一番格が低そうなものだった。

騎兵隊の半分くらいが魔法剣を所持している。

わたしの眼は本当にどうしてしまったのだろうか。

そんなことあるはずない。

高価な魔法剣は貴族家や騎士家に代々伝わるような代物で、一つの部隊の半分が所持して実際に戦闘に使っているなんて考えられない。

が、どう見てもあれは魔法剣としか思えなかった。

……多分、切れ味が良くなるか、あるいは折れにくいという効果を発揮する剣なのではないだろうか。

魔法剣そのものが魔法を飛ばすようなものではないようだが、どうも恐ろしく頑丈なのだと思う。

だって、今も守備兵の金属鎧ごと叩き切っているのに、全然剣が傷んだような感じがしていないのだから。

けど、そんな魔法剣すら霞んでしまっている。

最初に門を突破した巨大化男も大いに目立っているが、それ以外もやばい奴らがいたからだ。

……当主級、なのだろう。

迷宮街に入り込んだ騎兵隊の中にとりわけ強そうな人が何人かいた。

その人達が魔法を発動した。

それもそのへんの騎士が使う普通の魔法ではなく、上位魔法と呼ばれる魔法だ。

大きな氷の動物たちが迷宮街で暴れまわっていた。

一番遠くまで走っていったのは氷の狼だろうか？

騎兵隊の一番後ろには殿担当なのか、大きな氷の亀が後方からの攻撃を防いでいる。

その他にも氷の蛇や大猿なんてのもいる。

……当主級、なのよね？

いやいや、おかしくない？

だって普通は当主級の実力者は五千とか一万とかの大軍を任されるんじゃないの？

なんで、たった千人の中にこんなに当主級がいるの？

それに普通は当主級の実力者がいても、戦では温存するという話を聞く。

理由は簡単だ。

普通の騎士は当主級相手だと束になってもかなわない。

なので、当主級を相手にする場合には相手側も当主級をぶつけるからだ。

もし、相手の当主級が出てきたときにすでに力を使っていたら負けてしまう。

なので、相手の当主級が出てくるまでは様子を見るというのを聞いたことがある。

でも、そんなこと関係ないか。

だって、この迷宮街に攻めてきている時点でここにいる当主級のことなんて調べているだろうし。

「ねえ、どうするの、リュシカ？　あいつらを止めに行かなくていいの？」

「本気で言っているの、ジェーン？　わたしたちに止められるわけないじゃない。出ていっても無駄死にするだけだわ」

「でも！　この迷宮街には知り合いもたくさんいるのよ。それに怪我をして体を休めているあの子達だっているんだから……」

「だったら、なおさら止めに行くのはやめましょう。多分、この迷宮街は負けるわ。なら、それを前提に動きましょう。幸い、あの騎兵隊の進行方向にはあの子達の宿はないわ。避難を優先すべきよ」

「くっ。分かったわよ。でも、パーシバル家が出てくるんじゃないの。あいつも曲りなりにも当主級なんだから、ここで逃げるわけにもいかないでしょう？」

「……無理でしょうね。格が違うわ。あんな寄生して迷宮に潜って魔力量だけを上げたようなやつは、たとえ当主級たる上位魔法を持っていても白い悪魔に勝てるとは思えないから」

この地を治める大貴族であるパーシバル家。

当然、この迷宮街を統治するために当主級と呼べる存在がいる。

だけど、あいつが役に立つとも思えなかった。

迷宮街は迷宮を中心に発展した街だ。

その迷宮から魔石や武器防具の素材が採れる。

だから、ここはパーシバル家にとっても重要な場所と言える。

もちろん、その重要拠点を守るためにもこの地にパーシバル家の当主級を置いている。

だが、今ここにいるのは家柄によって当主級になった男で評判は悪い。

代々、この迷宮街を治める当主級は自身も迷宮に潜って腕を磨くのが習わしで尊敬される強さと迷宮に対する深い知識と怖さを持っていた。

だけど、今の代の迷宮街領主は迷宮に潜る際に護衛をつけていたのだ。

迷宮深層に潜る実力のある者に迷宮内の戦闘を任せ、その後に付いていくだけ。

当然、深層に潜るような実力者であっても護衛対象がいるというのは普段どおりに動けずにやりにくい。

だというのに、あいつはそれまでの高潔な迷宮街領主たちとちがって横柄でわがままで人の言うことを聞かなかった。

わたしたちの探索隊は女性だけで構成されていたが、一度だけ受けた依頼でひどく嫌な思いをしたのは今でも覚えている。

けれど、そんな「連れ回し」という行動であっても魔力が濃密に漂う深層での活動を経験すると魔力量が上がるらしい。

もちろん、自分に都合の良い者を騎士に任命してそれで魔力量を上げているというのもあるだろう。

だからこそ、結果を見届ける必要もなくはっきりと分かる。

魔力量だけのやつがあの騎兵隊に勝てるとは思えない。

だって、そうだろう。

あの騎兵隊の中にとびきりの化け物がいるんだから。

上位魔法を使う当主級になにか命令しながら、迷宮街の管理区に向かって突き進んでいる。

多分、そのままあいつがいる管理区で戦闘になるだろう。

「行きましょう、ジェーン。命あっての物種だわ」

「ええ、そうね。分かったわ、リュシカ。でも、街に住む人達の避難くらいはできるはず。あの子達を逃したら、大渋滞を起こしている他の門の避難民の誘導に行くわよ」

「ええ、できることをやりましょう」

そして、わたしたちは仕事を放棄して外壁を降りていった。

後で探索組合がなにか言ってくるかもしれないけれど、どうとでもなるだろう。

そのまま、宿に戻り、怪我をした仲間を外へと逃してから避難民の誘導を行う。

そうして、知った。

迷宮街管理区でふんぞり返っていたあいつが白い悪魔によって倒されたということを。

わたしたちの迷宮街は、その日陥落したのだった。

……なんでこんなことになったんだろうか。

思わず出そうになったため息をこらえて歩く。

わたしが今歩いているのは迷宮内だ。

しかも、今まで一緒に迷宮に潜っていた仲間とは違う人がわたしたちの後ろを歩いてきている。

本当になんでこんなことになったんだろう。

ある日突然侵攻してきたフォンターナ軍によって迷宮街は陥落した。

そして、その直後にわたしは迷宮街を完膚無きまでに叩き潰したアルス・フォン・バルカその人を連れて迷宮に潜ることになったのだ。

無事に帰ることができるんだろうか。

がんばれ、わたし。

◆◆◆

「君がリュシカさん？　俺の名はアルス・フォン・バルカだ。よろしく」

「あ、あの……。よ、よろしくおねがいします。アルス・フォン・バルカ様」

「ああ、頭を上げて。別に君になにかしようっていうわけじゃないから。こっちのお願いを聞いてほしいだけだよ」

「す、すいません。なにか粗相をしたのでしょうか。そ、その、わたし全然覚えがなくて、申し訳ありません」

「いや、そうじゃなくてね。困ったな。さっきも言ったとおり、別に君になにかしようっていうわけじゃないんだよ。ちょっとお願いがあるだけだから」

「はい、わかりました。なんなりとお申し付けください」

「君はこの迷宮で深層って言われているところまで探索する、熟練の探索者だって聞いた。そんな実力者の君にお願いがあるんだ。俺も一回迷宮に入ってみたいから案内してくれないかな？」

……何言っているんだ、この人は？

大貴族パーシバル家の領地にまでいきなり土足で踏み込んできて、その領地の中でもとびきりの重要地点である迷宮街に侵攻をかけた。

そんな迷宮街を鎧袖一触《がいしゅういっしょく》で打ち破ったと思ったら、迷宮に入りたいだって？

しかも、それを案内させようとしてなんでわたしを指名するのか。

怪我をして休んでいた仲間を避難させ、さらに迷宮街に住む住人たちが逃げようとして大渋滞を起こしていた壁門で誘導をしていたら、急に探索組合から呼び出されて来てみれば、なんでこんなことになるの？

というか、これってどう考えても組合連中がわたしのことを教えたってことよね。

他に探索者なんていくらでもいるじゃない。

女のわたしに押し付けるとかあんまりだ。

だけど、どう考えても拒否なんてできないだろう。

だって、わたしの目の前にいるこの少年は迷宮街管理区にいた迷宮街領主のあいつを倒してきたのだから。

あいつがいかに評判が悪かったとは言え、実力はわたしのはるか上だった。

逃げようとしたら殺されるだろう。

わたしは諦めて、このアルス・フォン・バルカなる人物を迷宮に案内することになったのだった。

◆◆◆

「おおー。すごいぞ。さすが迷宮ってだけあるな。地下に続く洞窟って感じなのに光があるのか。すげえ」

「いいんですか、アルス様？　迷宮街に来たばかりでこんな迷宮めぐりなんてしていても」

「まあ、大丈夫だろ。一応、この迷宮街は完全に攻略して、現場での指揮権は父さんに預けているから問題ないよ。つーか、なんでお前がここにいるんだ、エルビス？」

「はは、バイト様にお願いしてアルス様の護衛についていく許可をもらったんですよ」

「護衛か。まあ、迷宮内に入るならいたほうがいいけど、タナトスがいるからな。巨人化しなくてもお前より頼りになりそうで、護衛として役に立つのかって気もするけど」

「それなら荷物持ちでもなんでもしますよ、アルス様。こう見えて、昔から荷物を運ぶのが得意なんですよ、自分は」

「とかなんとか言って、お前実はこのリュシカ狙いなんじゃねえのか、エルビス？　さっきから視線がチラチラ向こうを向いているようだけど」

「ち、違いますよ、アルス様。俺は真剣にアルス様のことを思ってですね」

「はいはい。隠さなくてもいいから」

「あの……、おふたりともちょっといいですか。ここはまだ迷宮に入ったばかりであまり危険ではありませんが、それでも迷宮の中なのです。油断は常に死を招きます。あまりおふざけにならないほうがよろしいかと思います」

「ああ、ごめん。そうだよな」

「す、すいません、リュシカさん」

迷宮に入るとと言ってわたしについてきたのは三人だった。

アルス・フォン・バルカ様と巨人化する男、そして、エルビスという青年騎士だ。

巨人さんは特に喋らずに注意を払って行動しているが、この人この迷宮内で戦えるのだろうか？

迷宮はある程度広さがある洞窟のような形をしているのだが、それでもあのときの門を壊したときのように巨大化されたら一緒にいるわたしまでもぺちゃんこになりそうなんだけど。

対して、よく話をしているアルス・フォン・バルカ様と騎士エルビス。

結構仲が良さそうだが、所属的には直属の配下ではなく、バルカ様の兄であるバイト・バン・バルト様の騎士なのだそうだ。

なんでそんな人がと思うが、さっきからわたしのことをチラチラと見ているのは本当だ。

だけど、これも油断ならない。

わたしに気があると見せかけて、何かあればいつでもわたしを斬るつもりなのかもしれない。

……怖い。

なんでこんな味方に怯えながら迷宮に入らないといけないのだろうか。

おうちに帰りたいよー。

そんなふうに心のなかでは怯えながらも、探索者の矜持として常に堂々とした行動を意識する。弱みを見せて良いことなんて一つも無いからだ。

アルス・フォン・バルカ様が迷宮について詳しく話を聞きたいと言えば、知りうるかぎりのことをお教えする。

いくらでも聞いてほしい。

説明して話している方が逆に心が落ち着くから。

「なるほど。ようするに迷宮っていうのは魔力の過剰地点ってことか。魔力量が特別に多い地点に起きた突然変異的な土地で、その内部がおかしくなっていると」

「ええ。といっても、迷宮は魔物の一形態であるとか地面を掘る魔物の作るものと言う人もいるようで、何が正解なのかはわたしもあまり詳しくは知りません。ですが、その内部は濃密な魔力にあふれていて、しかも深層に行けばいくほど濃度が濃くなります。そこには魔物も住み着いていますが、魔石なども産出され、主にその魔石が探索者にとっての収入源ということになります」

「奥に行くほど高く売れる魔石が採れるっていうことだよな？　ティアーズ家の【能力解放】で探索者は強くなるって聞いたけど、どういう仕組みなんだ？」

「【能力解放】の仕組みですか？　特別な魔法とは聞きますが詳しくはわかりません。けれど、探索者になる際に必ず儀式を行い、その儀式をした者は迷宮に潜り、一定深度を超えると【能力解放】を受ける権利を得ます。そこで自身に見合った強さを得ることになります」

「必ず受ける儀式？　探索者っていうのは必ず迷宮に潜る前にティアーズ家になにかされるのか？」

「いえ、少し違います。正確には探索組合に、ですね。探索者を志した者はまず探索組合に登録します。そして、登録を終えると迷宮に潜る許可を得ることになるのですが、そこで儀式を行うのです。といっても、わたしたち探索者が儀式と言っているだけで、ただの苦い薬を飲むだけなのですけど」

「薬？」

「はい。それを飲んで迷宮に潜ると体に迷宮の魔力が馴染みやすくなると言われています。魔力が体に馴染めば馴染むほど、【能力解放】の魔法を受けたときに体の機能が向上しやすいらしいです」

「へー。そんな薬もあるのか。後で組合から見せてもらうか。で、一定深度に潜るって言ってたけど、あそこに見えるのがその基準点か？」

「あ、はい。そうです。あれが、転送石です。この迷宮には時々ああいうふうに大きい特殊な石があるんですが、あの石に触れて魔力を通すと迷宮入り口近くにあった別の転送石に一瞬にして送り届けられるんですよ。一度でも転送したことのある石に対してであれば、今度は入り口の転送石からこちらに移動することもできるので、探索には必須ですね」

「まじか……。本当にこんなファンタジー要素満載のものが存在するのか。まじですげえな」

迷宮に入り、かなりの距離を移動してきた。

その間、周囲に注意しながらも迷宮についてのあれこれをアルス・フォン・バルカ様に説明しながら進んだが、巨人さんが遭遇した魔物をすべて一撃で叩き潰していたので、なんの問題もなく移動することができた。

そんなわけで、こうして割と簡単に迷宮にある転送石のもとまでたどり着くことができた。

どうやら、アルス・フォン・バルカ様は迷宮の中でもこの転送石が見たかったようだ。

転送石に触れたかと思うと、実験だ、といって荷物持ちをしてくれていた騎士エルビスに実際に転送させた。

もちろん、わたしが偽物の転送石に案内したわけではないので騎士エルビスは転送石に魔力を送ると一瞬にして姿が消える。

それを見てものすごく驚いていた。

が、すぐに騎士エルビスが戻ってくると、今度は自分も、と言いながら転送しては戻ってくるを繰り返している。

なんどか転送を繰り返した後は、今度は転送石にペタペタと触りながら、周囲をくるくる回って観察していた。

ふふ。

なんだか、その姿を見ていると白い悪魔とも呼ばれる人が年相応の子どもに見える。

そういえば、わたしも初めてこの転送石を使ったときはひどく興奮したものだ。

そう思うと、なんとなくかわいいとすら思えてくる。

「記憶保存。……おっ、これ記憶できるんだな」

「……え？　記憶、ですか？」

「うん。この転送石を記憶した。これでいつでも同じものを作ることができそうだね」

そう言って、迷宮の地面に手を触れたアルス・フォン・バルカ様が魔力を練り上げて何かをする。

すると、次の瞬間には転送石の数がその場にもう一つ増えていた。

……ありえない。

転送石は今まで多くの人が研究して、その仕組みすら判明していないはずだ。

それを……作った？

ちょっと待ってほしい。

これってわたしは見てはいけないものを見せられているのではないだろうか。

わたしの目の前で複製した転送石で再び転送して姿を消したあと、また戻ってきたアルス・フォン・バルカ様の背中をみてわたしは冷や汗が止まらなくなったのだった。

◇◇◇

今更ながらにすごい世界に生まれてきたんだなと思った。

俺が生まれた土地にはこんな迷宮なんてものはなかったが、この世界には物語に出てくるようなマジモンのダンジョンが存在したのだ。

もし俺がバルカ村なんていう食うにも困る農家ではなく、この迷宮街に生まれていたらきっと迷宮探索をしていたに違いないと思う。

そうだったら完全に今とは違う人生を歩んでいただろうな。

そんなことを考えながらも、転送石とかいうとんでもない代物を見終えた俺は迷宮から地上へと戻ろうと言った。

が、そこで迷宮内を案内してもらっていた女探索者のリュシカがいきなり地面に額を擦り付けた。

いきなりの行動にぎょっとする。

もしかして、なんらかの攻撃の準備じゃないだろうな？

いきなり自分たちの住む土地に侵攻してきた軍のトップである俺に対して思うところが無いわけではないだろう。

迷宮なんていう特殊な環境下で思い切った行動をする可能性は十分にある。

地面に伏したリュシカがなにかする前に対処するか。

そう思って、腰の武器に手を当てたところでリュシカが声を発した。

「アルス・フォン・バルカ様。どうかわたしを貴方様の部下にしていただけないでしょうか。こう見えてもわたしも深層探索者の端くれとしてそれなりに腕が立ちます。どうか、どうか……」

「……え？　なに、いきなり？　どうしたのさ、リュシカさん？」

「どうか、どうかご容赦を。わたしはアルス・フォン・バルカ様に忠誠を誓うことをここで宣言します。ですので、ここで見たことは一切他言しません。どうかお慈悲を」

ああ、なるほど。

どうも迷宮に入ってからも常にこちらの顔色をうかがっていたようだが、この女探索者はもしかするとここで俺たちになにかされると考えているのかもしれない。

まあ、わからんでもない。

なにせ今彼女は目の前でとんでもないものを見せられたのだから。

迷宮に存在するという転送石の複製。

ここ迷宮街を攻撃すると決めたときに迷宮についてもある程度調べていた。

そこでこの転送石についても聞いていた。

どんどんと地下に潜る形となる迷宮のいくつかのポイントに転送石というぼんやりと光を放つ大き

な石が存在するというのだ。

実際に目にするとそれはクリスタル型をしており、成人男性の身長くらいある超巨大な魔石みたいな印象を受けた。

この転送石は入口近くにもある。

それに触れて魔力を通し、さらに迷宮に潜っていくと別の転送石が登場する。

その二つめの転送石に魔力を込めると入り口近くの転送石のもとへと一瞬にして移動できる。

そして、一度転送したことのある場所には今度は逆に入口側から奥に飛ぶこともできるのだ。

迷宮内にはいくつかこの転送石があるのが確認されていて、効率よく探索できるようになっているのだそうだ。

もっとも、これは人工的に作られたものではなく、偶然この迷宮で発生した代物であり、これを再現することはできていないという。

だが、俺は同じものを作ってしまった。

しかも、見てくれだけではなく本当に転送可能な物を作ったのだ。

それを見てリュシカも動揺しているのだろう。

それまでは不可能とされていた転送石の複製を可能とした俺がここで目撃者を処分するかもしれないと思っているのかもしれない。

もちろん、そんなつもりでリュシカを連れてきたわけではなかったが、たしかに見られたままで放置というのもおかしいか。

本当かどうかは知らないが忠誠を誓うと言ってきているのだから味方に引き込んでおいてもいいか

もしれない。

迷宮についてもっといろんな話を聞けるかもしれないし。

「分かった。その忠誠を受けよう、リュシカ。これより君は俺の配下だ」

「はい、ありがとうございます。誠心誠意お仕えいたします」

こうして俺は戦う女戦士を仲間にしたのだった。

……信用できるようだったら女騎士にしてみるのも面白いかな？

迷宮で採れる魔物の甲殻で作られた防具を押し上げる胸部装甲を持つスタイルのいいリュシカを見ながら俺はそんなことを考えつつ、地上へと帰還したのだった。

◇◇◇

「で、メメント家とは話がついたのか、ペイン？」

「はい。フォンターナ軍がパーシバル領の迷宮街を攻略したことを向こうに伝えています。その迷宮街をメメント家に譲渡するように話を持っていきました」

「おい、アルス。せっかくここを攻略したのになんでメメント家にやることになるんだ？」

「しょうがないよ、バイト兄。こんなところを領地にしたって維持できないのは明白なんだから」

迷宮から地上へと戻った俺は使者として動いてくれていたペインと話をしている。

その話の内容はこの迷宮街の今後についてだ。

迷宮街というのは大貴族パーシバル家の領地にある街であり、パーシバル家にとっても重要な意味を持つ場所でもある。

そんなパーシバル家はフォンターナ領から南に位置する場所だ。

南にある王都と東の大雪山の近くにあるメメント家の間くらいにパーシバル家はあるのだ。

ちなみにもうひとつの三大貴族家であるラインザッツ家は王都よりも西にあり、旧覇権貴族のリゾルテ家はそれらよりもさらに南にある。

つまり、パーシバル家はかつてのフォンターナ家と同じように東のメメント家と西のラインザッツ家から挟撃を受けていた形になるのだ。

すでに雪が降り始める時期になりその二家も軍を引き上げる動きを始めていたが、パーシバル家は東西に軍を振り向けて対処せざるを得なかった。

そのスキを衝いて北から強襲をかけて、この迷宮街を速攻で落としたというわけだ。

が、そんな苦労をして落とした迷宮街を領地として維持するのはフォンターナ家にとっては難しい。

なにせ、ここに来るまでにフォンターナ領からいくつかの貴族領をすっ飛ばして一直線に走ってきたのだ。

ここの支配を維持しようとすると逆にこちらが孤立無援の状態になってしまう。

だからこそ、ペインを使って動いた。

攻略した迷宮街をチップにメメント家と交渉するようにペインに指示を出したのだ。

そして、その使者としての働きをペインは見事果たしてくれたらしい。

「つまり、メメント家は迷宮街を貰い受ける代わりにこちらの動きには目をつぶる、と。その条件を認めたんだな、ペイン？」

「はい、アルス様。すでにこちらに向かってメメント家が軍を向かわせてきています。その軍に迷宮街を預けることで、北の貴族領へ対しては干渉しないことを認めました。こちらがその書類となります」

「よくやった。じゃあ、ちゃっちゃと帰宅準備に入るとしますか。そのついでにフォンターナ領と接する南の貴族家を攻撃しよう」

危険を冒して迷宮街を攻略した。

それにはいくつかの理由があった。

ひとつは死んだカルロスのかたきを討つということをなんらかの形で実現する必要があったということ。

そして、もうひとつは攻略した迷宮街の所有権をメメント家へと譲渡することで、フォンターナ家がすぐ南の貴族家と争った場合、干渉してこないという約束を取り付けることも狙っていた。

そして、それをペインが取り付けてきたというわけだ。

こうして、パーシバル家への強襲を終えたフォンターナ軍はメメント家にその地を譲り、再び北へと猛烈な勢いで移動を始めたのだった。

無事に目標だった迷宮街の攻略に成功した俺率いるフォンターナ軍。

これで無事に「カルロスの敵討ち」を終えたというわけである。

一応これで俺個人の目的は達成した。

だが、しかしである。

これは戦略目標の第一段階をクリアしただけであるとも言える。

迷宮街の攻略ができればそれで良し、そして、それが無事にできて余力があればもう一つ戦果を持って帰る可能性も考えていた。

それが、迷宮街の所有権をメメント家に譲渡してまで取り付けた「不干渉」の狙いでもある。

俺が今回動員したフォンターナ軍はすべて精鋭である。

数を絞り、角ありヴァルキリーを導入してまでスピードを優先させて迷宮街を攻略した。

その際、基本的な軍の構成としてはバルカ軍やバイト兄のバルト軍の騎士たちが多いのだが、それ以外にもフォンターナ軍として従軍してきている。

その中にはアインラッドを治めるピーチャやその配下、そしてビルマを治めるビルマの騎士たち、あるいはワグナー率いるウルク由来の騎士たちだ。

彼らは俺の名付けを受けておらず、バルカの魔法は使えない。

つまり、【瞑想】で連日の長距離移動の疲れを癒やすこともできず、バルト家のように【騎乗術】が使えるわけでもない。

だが、それでも文句も言わずに相手の領地の奥深くへと突っ込んでいっての戦闘までやったのだ。

敵討ち成功です、というだけではなく実利を与えたい。

一応、迷宮街で得た戦利品などもあるのだが持ち帰ることができる物は限られている。

来たときと同様にヴァルキリーに騎乗して帰るので、持って帰ることができるものはそこまで多くないのだ。

迷宮街に保管されていた魔法効果のある武器や防具、そしてリュシカなどの有用な人材を連れ帰るだけにとどまっている。

ならば、行きがけの駄賃というか帰りで回収できるものとしてフォンターナ家の南にある貴族領を頂いてしまおうということにしたのだ。

最低限の大義名分はある。

南隣の貴族は王殺しの罪に問われたパーシバル家討伐に参加しなかった、というのが罪状だ。

もっとも、これは相手にも言い分があるかもしれない。

なにせ、軍を率いてパーシバル家に向かっていけば喪に服しているとはいえ、自分たちの領地がフォンターナ家と接しているのだ。

近年勢力を伸ばしている危険な領地との防衛を放置してまで軍をパーシバル領に向けるなどできはしないのも当然だろう。

まあ、そんなことはこちらには関係ないのだが。

攻め込むときはどんな些細なことも理由になる。

理不尽極まりないかもしれないが、俺も地震の原因だと因縁をつけられて攻められそうになったのだしそういうものとして割り切ってもらおう。

こうして、迷宮街を出たフォンターナ軍は南の貴族家であるカーマス家に向けて進んでいったのだった。

◇◇◇

「リュシカ、君たちの今日の寝床はここだ。何か足りないものがあったら言ってくれ」

「ありがとうございます、アルス様。このような場所をご用意いただけて感謝いたします」

迷宮街を出発し、ヴァルキリーを走らせて北上した。

角ありが【瞑想】を使いながら集団で走る今のフォンターナ軍は恐ろしい進軍距離を叩き出している。

迷宮街に向かったときなど、普通の軍が数ヶ月かけて移動するところをわずか数日で駆け抜けたのだから相当なものだろう。

これはヴァルキリーがすべて同じ使役獣であるというのも大きいのだろう。

もし、いろんなタイプの騎乗型使役獣がいたらここまでの速度は出さなかったはずだ。

いくら足が速い使役獣を騎獣としていても、集団として移動するならば足の遅いもの、あるいは体力のないものに合わせて移動しなければならないからだ。

また、ヴァルキリーが俺の言うことを理解し、それを群れ全体で共有して行動できるというのも大きいだろう。

俺が右に行けと初代に伝えるだけで、高速走行中の集団が一糸乱れぬ行動をとるのだ。

途中、いくつかの貴族領を駆け抜けたが無事に移動できたのはそのまとまった行動力というのが大きかったのだ。

だが、それでも迷宮街までの片道切符は何日もの時間がかかった。

では、その間の食料と体を休める寝床はどうしたのかという問題がある。

軍という集団の移動が遅くなるのもそこに原因がある。

多くの人の腹を満たすための食料を持ち運ぶ手間と寝る場所を確保する時間がかかるのだ。

寝るためには暗くなる前から体を横にできる場所を作るため、大軍であればあるほどその用意に時間がかかる。

下手をすると夕方になる前からその準備をしなければいけないのだ。

なるべく短期間で移動を終わらせて目的を達成したい俺はその時間すらも惜しんだ。

そのためにどうしたのかと言えば、食料は最低限背負えるだけしか持たず移動し続けたのだ。

だがそれで足りない分はどうしたのか、という問題がある。

それには各地の騎士の館を利用したのだ。

冬に備えて食料と薪を備蓄している騎士の館ならば、一泊程度であれば千騎のフォンターナ軍にも対応できる。

事前に泊まる予定の騎士に極秘予約をとっていた。

以前から外交力のある人材を集めていたが、そいつらに命じて小規模な軍が一泊できる許可をとるようにと。

もっとも、やってきたのがフォンターナ軍の精鋭で、それを見て予約を一方的にキャンセルしようとした騎士もいたが、それらは力ずくで交渉した結果、無事に宿にありつけている。

まあ、その結果、その館の持ち主が無事である保証はないのだが。

そんなふうに帰りも騎士の館を転々としながら移動し、あとはフォンターナ領の南隣にある貴族領を残すのみとなった。

が、向こうにはすでに宣戦布告が届いていたようで、この寒い中急遽召集をかけて軍を率いてこちらの進行ルート上で待機しているらしい。

途中にある川を挟んでこちらを迎え撃とうとしている。

こうして、迷宮街帰りのフォンターナ軍はカーマス軍と戦闘に突入したのだった。

「アルス様、敵影発見しました。この先に進んだ川の向こうにカーマス軍が布陣しています」

「分かった。予想通りだな。ここでカーマス家を叩くぞ」

フォンターナ領の南隣にあるカーマス貴族領。

その領地に入る前にある川にカーマス家の軍勢五千が待っているという。

この数はフォンターナ家を相手にするのは少し少ないのではないか。

カーマス領目前の宿泊地で情報を得た俺達の中でそんな声も上がった。

だが、そうとも言えないだろう。

今回、迷宮街を攻略に向かった中でわずかだがリード家の人間も連れていっていた。

そして、無事に俺たちが迷宮街を攻略し、その支配権をメメント家に譲り、カーマス家に宣戦布告をした。

が、ここで重要なのは俺がリード家の人間に命じて【念話】を使って、一度フォンターナの街に連絡をとっていたということである。

つまり、カーマス家に宣戦布告を行ったのはあくまでもフォンターナの街から送られた使者であり、まだ迷宮街にいた俺たちではない。

そのため、宣戦布告を受けたカーマス家の人間は慌てて召集した農民で軍を構成したものの、自分たちの領地とフォンターナ領が接する北側に軍を派遣すればいいのか、あるいは、数日前に突如として南下していったフォンターナの騎兵団を抑えるため南を防衛すればいいのかがわからなかったのだろう。

だからこそ、おそらくは軍を分けたはずだ。

どちらにも対応できるようにとフォンターナ領と接する北側とその反対の南側に。

その意味で言えば、この南側に五千も待機させているのは優秀なのではないかと思う。

なにせ、数で言えばたった千騎の騎兵だけの軍をきちんと警戒しているのだ。

ちなみにカーマス家と領地を接するフォンターナ領の三つの陣地には一万を超える軍を集めるようにカイルに指示している。

数字だけを見れば北に意識が行くほうが自然だが、釣られたりしなかったということなのだろう。

が、そんなことはあまり関係ないだろう。

なにせ、こちらは大貴族家の迷宮街をあっという間に叩き潰した精鋭揃いの部隊なのだ。

情報を得た次の日、フォンターナ騎兵団はカーマス家が待ち受ける場所へと突撃を仕掛けていったのだった。

◇◇◇

「氷精たちよ、川を凍らせろ」

ヴァルキリー部隊の周りを覆うように宙に浮かんでいる氷精に命令を告げる。

この氷精は俺が【氷精召喚】で召喚していた青い光の玉のような氷の精霊たちである。

こいつらは一体ずつは強くはない。

が、なぜか他の当主級と違って複数の氷精を召喚できるので、変わった使い方をしていたのだ。

今回の遠征で使ったのは氷の精霊たちに周囲の「寒さ」を吸収させて気温の低下を防ぐというものである。

騎兵団の周りに氷精をだしていることで、その氷精たちが寒さを吸収すれば凍えるような寒さはなくなる。

といっても、風を切って走るヴァルキリーに乗っている以上、風の影響を受けるので寒いと言えば寒いのだが。

だが、雪が降り始めている状態ならば氷精を数多く召喚しやすく、維持もしやすい。

そのために、騎兵団として移動中はずっと氷精を出しっぱなしにしていた。

その氷精たちにカーマス家が陣取る手前にある川の水を凍らせるように指示した。

今まで寒さを吸収していたからだろうか。

以前、アーバレスト家と戦ったミッドウェイ河川の水よりも手早く凍らせることができたように思う。

複数の川が流れ込んで大きくなったミッドウェイ河川よりもここの川は狭く水量が無い。

それも速く凍った要因ではあるだろう。

だが、それを見て明らかにカーマス軍に動揺が走った。

……なるほど。

もしかするとアーバレスト家と俺が戦ったときの状況を詳しく知っているのかもしれない。

以前、俺がアーバレスト家に対して完勝した際にとった方法がこの川の水を凍らせるというものだった。

その氷の上にいたアーバレスト軍はすべて焼死した。

氷を炎に変える俺の持つ魔法剣、氷炎剣の力によってだ。

それを警戒しているのだろう。

だからこそ、カーマス家は動かなかった。

凍った川の氷の上をヴァルキリーに騎乗した騎兵たちが続々と前に進み、お互いの距離が近づくのを見ても動かなかった。

それをいいことにフォンターナ軍も気にせず速度を上げながら待ち受けるカーマス軍に接近する。

だが、その騎兵団が後少しでカーマス軍にたどり着くという直前になって、相手に動きがあった。

カーマス軍の先頭に立つ身なりの良い男が前に出て、大きな木の杖を握りながら魔法を唱えようと動く。

その姿を見ると、その男は魔力量が他の者よりも多い。

しかも、それは通常の騎士よりも遥かに多い魔力を持っていた。

おそらくは当主級。

貴族同士の戦いでは通常ならば当主級の力は温存するのがセオリーだ。

だが、カーマス軍をまとめる当主級である男は初撃でフォンターナ軍に手傷を与える作戦のようだった。

【王水津波】。

カーマス家に伝わる上位魔法の名前だ。

文字通りの恐ろしい攻撃能力を持つ魔法をカーマス家の当主級が放とうとしている。

王水というのは強力な酸性の液体だ。

それを津波のように出現させ、相手に向かって押し流す。

それがカーマス家の上位魔法たる【王水津波】の効果だ。

ウルク家の【黒焔】やアーバレスト家の【遠雷】もやばかったが、こいつも相当やばい。

聞いた話では津波の高さは一メートルくらいらしいが、それでもまともに食らえば即死級だろう。

なにせ、【壁建築】するにしても横幅五メートルの壁では完全には防げないだろうから。

だから、俺はそれを封じた。

カーマス家の先頭に立つ男が【王水津波】を発動しようとした瞬間、魔道具を発動させたのだ。

【封魔の腕輪】。

迷宮街に保管されていたマジックアイテムのひとつだ。

迷宮街を攻略した折に保管されていたこの封魔の腕輪を頂戴してきた。

そして、それを今、使用した。

その効果は腕輪の周囲に一切の魔法を発現させないというもの。

情報では効果範囲はかなり広めなようで戦場一つを丸々カバーできるとされているという。

そして、それは正しかった。

カーマス家の当主級が杖を振り上げて発動しようとした【王水津波】は、しかしなんの現象も引き起こすことがなかった。

実はこの封魔の腕輪こそが、カルロスや王殺しの元凶がパーシバル家であるとした理由の一つだったりする。

王を護送していたカルロスがいくら不意打ちとは言え、なんの抵抗もできず、王を守ることもできずに壊滅したのは不可解だった。

そして、その場にいたリオンの証言で、襲われたカルロスは【氷精召喚】という上位魔法を発動せずに剣で立ち向かおうとしていたと聞いている。

つまり、カルロスはなんらかの理由で魔法を使えず、武器のみで抵抗するしかなかったのではないか。

では、それはなぜか。

それこそ、迷宮街に保管されているという【封魔の腕輪】による魔封じによるものではないか、というのがこちらの主張だ。

実際、それは合っているのではないかとも思った。

なにせ、【王水津波】という自身が持つ最高の攻撃を放とうとしてそれができなかったカーマス家の当主級の男は完全に混乱していたからだ。

何度も自分が持つ杖を見ながら振り、魔力を込めて魔法を発動しようとする。

が、それは叶わなかった。

そして、そこへフォンターナ軍が激突した。

こちらも封魔の腕輪によって魔法を使うことはできない。

この腕輪の効果は相手に対してかけるデバフではなく、フィールド効果みたいなものなのだろう。

どちらの陣営も魔法が使えなくなる。

が、なんの問題もなかった。

なぜなら、先頭を駆けるヴァルキリーに騎乗する俺が手にしている武器は聖剣グランバルカなのだから。

魔法を使えなくとも魔力を込めることはできる。

そして、魔力を込めたこのグランバルカはあらゆる物を切り裂くほどの性能を持つ、斬鉄剣という名称を与えたほどの名刀なのだ。

もしかしたら、このグランバルカをカルロスに預けていれば、あるいは今頃カルロスも生きていたのかもしれないな、と思わなくもない。

が、今更そんなことを考えても仕方がないか。

聖剣グランバルカがあっさりとカーマス家当主級の体を斬り飛ばし、更にそのままカーマス軍を蹴散らしながら、俺はそんなことを考えていたのだった。

◇◇◇

『みんな、おはよー。今日のキリの星占いの時間だよー。って言いたいところなんだけど、今日はちょっと放送内容を変えてみようってことになったんだ。実はねー、今日は特別にとある人に来てもらったんだよ。じゃー、自己紹介いってみよー』

『どうも。キリの星占いをお聞きの皆さん、おはようございます。アルス・フォン・バルカです。よろしくおねがいします』

『ちょっと、アルス君。もっとくだけた感じで元気よくいこうよ。はい、というわけで今日は特別にアルス君ことアルス・フォン・バルカさんにお越しいただきました。みんな、アルス君のことは知っているかな？　なんとこのバルカ文化放送局を作った張本人で、しかも、フォンターナ家の当主代行という仕事をしている人なのです。はい、拍手』

迷宮街帰りにカーマス家との戦いがあった。

と言ってもそれももう終わっている。

【封魔の腕輪】を使い、相手の当主級が使おうとした上位魔法どころか、すべての魔法を封じ込んでの力勝負に持ち込んだ。

その結果、軍の一番前にいた当主級の男は俺が一撃で勝負を決め、そのほかの少数の騎士は農民兵ともども騎兵にさんざんに打ちのめされた。

ほとんどまともに勝負にもならず、カーマス家との戦いは終わったのだ。

が、そこで止まるほど角ありヴァルキリーによる騎兵団は鈍くない。

カーマス家の騎士を倒し、農民兵が散り散りに逃げた後は相手の装備を回収することもなく、更に北上したのだ。

そして、北にある三つの陣地でフォンターナ軍一万と睨み合っていたカーマス家の残りの軍にも強襲を仕掛けたのだ。

相手もびっくりしたことだろう。

まさか、自分たちの別働隊が一瞬にして蒸発したとは考えなかったはずだ。

急に背後から現れた破壊力抜群の騎兵団に蹂躙された。

当然、その前に【念話】を使って三つの陣地にいたカイル率いる軍に情報は伝えている。

混乱するばかりのカーマス家とは違い、陣地にいたフォンターナ軍は騎兵団の動きに合わせて挟撃を成功させたのだ。

それにより、カーマス家は他にいた当主級がさらに戦死した。

そして、そのまま、カーマス領の領都へと押し寄せたフォンターナ軍によって占領されてしまったのだ。

今、そのカーマス領はビルマ軍とキシリア軍が押さえている。

出世欲が高いビルマの騎士エランスのほかにも、キシリア家のワグナー君も獅子奮迅の働きをしたのだ。

きっと、フォンターナ家における立ち位置をなんとしても確立したいと頑張ったのだろう。

そこで、冬の間この二人にカーマス領を任せることにした。

そんなこんながあって、俺はなんとか無事にフォンターナの街へと帰ってきた。

戦果としてみれば、王とカルロスの敵討ちのためにパーシバル領にある迷宮街を攻略し、そこにいたパーシバル家当主級とティアーズ家を討伐、さらにカーマス領を手中に収めるとなかなかのものになっている。

本来であれば、街を挙げての凱旋式をすべきところだろう。

が、もう雪が降る冬の時期に突入している。

これからは備蓄した食べ物を食べて冬の厳しい時期を乗り越えなければならない。

なので、ほどほどの規模の戦勝祝いで済ませたのだ。

しかし、これに異を唱える者がいた。

せっかく勝利を収めたのだからもっと大々的にそのことを広めるべきだという意見がでたのだ。

が、そうはいってもこの時期にフォンターナ領に戦の勝利を広く知らせるには人の行き来が少ない。

なので、こうして、ラジオを通してフォンターナ軍の活躍ぶりを話してみることにしたというわけである。

『それでそれで？　迷宮街に突入したフォンターナ軍はそこからどうやって攻めたのかな、アルス君？　もちろん、相手も無抵抗ってわけではなかったんでしょ？』

『それはそうだ。俺の友のタナトスが迷宮街の壁を突破して中に突入することに成功したが、当然そこには相手の守りがあった。こちらは圧倒的に数の少ない騎兵だけで囲まれたらお終いだ。実はこのとき、俺は本当に勝利できるのか、という気持ちが無かったと言うと嘘になるかもしれない』

『そんな……。連戦連勝のアルス君でもそんなことを思うんだ。意外な感じがするね』

『そんなことはないさ。俺だって人の子だ。戦場に出るときにはいつだって緊張している。だけど、そんな不安を吹き飛ばしてくれる心強い味方がいた。だからこそ、俺は危険な場所に飛び込んで戦うことができたんだ』

『アルス君とその仲間たちかー。さっき話に出てきたタナトスさんもそうだよね？　他にはその場に誰がいたのかな？』

『そうだな。俺が亡きカルロス様に忠誠を誓ってから最初に起きた他貴族との戦い。そのときに一緒に手を取り合って戦ったことで、それ以降ずっと頼れる存在であるピーチャ・フォン・アインラッド殿。それにそのピーチャ殿率いるアインラッド軍と一緒にミリアス平地の戦いで一緒の戦場に立ったエランス・フォン・ビルマ殿、そして、ワグナー・フォン・キシリア殿がそうだな。彼らは俺と同じ亡きカルロス様に忠誠を誓って、フォンターナ家のために戦った忠義の騎士たちで、皆当主級の実力者たちだ。彼らが一緒だったからこそ、数で勝るパーシバル家の包囲を突破して勝利を収めることができたんだ』

『みんなカルロス様がパーシバル家にだまし討ちされて亡くなったことを怒ってたんだね。それが強敵にも勝る原動力になったのかな？　カルロス様はみんなに好かれていたんだね』

『もちろんだ。だからこそ、俺たちは動いたんだ。そして、そのかたきを見事に討つことができた。これほど嬉しいことはないよ』

キリは意外と使えるな。

ラジオ放送では事前に星の動きを占って、俺達が迷宮街を攻撃する前日に「なにか大きなことが起きる気配がある」と言わせていた。

そして、迷宮街を攻略したときにはすぐにフォンターナの勝利の情報を放送させた。

そして、最後にこうしてお涙頂戴の内容を流す。

良い宣伝になるのではないかと思う。

なにせ、俺が迷宮街でしたことは間違いなくただの人殺しだ。

だが、それをカルロスの死と混ぜて正当な行為であるかのように印象操作をすることに成功しているのだ。

そして、それと同時に俺が他の同僚騎士をリスペクトしていますよ、というアピールの役割も果たしている。

一応これらの内容は大枠で台本を用意している。

が、それを自然な流れとなるように俺からの発言を引き出しているキリはラジオパーソナリティーとしては有能だと感じた。

さすが、魔法が失われても星占いだけで貴族家に仕え続けた一族の出とでも言おうか。

うまくおだてて話を転がす話術を持つと言えるのではないだろうか。

そして、これらの内容で重要なのは、放送されているのがフォンターナの中だけではない、ということだろう。

フォンターナ領での戦勝祝いができない代わりの放送という位置づけではあるが、実際にはフォンターナ領以外の王都圏でもこのラジオは少数ながらも存在しているのだ。

人の口に戸は立てられず、ともいうが意外と口コミ効果というのは大きい。

こうして、俺は自己弁護を多分に含んだ放送をフォンターナ領から遠く離れた王都圏でも流し情報を広めていったのだった。

◇◇◇

「ラジオ出演お疲れ様、アルス兄さん。ちゃんと喋れていたね。結構評判いいみたいだよ」

「ありがとう、カイル。実は意外と緊張してたんだよ。キリ相手だから気軽に話せたけどな」

「気軽すぎる気もしたけどね。まあ、それはともかく本当によく無事に帰ってきてくれたよ。パーシバル家っていう大貴族相手だからアルス兄さんでも万が一があるかもって心配していたんだよ?」

「たしかに今回うまくいったからって次もうまくいくとは限らんわな。特に迷宮街にいる探索者ってのは厄介だよ。わらわら出てくる探索者たちがどんな攻撃方法を持っているか予想もつかないっていうのは結構怖かったから」

「そっちなんだ。パーシバル家の当主級相手は怖くなかったの?」

「まあ、そっちも万が一があると考えるとな。ただ、相性としてはこちらに優位があったからな」

バルカニアでキリの星占いというラジオ番組に出演した俺。

事前に数日前からラジオ放送でその日の朝の番組に特別ゲストが出演すると煽っていたので、結構聞いていた人も多かったようだ。

そして、カイルやほかの人が言うには結構ウケたらしい。

今のところ多少の不満を言っているのはバイト兄くらいか。

もっと俺の活躍を語れよ、と言ってこられたが他の人をヨイショするほうが重要で実の兄弟の活躍話を長々と語るわけにもいかなかった。

仕方がないので、父さん秘蔵の名酒をバイト兄にこそっとプレゼントして機嫌をとりなしたりもしていたのだ。

そんなカイルが番組内ではあまり詳しく言わなかったことを聞いてきた。

大貴族であるパーシバル家の相手は大変ではなかったのか、と。

だが、実を言えばそれはあまり問題にはならなかった。

なぜなら、パーシバル家との戦いではバルカは非常にいいアドバンテージを持っていたからだ。

旧覇権貴族を打倒した三大貴族家の一角であるパーシバル家。

そのパーシバル家ももちろん攻撃魔法を持つ非常に危険な相手である。

実は旧覇権貴族であるリゾルテ家との戦いではこのパーシバル家の魔法が大いに活躍したのだそうだ。

【猛毒魔弾】。

それがパーシバル家の騎士がもつ魔法の名だ。

魔力を弾丸のように飛ばすシンプルな魔法だが、その魔力は不思議な特性がついている。

【氷槍】や【朧火】のような氷や炎という現象ではなく、魔力そのものが毒を持つのだ。

その【猛毒魔弾】の攻撃を受けた者は歴戦の騎士であっても、悶え苦しみながら死に絶えるという恐ろしい魔法だ。

が、そんな危険なパーシバル家の魔法はバルカが持つ【毒無効化】であっさりと防いでしまった。

実際に戦うまでそれが通じるかどうかは不明で、最悪の場合、味方の被弾覚悟で速度に物を言わせて特攻するしかないかとも考えていた。

だが、バイト兄の配下の騎士であるエルビスという青年があえてその攻撃を食らいながら、【毒無効化】が有効であることを示してくれたのだ。

……そういえば炎鉱石が採れる狐谷の毒もエルビスがその身で効果を証明してくれたんだっけ？

あいつはマゾかなにかなのだろうか？

まあ、危険を承知でやってくれたのでバイト兄を通して褒美でも与えるとしよう。

そんなこんなでパーシバル家の騎士が使用する魔法【猛毒魔弾】は【毒無効化】でものの見事に封じられてしまった。

騎兵団の中にはピーチャやワグナー、エランスなどのバルカの魔法を持たない連中もいたが、そこはうまく角ありたちがカバーしてくれたらしい。

ほとんど被害らしい被害は出ずに終わった。

ちなみにパーシバル家の当主級が使用する上位魔法は同じように魔力を毒にするタイプで、こちらも同じく無効化できた。

では、あとは当主級たる魔力量でもって行われる武技が脅威になる、はずだった。

が、どうやら噂話程度には聞いていたが迷宮街を統治するその当主級は最強の攻撃手段である毒攻撃にあぐらをかいて肉体を使った戦闘技術はまったくなかった。

むしろ、大きく出た腹を揺らしながらブヒブヒと鼻を鳴らして動く置物のようですらあり、俺の聖剣グランバルカであっさりと始末をつけるに至ったというわけである。

つまり、先程の話に戻るがどんな攻撃方法を持つのかわからない探索者たちを相手にするほうがよほど神経を使ったのだ。

「なるほどね。でも、普通だったらかなりの強敵だったんだよね、パーシバル家って。まともな解毒薬もないからリゾルテ家はパーシバル家との戦いでかなり戦力を失ったって聞いたことがあるし」

「だろうな。最終的にリゾルテ家は魔力切れを狙った肉壁戦法を使っていたとか聞いたことがあるからな。地獄絵図みたいな光景が目に浮かぶよ」

「……それで、そんなパーシバル家に勝利したアルス兄さんは迷宮で変わった石を見つけてきた、と。使えそうなの、その転送石って？」

「ああ、なんとか起動はする。が、やっぱり迷宮の中で使うものなんだろうな。ここでは性能がかなり落ちるみたいだ」

「えっと、他に触ったことのある転送石のところに瞬間的に移動することができるんだよね？　使えないの？」

「いや、使える。バルカニアで設置した転送石とここフォンターナの街に設置した転送石の間で移動できることは確認した」

「すごい。じゃあ、成功じゃない」

「……そうなんだけど、迷宮ではそんなに魔力を使わずに転送できたんだけどな。迷宮の外であることとバルカニアでは転送するのに大量の魔力を消費するらしい。だれでも気軽に使えるってことにはならないだろうな」

カイルと話しながら俺がしていたのは、迷宮街にある迷宮で【記憶保存】してきた転送石の設置である。

バルカニアとフォンターナの街に設置した転送石間を移動してみたのだ。

が、それは迷宮の中での挙動とは大きく違いが見られた。

一つは転送する際の魔力消費についてだ。

迷宮内では魔力が空間内に豊富にあったためか、あるいは迷宮から魔力を吸収でもしていたのか、転送する際にはほとんど魔力消費がなかったのだ。

迷宮の深部を探索し、疲労困憊で動けなくなるほど疲れていても転送石のところにまでたどり着けば入口近くにまで帰ることができたというのはリュシカの証言では確認している。

が、ここフォンターナ領で俺が記憶した転送石を設置した場合、転送の際に大きく魔力を消費した。

おそらくだが、一度の転送でも上位魔法を発動するくらいの魔力を使っていたのではないだろうか？

しかも、一人分の移動でそれだけの魔力が消費される。

迷宮内では大量の素材が入った荷物と一緒に転送可能だったそうだが、こちらではそうもいかない。

せいぜい個人で身につけられる手荷物くらいではないだろうか。

「でも、それでも人が一瞬で移動できるっていうのはすごいんじゃないの？　これならまた冬の間に地震が起きても各騎士領に転送で戻ることもできるだろうし」

「地震はもう起きなくていいけどな。ただ、まあそうだな。便利ではある。が、設置場所は限られているみたいだけど」

「え、そうなの？　アルス兄さんがどこでも好きなところに転送石を作れるっていうわけじゃないんだ」

これはまだ確認したわけではない。

が、なんとなく感覚的にどこでも好き勝手に転送石をおけるというわけではなさそうだった。

いや、置こうと思えばどこでも置けるが転送できない可能性が高い。

ではどこならば転送が可能なのか。

多分、それは土地同士で魔力的なつながりがある場所だ。

迷宮であれば、迷宮内は基本的に下層に潜っていくことになり、その場で迷宮という魔力的なつながりがあるのではないか。

するとフォンターナ領ではどことどこの土地が魔力的につながっているのか。

バルトニアとフォンターナの街をつなぐものといえば、バルカが魔法で土地を変化させて作った道路か、あるいは線路がそうではないか？

確証はないが、なんとなくそんな気がする。

それはなぜかというと、バルカニアとフォンターナの街に設置した転送石はお互いの間で移動することができたのに対して、そのどちらも迷宮街の迷宮内部にある転送石には移動できなかったからだ。

それができれば今度はヴァルキリーを使わずに一瞬で迷宮街へ行けたかもしれないのにと思ってしまう。

単純に距離の問題かと思って北の森の中に転送石を設置したがそちらも転送不能だったので、おそらくは土地と魔力の関係ではないかという予想が今のところ俺の中での仮説として存在している。

まあ、いいか。

考えようによってはよその土地からフォンターナに直接飛んでこられる危険性もないのだ。

そう気持ちを切り替えた俺は、その仮説を確かめるためにもフォンターナ領内のいくつかの土地にもさらに転送石を設置してみることにした。

そして、それはどうやら正しいらしいという結論に達した。

こうして、俺はバルカニアとフォンターナの街の他にもバルトニアやアーバレストの街の地下に転送石を設置していった。

ひとまず迷宮で記憶した転送石は暫定的にその四か所に設置するにとどめた。

ほかにも設置しようかとも考えたが、とりあえずは保留。

極秘に造った地下道と地下室の先に転送石を設置して、そこに至る通り道にはしっかりとした警備を置いて管理することにした。

好き勝手に使用することはできずに、事前の許可を得てから移動することになる。

しかし、そのうちこのことは気づかれる可能性は高い。

なにせ、通常ならば移動に時間のかかるところをポンポンと瞬間移動して各地に姿を現したらどう考えてもおかしい。

しかも、【念話】があればさっきまでフォンターナの街にいた俺が同日に遠く離れたバルトニアにいたなどの目撃証言を得やすくなるだろうしな。

であれば、いずれは転送石はフォンターナ領の当主級ならば利用可能なものとすることもあるかもしれない。

ただ、その場合でも行き来したい場所に設置されている転送石に当人が必ず直接触れて魔力を流す必要がある。

絶対秘密の転送石を用意しておくのも面白いかもしれない。

「その場合、転送石で移動できるのはアルス兄さんとバイト兄さん、バルガスさん、ピーチャさん、エランスさん、ワグナーさん、ガーナさん、であとはボククらいになるのかな？」

「……カイルもなにげにすごいよな。上位魔法そのものは使えないけど、もう魔力的には当主級と同じくらいの魔力量があるなんて」

「リード家は数だけは多いしね。それにアルス兄さんにバルカ式強化術をしてもらったから」

「それでもすごいよ。ただ、さっきカイルが名前を挙げた中に抜けている人が一人いるな。現時点で転送石を起動できる当主級の魔力を持つ人数は九人いる。ガロード様も転送石を使えるからな」

「え、でもまだ子どもだよ？　魔力量はたしかにそうかもしれないけど」

「でも使えるのは事実だ。いずれは何かあったときの逃走経路のひとつとして使えるようにしといたほうがいいだろうな」

「そうだね。何があるかわからないし」

「ま、そのへんのことは後でもう少ししっかり検討しよう。それよりも、例の持ち帰った魔力草はどうなった？」

「ああ、あれなら大丈夫。ちゃんと栽培できそうだよ」

転送石の話も重要だが、迷宮街から持ち帰ったものはそれだけではない。

ほかにも貴重なものがいくつかあった。

その中に魔力草と呼ばれるものもあった。

今回の迷宮街攻略遠征は無事に成功した。

が、課題もいくつか残っている。

そのうちのひとつが、フォンターナの当主級の騎士たちの実力についてだった。

現在、フォンターナの騎士はカイルとの話にも出てきたが子どものガロードやカイルも入れて九人いる。

しかし、そのうちで本当に当主級の実力があるものというのはガロードと俺だけなのだ。

カルロスの体から見つけた雫型魔石を人体に埋め込むというバルカ式強化術によって、フォンターナ領の騎士たちは間違いなくパワーアップした。

それは事実ではあるが、あくまでもそれは仮初のものだ。

今回は短期決戦だったのでそれほど問題が表面化しなかったが、長期的持久戦になった場合、体内の魔石に貯蔵していた魔力が空になる可能性がある。

そして、魔力回復薬や魔石も尽きることがあれば、バイト兄たちは本来の魔力量である騎士レベルにまで落ちてしまうこともあるかもしれない。

そう考えると、やはり魔石によるパワーアップはあくまでも補助として、本当の実力をつけることが重要になるのではないかと思ったのだ。

そうなると地道な魔力トレーニングで質と量を上げていくしかないのだが、それ以外の手法が迷宮では行われていた。

それが、ティアーズ家の【能力解放】だ。

といっても、迷宮街にいたティアーズ家関係者がここフォンターナにいるわけではない。

なにせ彼らはカルロスのかたきとして処分したのだから。

なので、【能力解放】は使えないのだが、探索組合が使っていたという苦い飲み薬というものに着目したのだ。

探索組合は迷宮に潜ろうと組合に登録した探索者にその薬を飲ませるのだという。

そして、その薬を飲んで魔力の豊富な迷宮に入り、活動するとその魔力が通常よりも体に馴染むのだそうだ。

それはつまり、魔力トレーニングで行っていることを薬の力で助けているのではないだろうか。

そう思った俺は、実際に使用されているというその薬を飲んで迷宮に潜った。

そして、その結果、迷宮内の魔力をより効率的に体に取り込めることに気がついたのだ。

フォンターナ領に迷宮そのものを持って帰ることはできないが、その薬であれば持ち帰ることはできる。

そして、効率が落ちるかもしれないが迷宮外でもその薬を使って魔力トレーニングを行えば、通常よりも魔力の質と量を上げやすくなるのではないか。

そう思ったのだが、ひとつ問題があった。

それは薬の材料に使用している薬草のひとつである魔力草が加工されていたのだ。

魔力草につくとされるゴマ粒のような種が薬に使われているのだが、探索組合に保管されているその種は熱処理されていて栽培できないようになっていた。

では、熱処理されていないものは置いていなかったのかというと、どうも迷宮街にはないようだ。

どこか別の場所で栽培されたものが処理された状態で迷宮街に搬入されているようで、探索組合に掛け合っても未加工品のものは手にはいらなかった。

しかも、それはミームですら持っていなかったのだ。

魔力草さえあれば、もっと効率的に魔力トレーニングできるのにとがっかりしていたのだが、そこで救いの手を差し伸べたのがカイルだった。

最近はあまり見ていなかったので若干忘れていたが、カイルは精霊使いなのだ。

それも木精という植物のスペシャリストの。

こうして、カイルの精霊によって熱処理されて絶対に芽を出さないと言われた魔力草がバルカで栽培可能となった。

これにより、探索組合秘伝の魔力浸透薬がバルカで生産されることになったのだった。

「そういえば、新しい魔法作ったんだってな。どんな魔法なんだ、カイル？」

「あ、うん、そうなんだ。実は植物を使った魔法をつくってみたんだよ、アルス兄さん」

「……もしかして攻撃魔法か？」

「ううん、違うよ。いや、全く違うってことでもないのかな？　相手を無効化する魔法でもあるから、攻撃したともいえなくもないのかな？」

「どんな魔法なんだ？」

「えーっと、簡単に言うと身を守る防御魔法だよ。前からアルス兄さんが言っていたでしょ。ボクやリード家の人が誰かに誘拐でもされたら危ないって。だから、その対策にと思ってね」

カイルから魔力草の栽培成功の話を聞いたついでに、もう一つ気になっていたことを聞く。

それはカイルが新たに呪文化した新しい魔法についてだった。

カイルいわく、それは身を守るための防御の魔法。

攻撃用の魔法ではないが、今までの【速読】や【自動演算】、あるいは【念話】や【念写】などといった魔法とは少し毛色の違った魔法を作り上げたようだ。

カイルは俺とは全く別物のような魔法を作り上げる才能がある。

俺が呪文を唱えたら条件反射のように同じ現象を発現するような魔法を作るのに対して、もっと柔軟に効果を発揮する魔法を作ることができるのだ。

そして、今回もそんなカイルの特徴が出ている魔法を作ったようだ。

【守護植物】。

それがカイルの作った防御魔法だ。

どうやらカイルが北の森のなかにある意思ある大木とやり取りして契約した精霊を使って呪文を作ったようだ。

効果は非常にわかりやすい。

例えば、夜、自室で寝る前に【守護植物】を発動すると、その部屋の中の壁を植物がびっしりと覆うのだそうだ。

そして、それは呪文を唱えた本人が解除しない限りはそのままの状態を保つ。

もしも解除しないのにもかかわらず外から侵入しようとした者がいた場合、侵入者は部屋の壁を覆っていた植物によって拘束されてしまうのだという。

確かにその効果を聞くと攻撃魔法とは言えないだろう。

が、防御とも少し違うような気がする。

どっちかというと、簡易結界みたいな呪文ではないかと思ってしまった。

ちなみに、植物の拘束というのは結構強力で身動きが取れなくなってしまう。

さらに、その植物が毒や麻痺、睡眠などの効果を相手に与えるというおまけ付きだ。

どうやら、精霊である木精からそのような性質を持つ植物を知り、利用したのだとか。

カイル自身はこの魔法を作る際に木精に協力してもらったそうだが、呪文化が成功したあと他のリード姓の者に試してもらうと木精なしでも同様の効果を発揮することが確認された。

ちなみに、部屋の中に土の入った植木鉢と植物があったほうがより効果が高まるとかなんとか。

「なんとまあ、相変わらずすごい魔法を作るな、カイルは」

「そうかな？　アルス兄さんのほうがいろいろすごい魔法を作っているじゃない。それにフォンターナ家の【氷精召喚】もすごいと思うよ」

「まあ、そうかもしれないけど、やっぱりカイルはすごいよ。一晩中部屋を守る魔法が、結構少ない魔力量で実現できるんだし。リード家の人間はだいたいできるってことだよな？」

「そうだね。きちんと部屋の中に植物を用意しておけばみんな使えると思うよ。ただ、過剰な期待はできないけどね。例えば侵入してきたのがアルス兄さんやタナトスさんみたいな強い人なら拘束から抜けられるかもしれないし」

「なるほど。絶対に侵入を防げるわけでもないってことか。ただ、それでも時間稼ぎにはなるか。【守護植物】で時間を稼いで【念話】で助けを求めれば十分かな？」

カイルがこうして新しい魔法を作ったのには理由がある。

それは遠く離れた王都圏で活動しているリオンと行動をともにしているリード姓の者から相談されたのだそうだ。

もともとグラハム家の人間だったが、リオンの指示によってカイルから名付けを受けてリード姓を得て魔法を身につけた者がいた。

主にリオンの家臣として事務系統の仕事を行っていたが、王の護送にリオンと一緒に行動しており、例の事件でなんとか生き延びた。

そして、その後、フォンターナ領に戻らずに王都圏やリゾルテ領を行き来して、主に【念話】などを通してフォンターナとの連絡係を任されている。

その人があるとき、少し危険な目に遭いかけたのだそうだ。

その時はなんとか事なきを得たが、領地から遠く離れた場所で少しでも身を守る術はないものかと悩んでいたのだという。

それをたまたま知ったカイルが、こうして自衛手段を持てるようにと作り上げたのが【守護植物】なのだ。

この魔法の良いところは同室の人も一緒に植物に守られているということだろうか。

例えばリオンはフォンターナの騎士であるために、リード家の【守護植物】を使うことはできない。が、呪文発動時にその術者と同じ部屋にすでにいた場合には侵入者とは見なされないのだそうだ。あくまでも、部屋の中の壁が植物で覆われたあとから侵入しようとした者を拘束するようになっているらしい。

そのため、本来カイルが想定していた、人間が一番無防備になる夜の就寝時だけではなく、日中の話し合いのときにもこの魔法が使えるとリオンから報告があった。

誰かに邪魔されずに話をしたいときにこの【守護植物】を発動しておけば一定の安全を確保できる

リオンは安全に行動できるようになったのだった。
こうして、カイルの新魔法によって常に危険にさらされながら王都圏の情報をこちらに送っていた
ということらしい。

◇◇◇

「調子はどうだ、リリーナ？」

「最近は随分と落ち着いてきました、アルス様。もう少しすれば吐き気もなくなってくると思います」

「そっか。よかったよ。さすがにこの体調不良ばっかりは【回復】なんかでも治せないみたいだからな」

「そうですね。これは病気ではありませんから。アルス様との大切なお子がこの身に宿った証拠でもあるので」

迷宮街遠征を終えてフォンターナ領に戻ってきてからもいろいろと仕事をこなしてきた。

そのため、フォンターナ領の中をあちこち飛び回っていたのだが、今日はバルカニアのバルカ城へと戻ってきている。

現在、このバルカ城に俺の妻であるリリーナは住んでいる。

本来ならばカルロスによってフォンターナの騎士はその家族も含めてフォンターナの街に移住するように決められていた。

が、カルロスが死に、その嫡男のガロードをバルカニアに保護した際にリリーナも一緒にバルカニアに戻って生活するようになったのだ。

といっても、フォンターナの街にもバルカ家の館を建てたので、そこにいることもあったのだが、

ここ最近はほとんどバルカニアにいる。

それはなぜか。

実は少し前からリリーナの体にとある症状が出始めたのだ。

少し食欲が落ち始めた時期を境に吐き気や体の怠さなどが出現したのだ。

が、それはなにかの病気というわけでも、怪我をしているわけでもなかった。

専門家の診断を受けた結果、リリーナは懐妊していることが分かったのだ。

それはつまり、俺の子どもができたことを意味している。

つわり症状が出て苦しんでいたリリーナはバルカニアでゆっくりと過ごし、ガラス温室で作られた薬草などを用いながら体調管理を行ってきた。

そして、それもだんだんと一段落し、吐き気などの症状はだいぶ良くなっているようだ。

お腹を触らせてもらうと少し膨らんではいるが、まだ中からお腹を蹴ったりなどといった反応もない。

が、間違いなく、リリーナの体には新たな生命が根付いていた。

来年出産ということは、俺は十五歳で父親になるってことだ。

なんとなく早すぎるんじゃないかとも思ってしまうが、結婚したのは十歳のときだった。

そう考えると子どもができるまで結構時間がかかったとも言える。

俺自身はそれなりに忙しく充実した生活を送っていたし、前世の記憶があるがゆえに多少時間がかかっても別にいいかという感じだった。

が、リリーナのほうは違ったようだ。

最初はよかったが、何年も子どもができないということで密かに焦っていたようだ。

特に相手が俺だというのも悪かった。

フォンターナ家の当主代行となり、カルロスの子のガロードの後見人にして、バルカの魔法の創始者なのだ。

もし仮に俺に子どもができない状態でなんらかの理由によって俺が急死するようなことがあればどうなるだろうか。

急激に膨張したフォンターナ家は間違いなく荒れる。

それだけは避けるためにもなんとしても子どもを作らなければならない。

そう考えるようになっていたのだ。

しかも、それほどの思いが詰まった待望の子どもは男児でなくてはならない。

なぜなら、俺とリリーナが結婚した際に、その子どもに魔法が受け継がれることになる教会の継承の儀を執り行ったが、この儀式によって俺の魔法を引き継ぐことができるのは男である必要があるのだ。

もしも、女の子が生まれたらその子はどう頑張っても魔法を継ぐことはできない。

なんとしても男の子を、と意気込んでいるのだ。

「ま、そんなに深刻に考えなくてもいいよ。男の子だろうが、女の子だろうがどっちでもいいさ。リリーナが無事ならね」

「本当ですか、アルス様？　嘘でも嬉しいです」

「嘘じゃないよ。間違いなく本心からそう思っているよ」

「……そんなことを言って、聞きましたよ？　パーシバル領に行った際に女性を連れて帰ったのを。きれいな人のようですね」

「え？　もしかして、リュシカのこととかか？　それは違うよ。リュシカはもともと迷宮探索を仕事としていた人で、俺に忠誠を誓うと言ってくれたからそれを認めたんだ。それだけだよ」

「……すみません、アルス様。失礼なことを言ってしまいました。リュシカのことは私も聞いています。けれど、やはり不安で……。アルス様が他の女性に目を奪われたのではないかと思ってしまって」

「いや、俺も不注意だったな。ただ、リュシカやジェーンは女性ながらも戦いに慣れている。いずれはリリーナや側仕えたちの警備の仕事にでもついてもらおうかと思っているんだ」

うーむ。

リリーナが思ったよりも不安を感じているようだ。

まあ、こういう時期は精神的に不安定になるものだろうし、何より俺もあちこち出掛けてばかりで普段近くにいないというのもあるかもしれない。

もう少し気を使っておく必要があるかもしれない。

とりあえず、リュシカたちとどうこう邪推されるのはまずい。

そうだな。

一緒に迷宮に入ったエルビスはリュシカのことをかなり気に入っていたはずだ。

リュシカはあいつと結婚させてしまおう。

ついでにバイト兄に話してエルビスをバルカ勤務にでもしてもらおうか。

リュシカもある程度信用できると判断できた時点で名付けをしてバルカの騎士にしてしまおう。

リリーナとその子を守る女騎士になってくれ、と頼んだら受け入れてくれるだろうか。

後は何をすればいいだろうか？

とにかく、リリーナが安心して子どもを産める環境を整えてあげる必要があるだろう。

最初はどちらの性別でもいいと思っていたが、リリーナのことを考えるとぜひ男の子が産まれてきてほしいなと思ってしまった。

色んな人に助言をもらいながら、出産準備に取り掛かりつつ、俺はなるべくリリーナと話をする時間を作りながら更に降り積もり始めた雪の時期を過ごすことになったのだった。

◇◇◇

「ビリー、いるか？」

「あ、アルス様。す、すいません。その、まだ【産卵】持ちの使役獣の孵化は実現できていなくて……」

「ああ、報告は聞いている。こちらに上がってきた資料に目を通しているから知っているよ」

「ご、ごめんなさい。なかなか思ったようにできていなくて」

「まあ、難しいだろうなとは思ったけどやっぱりそう簡単じゃないな。けど、ビリーを責めるつもりはないから安心しろって。追尾鳥や風見鳥は十分な実績なんだから」

「あ、ありがとうございます、アルス様。ですが、それでは今日はどうしてここに？」

「いや、実は前に報告書で見た失敗作の使役獣がいたのを思い出してな。その時は見逃してたけど、今考えると結構役立つ使役獣だったんじゃないかと思って。そいつについて聞きに来たんだ」

「失敗作の、ですか？　あ、アルス様も知っての通りここでは【産卵】持ちの魔獣型につながりそうにない使役獣は基本的に使役獣レースに使っています。ですが、興行的に不向きだと判断されたもの

で、魔獣型につながらないものは処分することになるので、もういないかもしれません。ど、どんな使役獣だったかわかりますか？」

「ああ。確か病気じゃないかってくらいひたすら毛が抜け続ける鳥型の使役獣だったはずだ。追尾鳥や風見鳥のように役立つこともなくて、魔力量も多くなかったしレースでも使えないって失敗報告があったように思う」

「毛が抜け続ける鳥型ですか？　そ、そんな失敗作をどうするんでしょうか、アルス様？」

「俺の記憶が確かなら抜け毛の処理に悩むってくらい大量に毛が出て困ったって話もあったはずだ。不思議なことに体の大きさ以上に毛がどんどん抜けるともな。その抜け毛が使えないかと思ってビリーに聞きに来たんだ。そいつ、もう一度作れないかな？」

「えっと、待ってください。そのときのことなら覚えています。アルス様の言う通り、研究室でも毛が散らばって困ったので。……えっと、ありました。そ、その時の資料にある魔力の配合比なら今も再現できると思います」

「よし、ならもう一度その抜け毛鳥を作ってくれないか、ビリー」

「わ、わかりました。け、けど、何に使うんですか、そんな失敗作を？」

「いや、その使役獣そのものよりも抜け毛のほうが利用できないかなと思ってな。羽毛布団でも作れないかと思ってるんだよ」

　リリーナのためになにかできないか。

そう考えたが、基本的にあまりアドバイスできそうなこともないということに気がついた。

この世界で妊婦を見ることは初めてというわけではない。

なにせ、俺は幼少期のときから周囲のことを認識して生活していたのだ。

母親がカイルを妊娠しているときのことも見ていたしな。

だが、それは同じ妊婦としてみるにはいささか身分が違いすぎる。

極貧状態の農家と、城に住み、そこにクラリスなどの優秀な側仕えまでいるリリーナは境遇がぜんぜん違う。

もちろん、クラリスなどはこうした妊娠した女性の扱いも心得ている。

そのため、俺ができる一番のことは、これが必要だ、とか、こうしてほしい、という要求を可能なまでに叶えていくことではないかと思うのだ。

が、それでも必要ではないかと思うものがあった。

それは身重の体でこれからの寒い時期を乗り切るための道具だ。

つまり体を温める道具をもっと充実させようではないかと考えたわけだ。

そのためにバルカ城を微妙に改修した。

とある一室に暖房室のような部屋を用意したのだ。

そこには炎鉱石が設置されている。

その炎鉱石に対して魔石を投入すると超高温の炎が出て、その部屋の温度を暖める。

そして、その部屋には空気の通り道となる管が部屋の外へとつながるようにした。

すでに出来上がった城の内側に俺が魔力で無理やり硬化レンガ製の配管を作ったのだ。

そこに熱せられた空気が通って、リリーナの生活空間などに送り込まれる。

つまり、炎鉱石で熱した空気を他の部屋に送り込むエアコン代わりに使うことにしたのだ。

一応、バルカ城を作ったグランとも相談して配管をつないでいるので構造上問題ないはずである。

炎鉱石は薪が無くとも非常に高火力で暖かな空気を送ることができるし、煤《すす》などで汚れることもないはずだ。

他の部屋ともつながるようにしているので、酸欠で苦しむようなこともない空調システムが出来上がった。

だが、俺はそれだけで終わらせる気もなかった。

複数の部屋を一緒に暖めることになったためか、どちらかと言うと暖かいというよりも寒くなくなったというくらいなので、もうひと押し暖かい状況を作りたいと考えたのだ。

そこで目をつけたのが寝具だった。

貧乏農家とは違い、暖かい毛皮や毛布などがあったのだが、ふかふかの羽毛布団みたいなものがないということに今更ながら気がついた。

ならば自分で作ってしまおう。

そう考えたときに以前もらった使役獣の失敗報告にあった抜け毛の多い鳥型のことを思い出したのだ。

しばらくしてビリーからその鳥型を再現できたと報告があったので見に行く。

するとそこには丸々とした水鳥っぽい使役獣がいた。

俺が見ている前でもハラリハラリと毛が抜け落ちている。

が、どうやらこの羽毛はその鳥に十分な餌さえ与えていれば禿げ上がることもなくずっと抜け続けるらしいとビリーが教えてくれた。

自然に抜け落ちているのはきれいな小さな白い羽だ。

だが、その鳥型の胸の部分をすくうように指で触るとふわふわのたんぽぽみたいな綿毛のような毛も取れた。

ダウンとフェザーみたいなものなのか？

こいつが本当に水鳥なのかどうかはあやしいが、実際にこの羽毛を使って布団を作ってみる。

ダウンだけやフェザーだけ、あるいは両方を混ぜてなどいろいろ試して布団を作ってみる。

そうして完成した。

なめらかで丈夫な布を用意し、そこに気持ちダウンの方を多めにした羽毛を入れて布団を作った。

その完成した羽毛布団は軽く、なめらかな肌触りでありながらも非常に暖かいものができあがったのだ。

クラリスと相談して、最後に布にきれいな刺繍をしてもらってからリリーナへとプレゼント。

まるで天国ではないかと思うほどの気持ちのいい羽毛布団に身を包まれたリリーナはあまりの使い心地にしばらく言葉を失った後に、涙をにじませながらお礼を言ってくれた。

よし、成功だ。

まともに家庭のことなど何一つしていないが、これで結構ポイントを稼いだはずだ。

リリーナの喜ぶ顔を見ながら、ついそんなことを考えてしまったのだった。

◇◇◇

「これ、すげえいいな。めちゃくちゃ暖かいぞ、アルス」

「ふっふっふ。感謝しろよ、バイト兄。この新作ダウンジャケットは今のところバルカでしか作れないんだからな。なんせ原材料の使役獣がバルカにしかいないいんだから」

「へー、都会に行ってもないのか。よくこんなものをポンポンと作れるな、お前は。ヤギの毛で作ったセーターでもびっくりしたのに」

「冬の寒さは本当に大変だからな。本音を言うと一年中一定の気温に保たれたところで生活したいくらいだし」

「いや、それは無理だろ。そんなの現実じゃありえねえから。相変わらず夢みたいなことを考えてんな」

リリーナのために作った羽毛布団。

そして、その羽毛布団に使用した使役獣の毛を今度はダウンジャケットにしてみた。

かなり分厚いモコモコのダウンジャケットが完成したのだが、思ったとおりかなり暖かいものが出来上がった。

今はそれをバイト兄にも一着あげて試着してもらい、感想を聞いているところだ。

最初はあまりにもモコモコと大きすぎるそのダウンジャケットをみて面食らっていたバイト兄だが、実際に着てみるとそれがいかに優れているかというのが理解できたらしい。

だけど、暖かいことはいいのだが見た目はちょっとおしゃれではないというのもわかるかもしれない。

なんというか太って見えてしまうのだ。

もう少しおしゃれなデザインにできないか職人と相談してみたほうがいいかもしれない。

そんなふうにふと服のデザインについて考えているときに、別の服のことを思い出した。

冬に着るコートの一種で、しかも軍用としても使用されたにもかかわらず後世ではファッションとして着こなすこともあるデザインの服だ。

トレンチコートのことをなんとなく思い出した。

膝丈くらいまであるロングトレンチコートをドレスリーナで作ってみるというのはどうだろうか。コートの上からウェスト部分を締めるようにするベルトなどを取り付けることで、いろんな体型の人が着ることもできるだろうし、なにより統一して軍で着ればかっこいいのではないだろうか。

地震の影響での人の移動対策に作ったドレスリーナだが、現時点ではそこまで難しくないTシャツっぽい服ばかりを作っている。

これはゼロから始まった新しい街に移住してきた人に針子の仕事をさせているため、現状ではまだ簡単な構造の服ばかりを作っていたのだ。

ドレスリーナで作った服のほとんどはフォンターナ軍で使用することにして、なるべく耐久性の高いものを作るように意見をフィードバックもしている。

だが、そろそろ次のステップに進んでもいいのではないかと思ったのだ。

そう考えた俺は早速トレンチコートのイメージ図を紙に描き起こして職人に見てもらおうと動き始めた。

「ほんと、相変わらずだな、アルスは。基本的にいつもなにか物を作るようなことをしているよな」

「そうかも。まあ、半分趣味みたいなもんだけどね」

「それよりも、ちょっと剣の相手をしてくれよ。体を動かしたい」

「……あんまり俺のこと言えないよね、バイト兄も。暇さえあれば戦いたがるし」

「そりゃそうだろ。次にいつ戦が始まるかわからないんだ。普段からしっかり鍛えとかねえとな」

「いや、単に暴れ足りないだけでしょ」

俺がサラサラっと紙に服のデザイン案を描いていると、バイト兄がそれを見ながら口を挟んでくる。

このやり取りもなんだか懐かしい気がする。

昔からよく俺が畑仕事なんかをしていると、すぐに喧嘩に飛び出していったり、俺とも戦おうとしてきた。

久しぶりにその誘いを受けて、なんとなく懐かしい思いがした。

こういうのはいつぶりだろうかと考えると、それは明らかにバイト兄がバルト騎士領という領地を得て独立して以来だった。

バルカニアともフォンターナの街とも離れた遠方に領地を持つことになったため、俺とバイト兄は極端に顔を合わせる時間が減ったのだ。

たまに俺がバイト兄のいるバルトニアに行ったときも、基本的には仕事などの用事があるためそちらを優先した。

なので、こうしてちょっと時間が余ったときに出てくる訓練の誘いは久しぶりなのだ。

まあ、それも今後はまたちょくちょくあるかもしれない。

今、バイト兄がこのフォンターナの街にいるのはもうすぐある新年の祝いをここで過ごすためにである。

が、去年までなら年が明けて移動ができる時期になればすぐに自分の領地に戻っていたが、今度からはそれもなくなる。

なぜなら、すでにバルトニアとは転送石で一瞬にして行き来できるようになっているからだ。

つまり、バイト兄とはこれからは前までと同じようにフォンターナの街で一緒に仕事をする機会も増えるということになる。

　転送石のおかげで家族の絆がより深まるということだ。

「そういえば、前から聞きたかったんだけど、アルス、お前の持つその聖剣って教会に奉納するんじゃなかったのか？」

「ん？　ああ、これか。これはもう奉納済みだよ。一度教会に奉納した聖剣を俺が使ってるってだけだ」

「あん？　そんなことできるのか？　だって、お前、三貴族同盟に話し合いをさせるように依頼してその報酬に提示したのが聖剣だったろ。だったら、その聖剣は教会本部に納めることになるんじゃないのか？」

「あはは。俺は三貴族同盟間で会談をすることを成功させたら教会に聖剣を奉納すると大司教様に約束した。それを俺はキチンと守っているよ」

　トレンチコートの図案を職人に送るように指示してから、バイト兄と一緒に寒空の下に出て体を動かし始める。

　そのとき、俺が手に持っていた聖剣についてバイト兄が聞いてきた。

　聖剣グランバルカは教会へと奉納するという決まりになっていた。

　が、それを持ったまま俺は戦場へと繰り出して、そして、今になっても自分で所持している。

　これはいったいどういうことだというのがバイト兄の質問だ。

　その答えは実に簡単だ。

　俺は大司教と約束したとおり、聖剣を教会に納めた。

　が、それは仕事を依頼した大司教に聖剣を送り届けたわけではなく、別の大司教に納めたのだ。

ではそれはいったい誰なのかと言うと、今年新たに大司教へと昇格し、なおかつ聖人認定までもらったパウロ大司教である。

聖剣を受け取ったパウロ大司教は、しかし、その保管を俺に任せた。

なぜならパウロ大司教のための新しい教会の建物はいまだに建築中であり、聖剣を保管しておくにはふさわしくないから。

では、どこに保管しておくのが一番安全かというと、フォンターナにいる聖騎士のもとが一番いいのではないか。

という屁理屈をこねて、俺はいまだに聖剣を自分で所持しているのだ。

これは教会に奉納するとは言ったものの、どこで聖剣を保管するのか、あるいは誰が奉納を受け取るのかを明確にしていなかったことを利用した。

本筋から言えば会談実現を依頼した大司教に渡すのが流れなのだが、まさかその後フォンターナ領に新たな大司教が誕生するとは誰も考えていなかった。

だが、大司教と言えば教会の中ではかなりの幹部に相当する。

パウロ大司教が聖剣の奉納先であっても、立場上なんらおかしくないのだ。

まあ、あと少しすれば第二・第三の斬鉄剣ができる。

なんならそれにパウロ大司教が清めの儀式を行えば、新たな聖剣を作り出すことも夢ではない。

いずれ二本目、三本目の聖剣を教会に納めれば文句も言わなくなるだろう。

そういうわけで、パウロ大司教とは口裏を合わせて、俺が合法的に聖剣を戦場に持っていける体制をとっていたのだ。

「……ほんと相変わらずだな。お前もパウロも」

俺の説明を聞いたバイト兄はやれやれといった感じで呆れていた。

だけど、これくらい普通だろ。

身近にあれほど地位の高い知り合いがいたら、誰だってこれくらいのことはするだろう。

俺は悪くねぇ。

そんなことを言いながら、久しぶりにバイト兄と模擬戦をしながら汗を流したのだった。

◇◇◇

「うーん、どうしたもんかな……」

「どうかされましたか、アルス様？」

「いや、ちょっと考え事をしていただけだよ、ペイン」

「考え事ですか。私に話せる内容なのであればお聞きしますよ。悩み事などであれば話すだけでも気が楽になるでしょうし」

「そうだな。といっても悩み事とは少し違うんだけど。フォンターナ領のことについてだ」

「フォンターナ領になにか問題がおありですか？　今のところ、領地を広げているため勢いがあると言えると思いますが」

「そこだよ。急激に領地が膨張しているのはいいが、それを安定化するのはこれからどんどん難しくなると思うんだよ。いくら戦で勝ってもそこを統治できる人材が不足しているっていう問題がいずれ出てくる」

「……それは確かにそうです。アルス様によってほうぼうから人材を集めていますが、統治するには個人の資質だけでは難しいでしょう。それに領地が広がれば防衛線も伸びますし、維持するのはより難しくなるかもしれません」

今のところ領地を広げ続けて順風満帆に見えるフォンターナ領。

だが、そこには大きな構造的問題を抱えていた。

それはずばり、領地が広がりすぎているということに起因している。

現行制度は基本的に封建制だ。

衰退した王家に代わり貴族家が領地を支配し、自らの配下の騎士たちに土地を与えている。

なので、簡単に言えば戦で手柄をたてた騎士に「これからはお前がこの土地を管理しろ」と命じるだけとも言える。

その騎士が自分の力で家臣団を作って統治すればいいのだから。

そして、その場合土地の管理というのはその騎士の「家」が担うことになる。

貴族は騎士に対して教会から「継承の儀」を受ける許可を与えてその身分を保証し、その家が代々責任を持って統治する。

つまり、統治のノウハウを持っているのは各騎士の家という単位なのだ。

だが、そのノウハウを持つ存在がフォンターナ家は少ない。

これには理由がある。

カルロス時代にカルロスに反抗的なレイモンド一派の騎士家を取り潰していたことが一因として挙げられるだろう。

カルロスというフォンターナ家当主に権限を集中させるために必要な処置だったとはいえ、影響がないわけではない。

また、それ以外にも近年の統治システムに大きな変化があったこともあるだろう。

カイルの持つ【念話】を始めとした情報伝達や処理速度の大幅な向上によって統治の仕方も大きく変わり始めている。

旧来の各騎士家が持つ既存のノウハウではそれらに対応できないこともあるのだ。

まるで急にコンピューターを導入されたものの機械は苦手だと言っている人ばかりの職場のようになっている。

なかには細かいことは気にせずに、住民から税を搾り取って騎士は戦で手柄を立てることに注力すべし、などと言っている連中さえいる始末だ。

それが完全に間違いであるとも言えないのだが、俺としては困る。

せっかくの領地はしっかりと管理・開発して税収をあげてほしい。

さらに言えば、そんなずさんな管理をしているところで裏稼業みたいな連中が力をつけられても困る。

せめて、一定の統治の質というものを確保しておきたいのだ。

「なるほど。でしたら、ここフォンターナに新たに学校を造ればいいのではないでしょうか？」

「学校？　学校ならこのフォンターナの街にもすでにあるぞ？」

「それはあくまでも庶民や貧民のためのものではありませんか。そうではなくて、もっと上の身分の者が通う学校でも造ってみればよいのではありませんか？」

「身分が上の者が通う学校？」

「そうです。なにせ、このフォンターナの街には各騎士家の家族が移住して住んでいるのです。そこには領地持ちの騎士の後継者や兄弟、あるいはそのそばでともに働く次世代の若者たちもいるわけです。つまり、いずれ各地の領地を統治するであろう者たちが同じ街にいるわけですから、領地の統治について教える学校を開いてみるというのはどうでしょうか」

「……そうか。今までの学校はあくまでも文字の読み書きや計算について教えるものだった。けど、騎士家の子どもたちなら自分たちの家でそういう基礎はすでに教わっている。つまり、最初からもっと高度な領地運営の勉強をしても大丈夫ってことか」

「そうです。それに、ここフォンターナやバルカでの統治方法はウルク出身の私からしても戸惑うことが多いものでした。それをここで学校教育として学んでいれば、それが共通認識として各騎士家も持つことができるかもしれません。まあ、すぐに効果のある話ではありませんが」

「いや、参考になった。確かに庶民向けの学校だけじゃなくて、騎士の子を対象としたものも考えるべきだった。感謝するよ、ペイン」

「いえ、大したことではありませんよ、アルス様」

謙遜《けんそん》するなよ、ペイン。

その意見は十分価値がある。

おそらく、ペインが言うように「統治方法を教えるための学校」という名目にすれば、フォンターナの街にいる騎士の家族は自身の後継者たちをそこへ通わせることになるだろう。

なにせ、それは統治以上に重要な要素も絡んでくるからだ。

領地を持つ騎士もそうでない者もこの世界で一番力を発揮する政治力というのは、有力者とのコネだ。

他の有力者とどれだけコネがあるかで政治的発言力などがガラリと変わってくる。

ならば、その学校にはなんとしても通わなければならないだろう。

なぜなら、他の領地を持つ騎士の後継者たちもそこにいるのだから。

その学校に通うか通わないかでコネの有無に大きな差がついてしまうのだ。

そして、その学校ではもちろん統治方法だけを教えるわけではない。

今までのように騎士家が独自に好き勝手なことをすることをよしとするわけではなく、フォンターナのやり方、いや、バルカ流のやり方をしっかりと教え込んでいこう。

こうして、俺は新たにフォンターナの街に騎士学校を造る計画を考えることにしたのだった。

◇◇◇

「なんか……、俺が思っていたよりも脳筋の集まりみたいになっちまったな」

善は急げとばかりにフォンターナの街に新たな学校を設立した。

といっても、主な通学対象が騎士などの子息であることとするため、とりあえずこの冬に臨時で開校するものとした。

思いついたら即行動できる今の地位は本当にありがたい。

が、この騎士学校（仮）には致命的な問題があった。

それは教える内容もはっきりしなければ、教える教員もいないというものだ。

これからのフォンターナを担う若者たちに対して教育を施すというのはいい考えだとは思う。

だが、具体的な統治システムというのは実際のところなにもない。

せいぜいが、領地を持っているときにこういうことがあればこうするんだよ、というケースバイケースの勉強法くらいしか提供できなかったのだ。

なので、とりあえず騎士学校（仮）はバルカ塾と命名して、バルカ騎士領で行っている領地運営についてのノウハウを教えるものとすることにした。

実際に領地の仕事をしている人に教壇に立ってもらい、指導してもらうのだ。

まあ、これでも十分意味はあると思う。

バルカでしか使えない【整地】や【土壌改良】を行った場合、おおよそどのくらいの期間でどのくらいの面積の農地に手を加えることができるのかといった具体的な数値や、それらによる収穫量の向上はどれほど見込めるかなどを若者たちに教えていく。

いかにバルカの魔法を使うのが効率的であり、賢い領地運営につながるのかというのを頭が柔らかいうちに叩き込んでおくのだ。

それ以外にも、新しく作った時計と暦をもとに、どの時期から作物を育て始めるのがいいのか、あるいは収穫時期はいつがいいか、冷害の兆候をどう見定めるのかなどのノウハウを提供していく。

また、各地で取れる特産物や物流による商品価格の変動の見極めなどの基本もレクチャーする。

さらに、バルカニアなどを中心とした裁判の判例なども出していくことにした。

できれば、いずれはフォンターナ領内でくらいは権力者の気分しだいではなく、ある程度の罪の重さなどを共通のものにしておきたいというのもあったのだ。

だが、これらの講義内容は基本的に若者たちにとって面白い話ではなかったようだ。

まあ、それもそうだろう。

俺がバルカ塾を開くことにした際、入学に手を挙げた生徒や親はこう思ったのだ。

バルカの戦い方を学んで戦で手柄を上げる方法を学ぶことができる、と。

そう考える者にとっては領地運営のケーススタディーなどよりも、手柄をたてて領地を増やしたほうが収入が増えると考えたようだ。

それが蓋を開けてみれば椅子に座ったまま細かいことを言われる講義しかなかった。

騎士の卵という脳筋たちにとって、それは歓迎すべき内容ではなかったのだろう。

しかし、そんなバルカ塾は意外なことにすぐに人気が出て多くの騎士の卵たちが集まってくることになった。

カリスマ教師がバルカ塾に参加したからだ。

その名をバイト・バン・バルト。

俺の兄にして、バルト騎士領の当主であり、新進気鋭の騎士だ。

新年を迎えてもまだ十七歳になったばかりの若い騎士でありながら、今まで数多くの戦場に立ち、その先頭で戦ってきた武功を持つ騎士で、フォンターナ領の当主代行を務める俺の実の兄が教師役を買って出たのだ。

実務中心の講義ばかりだったバルカ塾に突如現れたバイト兄はその場で全員を外へと連れ出して模擬戦を行い始めたらしい。

そして、全員と戦い、誰一人立ち上がれないほど疲れるまで模擬戦を繰り返したにもかかわらずバイト兄は平然としてたった一人大地に立っていた。

そうして、地に伏せる少年たちにこう言ったのだそうだ。

そんなことだと戦場では全員死ぬぞ、と。

もし、俺が同じ立場だったら次の日から登校拒否を考えるレベルの体育会系のニオイがする。

が、どうやらこれが若き騎士の卵たちに突き刺さったそうだ。

自分たちは騎士として戦い、その戦いで手柄をたてて領地を広げるのだ。

あるいは、騎士家の子どもであってもその家を継ぐ可能性のない三男・四男以下の少年たちは独立して家をたてるためにこれくらいできねばならないのだと考えたようなのだ。

彼らのニーズにピッタリとマッチしたということになるのだろう。

バイト兄の授業はなかなか巧みに行われたらしい。

バルカ村にいたときから喧嘩ばかりしていたうえに、俺と一緒に戦場に出て、そして自分の領地を持ち、反抗勢力を潰しもした。

それらの話をたくみに織り交ぜながら、少年たちが潰れるか潰れないかのギリギリを見極めながらシゴキまくったのだ。

最初は一対一の素手での戦い。

それがさまになってくれば一対複数での戦い。

さらに複数同士での戦いや、異なる武器を使った戦い、攻撃と守備に分かれた戦いなどいろいろやっているらしい。

もちろん地味な基礎トレーニングも怠らない。

そういえば、バルカが独立した直後から軍の訓練をバイト兄とバルガスに任せていたなと思い出した。

力を持て余した若者たちの扱いはバイト兄が一番理解しているのかもしれない。

いずれは自分の領地を得るんだ、という上昇志向の強い連中もどうやらバイト兄の言うことは絶対従うというくらいまで徹底的に鍛えられていった。

実はバルカ塾は騎士学校という名前を取らずにスタートしたこともあり、騎士の家庭以外からでも優秀であると判断された領地運営のための人材も一緒に机を並べていた。

というか、バルカ由来の生徒の場合はほぼ騎士家出身ではないのだ。

そのため、騎士家出身かそれ以外かで差別や分裂が起きるのではないかという心配もあったのだが、どうやらバイト兄のシゴキがきつすぎてそれどころではなくなってしまったようだ。

なんとなく一体感のような雰囲気が出来上がっていた。

バイト兄のカリスマ力がすごい。

本人的には暇だったところにいいおもちゃを見つけた、くらいの認識だったのかもしれないが。

と、まあそんな感じで実の兄がいい感じにバルカ塾の空気を整えてくれたのでそれを利用することにした俺。

あのバイト兄でも領地を持ったらこんな大変なことがあったんだよという方向から領地運営の大切さも教え込んでいく方向にしたところ、それなりに授業を聞く者も現れたのだ。

肉体的にバイト兄のシゴキで上位の成績は取れないと判断した者が、せめて勉強で存在をアピールしてやろうと考えたのかもしれない。

なぜなら、バルカ塾でその力を認めた者には仕事を斡旋することも説明しているからだ。

就職先は領地は持てないかもしれないがバルカやフォンターナの文官や武官としての地位で給金を支払う形になる。

これも十分三男坊以下にとっては魅力的な仕事場に映ってくれるだろう。

こうして、フォンターナの街には新たに将来の地位を約束された若者たちがバルカ色に染まる教育機関に教え込まれる仕組みが出来始めたのだった。

◇◇◇

「貴殿のところで私の息子が世話になっているようだな」

「もしかして、バルカ塾のことを言っているのですか、ピーチャ殿。確か、バルカ塾にお子さんが通っていましたね」

「ああ。といっても長男たちはすでにこのフォンターナの街でいくつかの仕事を与えているため、一番下の子だけだがね」

「みたいですね。聞いた話だと子どもの頃から少し体が弱かったとか……。そのため、バイト兄のシゴキよりも勉強に集中しているという話だったかと」

「ほう。よく知っているな。そのとおりだ。あの子は今まで騎士や従士として戦で働くことは叶わないだろうと考えていた。そのことは本人もよく分かっていた。そのためか、少しふてくされていた面もあったが、それが最近では活発になってきた。貴殿とバルカ塾には感謝している」

「そうですか。いいきっかけになったようですね。ですが、実際に頑張っているのは本人ですよ。お子さんを直接褒めてあげてください」

「そう……だな。そうしよう。まあ、我が息子のことはいい。それよりも少し気になることがあるが、いいかな?」

「気になることですか？　今の流れだとバルカ塾でのことですよね。なんでしょうか？」

「貴殿がバルカ塾でバルカの領地運営のやり方を教えるのは結構なことだと思う。が、裁判の判例や税率についてを生徒に教えるのは少々考えものだと思う。その地の実情に合ったものでなければうまくいかないだろうし、あまりに違うことを教えられては困ると考える騎士たちは多いはずだ」

「それはそうですが、あそこで教えている内容はあくまでもバルカのやり方であると説明しています。あと、フォンターナ直轄領でのやり方でもありますね。現状では騎士の後継者そのものよりも騎士家を継がない末弟たちが多い場所になってきているので、いずれはフォンターナ領で文官武官として働く可能性もあるため、ご理解いただければと考えています」

「それはわかる。が、騎士たちも不安に思っていることは理解してほしいのだよ。特に、貴殿はフォンターナ家の当主代行になった直後に税制を変えたりもしたからな」

「……なら、規範となるものを作りましょうか。基本的な決まり事を作ってしまえば、こちらも教えやすい」

「規範？　それはバルカ塾で教えるものをか？　それとも……」

「ええ、フォンターナ領の法律を作ろうかと思います」

前から思っていたこと。

それは土地を治める貴族と騎士、そして住民たちのためのルールを作りたいということだ。

現状では力のある貴族が配下の騎士に土地を与えて、あとはフリーハンドみたいなところがある。

貴族と騎士の関係は土地を与える代わりに騎士から税を納めさせて、有事の際は戦力を集めて戦に出ることを誓わせるというものが基本だ。

なので、同じ貴族領のなかでも騎士領が違えば全く別の決まり事がまかり通っていることも少なくない。

それらを土地に合わせた臨機応変なルールと捉えるか、あるいは、まとまりのない好き勝手な決まりを各自が作っていると考えるかは人によるのだろう。

が、俺個人としてはせめてフォンターナ領内では共通のルールがあったほうがわかりやすいし、揉めにくいのではないかと思う。

だから、決める。

俺が当主代行という地位にあるうちに、フォンターナ領の決まり事を作ってしまうのだ。

そう決めた俺は早速それを実行すべく動き始めたのだった。

◇◇◇

「これより第一回評議会を開催する。議論すべきことはすでに各自に伝えているとおりだが、それらをたたき台としてこの場で意見を交わし、具体的な内容をまとめることとする。今回の議題については次のとおりだ」

フォンターナ領についてのルール作り。

それを俺が主導して作っていくことにしたのだが、もちろん各地を治める騎士たちを完全に無視するつもりはない。

冬にフォンターナの街に各地の騎士が集まることを利用して、話し合いの場を作ることにしたのだ。

その名も評議会。

法律作りの場として各自が激論を交わすことになる。

今回決めることはそう複雑なことにはしない予定だ。

具体的な税率や刑法について規定しようとすれば大変なことになるのは目に見えている。

なので、まずはルール決めのためのルールなどを作ることにしたのだ。

ひとつは貴族が騎士に対しての命令権の行使について。

基本的には貴族が上位者であり、騎士に対していろいろな命令をすることがある。

が、だからといって騎士に対して完全な絶対者として振る舞えば、あるいは騎士が造反することもある。

なので、騎士に対してなんらかの命令をするために必要なルールを決めるというもの。

逆に騎士が貴族に対して行わなければならないことについても規定する必要がある。

土地を与えられた騎士が貴族の言うことを全く聞かないというのでは話にならない。

例えば税を納めることや兵を率いて戦に出ることなどは必ず行わなければならない。

では、いったい騎士はほかにどのようなことを必ずする必要があるのか。

それらを話し合って決める必要があるだろう。

また、騎士同士の問題についても考えておく必要がある。

同じ貴族に対して忠誠を誓いあった仲の騎士であっても、騎士同士が仲が良いかというとそうとも言えない。

例えば騎士領が隣同士であった場合など、割と頻繁にトラブルが発生する。

俺が以前隣の騎士領の騎士と揉めたときなどもそれに該当するだろう。

このような騎士同士の問題について、どうやって解決していくかを決めておいたほうが両者で争いになりにくくなる。

なので、それらについても決めておく必要があるだろう。

そして、最後に貴族や騎士と領民についての問題である。

権力者は土地を支配し、そこから得るものに税をかけて生活している。

そのため、領地に住む人というのは大切な財産であると言える。

が、基本的人権など全くないのが実情だ。

割と簡単に殺されることもあるし、なんらかの理由をつけて財産を持っていかれることがあったりするのが庶民の辛いところだろう。

だがしかしである。

現在のフォンターナ領は割と人や物の行き来が多く、騎士がなんらかの理由で殺した領民が実は他の土地で重要だったなどといったことも珍しくはない。

雑草を抜くようにあまりに気楽に殺さないでほしいというのが俺の意見だ。

なので、やはり庶民の罪を問う際にも一定のルールというのはほしい。

主にこの四つをまずは重点的に規定していくことにした。

俺が「こういう法律にしたい」と言って、それに反論する騎士が意見を述べる。

以前こんな前例があり、このような返答を貴族側から受け取っているために賛成、あるいは反対だなどと言っていく。

今までフォンターナ領ではなかったウルク地区やアーバレスト地区の騎士もアレヤコレヤと意見を

出し合って密度の濃い話し合いが続いた。

そうして、新年を迎えて更に冬が明けるかというくらいまで評議会は続き、ようやく雛形が完成した。

こうして、未完成ながらもフォンターナ憲章という貴族と騎士、そして領民についてのルールが規定された決まり事が出来上がったのだった。

フォンターナ貴族家が支配領域としている領地に対してフォンターナ憲章が発布された。

主に貴族や騎士、あるいは領民にたいしての権利と義務がそこには書かれている。

フォンターナ家当主代行としてアルス・フォン・バルカの名で署名されたそのフォンターナ憲章だが、実際のところどれほどの効果があるものかはわからない。

なぜなら、書かれている内容が基本的には大枠でしかなかったからだ。

貴族が騎士たちに対して命令できる内容についてや、騎士の裁量権などが規定されてはいるのだが、基本的には今まであった内容を明文化したという意味合いが強い。

なので、このフォンターナ憲章ができたことでフォンターナ領がガラリと変わるというわけではない。

……と、多くの騎士は考えているのだと思う。

が、俺はそうは捉えていない。

粗だらけではあるが基本的な決まり事ができたのは大きな進歩だと思うからだ。

というよりも、前世の記憶を持つ俺はこの貴族と騎士の統治方法は全く別のものに見えていたのだ。

俺から言わせると貴族や騎士の支配というのはマフィアが土地を牛耳っているようなものだと認識していた。

力があるだけの暴力集団がその地の支配権を主張して、そこに住む人々から金品を巻き上げているのだ。

暴力でもって金を得るかわりに、そこに住む者を守る組織にもなり得る。

それが貴族や騎士といった存在なのだ。

つまり、今の統治者たちは俺が考える国や行政というシステムとは根本的に違っている。

俺の感覚的にはこのような暴力組織が土地を得ているのはどう考えてもおかしいと思ってしまう。

が、それをおかしいと声をあげる者もいなければ、正す者もいない。

なぜなら、彼らは強大な武力でもってそこを支配しているのだから。

騎士が貴族へと税を納めるというのは上納金で、有事の際に兵を引き連れて馳《は》せ参じるというのは他派閥との抗争に出ていくことに他ならない。

なんとも物騒な話である。

が、まあそれはそういうものだと割り切っている。

初代王が国を作ったあとならもう少しまともな統治機構があったのだろうが、それも完全に崩れ去り、力だけが領地の維持にとって重要な時代が長く続いたのだ。

だが、そうは言っても暗黙のルールがあるだけの現状はひどく不安定だと思う。

なにか問題があれば暴力でしか解決する術がないのだ。

実際問題、俺も人のことは言えないだろう。

力だけで問題を解決してきたという認識はある。

しかし、そんな状況はできれば克服したい。

そういうわけで作ったのがこのフォンターナ憲章である。

暴力集団の集まりでしかない貴族と騎士をせめてまともなルールの中で動く組織として位置づけたい。

そのためにわざわざ面倒な話し合いを続けてこんなことをやってきたのだ。

……などという側面もあるが、フォンターナ憲章を作った理由は他にもある。

それは、将来のバルカを守るためでもある。

俺は今、フォンターナ家の当主代行として行動している。

が、これはいずれ終わり、ガロードが当主としてフォンターナ家をまとめる日がいずれ来るのだ。

そのときにガロードは俺を見てどう思うのだろうか。

頼れる親戚のおっちゃんとして見てくれるのか。

あるいは、カルロスから見たレイモンドのように殺したいと思うほどの目障りなやつに見られるのか。

俺としてはうまいことガロードとスイッチして、バルカニアで隠居生活でもしたいところだ。

が、そこで重要になってくるのが俺の持つ資産だろう。

自分で言うのもなんだがバルカの魔法は優秀なものが多い。

そのバルカ姓を持つ者が、かつてのティアーズ家のように飼い殺しにされたりしないだろうか。

あるいは、ヴァルキリーやその他のバルカでしか作られていない物を未来のフォンターナ家が無理やり奪い取ろうとしないだろうか。

いろいろと心配は尽きない。

だからこそ、ほかの騎士たちの意見を聞いてフォンターナ憲章を作り上げた。

たとえ上位者である貴族といえども勝手に騎士の所有物を奪い取ってはならないといった騎士のための条約なども盛り込んでいる。

そして、そんな未来の憂いを無くすのと同時に現在の問題にも対応できるルールを作ることにした。

現在の問題、それは他の勢力による領地の侵略である。

上位者であるフォンターナ家にバルカの物を奪われる可能性よりも、もっと重要視すべきことがある。

それは他の貴族家などから攻撃を受けてフォンターナ家そのものが消滅することである。

そうなったら、バルカ家を保障するものはなにも残らなくなってしまう。

なので、フォンターナ領は強くあらねばならない。

なんだかんだで、現在の世の中では弱いことは悪いことなのだ。

というわけで、領民の権利と義務をフォンターナ憲章に加えたわけである。

領民もある程度の財産の保障などの権利が記載されている。

が、それ以上に大きいのが徴兵の義務だ。

今まではフォンターナ家直轄領とバルカ系統の騎士領だけからしか徴兵制を行えていなかった。

が、それを正式に今回のフォンターナ憲章によって規定したのだ。

文句を言う騎士もいたが、かなり粘り強い交渉でこの徴兵制は導入が決定した。

これにより、フォンターナ領では予備役兵も含めて四万規模の軍が出来上がることになった。

ちなみに、騎士が自分の力で手柄をたてたい場合は二つの選択肢がある。

自分の騎士領でさらに兵を集めて独自の騎士団を作って戦場に出るか。

あるいは、フォンターナ軍に士官として入り、フォンターナ軍の一部として戦うかだ。

後者の場合、戦で手柄をたてても領地はもらえず、階級の昇級と給料アップが主な報酬となる。

ビルマ家の騎士エランスやイクス家の騎士ガーナなどは独自軍を作っていくと言っていた。

が、ピーチャなどはフォンターナ軍に入ることにしたようだ。

そうして、俺も正式にフォンターナ軍に入ることになった。

五千人でひとつの軍として、それぞれに当主級などがその軍の将となる。

そして、俺はその複数の軍をまとめたフォンターナ軍をまとめる全体の将という地位につくことを全騎士に認めさせることに成功した。

結果、俺はフォンターナ家当主代行としてだけではなく、フォンターナ軍の大将軍としての地位を確立することになった。

こうして、ガロードが当主として領地に君臨しても軍という暴力機関は俺が手中に収め続けることに成功したのだった。

◇◇◇

「お久しぶりです、アルス様。ただいま帰りました」

「本当に久しぶりだな、リオン。無事に帰ってきてくれて嬉しいよ。今まで王都圏での活動ありがとう。フォンターナ領にとって非常に大きな働きだったよ」

「そう言っていただけて嬉しいです。カルロス様をお守りすることもできず、生き恥を曝してきたかいがあったということですね」

「恥だなんてとんでもないよ。リオンがいなければフォンターナ領はとても持たなかった。リオンが領地から離れた場所で孤軍奮闘してくれたからこそ、今のフォンターナ領があるんだ。ありがとう」

「いえ……、ありがとうございます、アルス様。リオン・フォン・グラハムはこれからもフォンターナ家のために身を粉にして働くことをここに誓います」

「よろしく頼む。亡くなったカルロス様も喜ぶだろう。ガロード様にも会っていってくれよな」

「ええ。今はバルカニアにいるのですね？　……それに姉さんも身ごもったという話でしたが」

「そうなんだよ、リオン。もう少しすればリリーナも出産予定日になるはずだ。時間が許すならぜひ俺の子を抱いていってくれよな」

「ええ。ぜひ、そうさせてください」

新年を迎えてからも続いていたフォンターナ憲章作りのための評議会が閉幕した。

今までの慣習を明文化しつつ、新たな決まりを制定したフォンターナ憲章は今後も評議会などで話し合い、改良されていくだろう。

が、それも冬が明けて雪が融け始めた頃に一度休憩タイムを挟むことになったわけだ。

そして、その直後にフォンターナの街へとリオンが帰ってきた。

かつて、カルロスとともに王の護送でフォンターナ領を出てから、ずっとフォンターナ領外で活動してきたリオン。

自身の領地を離れて行動するということはそれだけ様々なリスクがあるはずだ。

だが、それにもかかわらずリゾルテ家との南北同盟の締結から始まり、王都圏でのコネ作りやパーシバル家の糾弾などの様々な仕事をこなしてくれた。

ここ数年で一番フォンターナのために働いたのは誰かといえば、それは間違いなくリオンをおいて他ならないだろう。

リオンには報酬としてグラハム領の加増をすることにしている。

そんなリオンがフォンターナに戻ってきた理由のひとつにリリーナの懐妊というものがあった。

すでに両親なども他界しているリオンにとって、実の姉のリリーナの妊娠出産は大きな出来事であるということだろう。

そろそろフォンターナにも戻らなければというタイミングで吉兆があったため、戻ってきたということだ。

そのリオンをまずはフォンターナの街で当主代行として迎え入れる。

そして、その足で一緒にフォンターナの街からバルカニアまで行くことにした。

今までの近況などを話し合いながら歩く。

「そういえば、リオンの奥さんはどうしているんだ？　リゾルテ家の関係者と結婚していたはずだろ」

「はい、そうです。今、妻はリゾルテ領の実家で生活しています」

「そうか。なんか悪いな。南北同盟のためとはいえ、リオンがそんな遠い土地の人と結婚することになっちまって」

「いえ、大丈夫ですよ、アルス様。必要ならば誰が相手でも結ばれる。それが騎士として生きるということでもありますから」

「……そうか？　割と自由人も多いと思うけど」

「アルス様ほどの自由な人にそう言われると困りますね。ただ、騎士家の人間であれば普通は本人の意思とは関係なく決められた相手と結婚することになるものです。それが今回私の場合はリゾルテ家の縁者だったというだけです。妻のことは人並みに愛していますよ」

「まあ、俺もリリーナとは会ってすぐに結婚話がまとまったしな。案外そういうもんかもしれないか」

「そういうものでしょう。それよりも、フォンターナは随分雰囲気が変わりましたね。私がいない間にいろいろと変化も大きかったようですし」

「そうだな。リオンがフォンターナ領を離れている間に、南のカーマス領を切り取ったし、線路なんかも作ったし、フォンターナの街は城も教会も新しく建築中だからな。いろいろ変わったと言えばそうだろうな」

「それだけではありませんよ。他の土地をいくつも見てきたからこそわかることがあります。今のフォンターナ領は人の笑顔が多いと思います」

「笑顔が？」

「はい。他の土地では少なからずそこに住む人々の顔に影が差していました。満足に食べることもできずに、加えて、長い戦乱が続いているからです。多くの人々は生きることに絶望するほどに疲れ切っているのですよ」

「絶望って、そこまでひどいのか……」

「まあ、だからこそ戦って食べ物などを得ようと考えるというのもあるのでしょうね。それが戦乱を長引かせ、終わらなくさせているのです。ですが、フォンターナ領はそうではありません。多くの人が飢えから逃れて、活力ある生活を営んでいる。だからこそ、笑顔が自然と出てくるのでしょう」

「なるほど。まあ、一応土地の収穫量は右肩上がりだからな。去年は地震のために減税したし、割と麦の値段が低めになるほどに食べ物があるし」

「その地震の影響を抑えているのもすごいですね。パーシバル家の影響下にあった貴族領の一部は地震の影響で立ちゆかなくなるところもあったようですよ。フォンターナ家も影響があったにもかかわらず、それを最小限に抑えているのは即座に動いたアルス様の行動が見事だったのだと思います」

「地震は初動が大切だからな。フォンターナ憲章でも地震なんかの災害についての対応について書いたんだ。あとで確認しておいてくれよな」

「そのフォンターナ憲章というのもすごいですね。普通、貴族側に制限がつくようなことを盛り込んだ文面を作ることはないのですが……」

「ま、俺は当主代行であると同時にバルカ騎士領の当主でもあるからな。結構バランスよくできたと思うぞ、フォンターナ憲章は。っと、着いたぞ、リオン。この奥だ」

各地を転々としたことで見聞が広がったリオンが、最終的に地元が一番いいという評価に落ち着く地元民みたいな意見を話していた。

他の土地にはそれぞれにいいところがあると思うが、しかし、リオンの言う通り、フォンターナ領は他の土地と比べてもしっかりと優れたところがあるのは間違いないのだろう。

それに俺がしてきたことを評価してくれるのは素直に嬉しい。

そんなリオンの話を聞きながらやってきたのは、フォンターナの街の地下に作った転送室だ。

俺が迷宮で記憶してきて再現した転送石を設置した部屋で、バルカの騎士のほかに、リード家の人間が【守護植物】で部屋の内部から守りを固めている。

その転送室にリオンと一緒に入り、バルカニアの転送室に移動するように指示を出す。

転送石は大量の魔力を消費することで一瞬にして遠く離れた別の転送石のもとへと移動することが可能になる。

そして、それを使ってリオンと一緒にバルカニアへと飛ぶことにした。

ちなみに、普通ならばバルカニアにある転送石に触れたことがないリオンがそこへ飛ぶことは不可能だ。

が、俺がそばにいることでそれも可能となった。

フォンターナの街で新たに転送石を作り出したのをリオンが触り、一度先に俺がその転送石を持った状態でバルカニアに転移してから、そのリオンが触った転送石を設置し直す。

そうして、そこにリオンが飛ぶのだ。

すでにリオンにはバルカ式強化術を施しており、リオンも当主級としての力を手に入れていた。

結果、リオンもあっという間にバルカニアへと瞬間移動することに成功したのだ。

ちなみにややこしいので、今回新しく設置した転送石はリオンがバルカニアに飛んだ時点で破壊し使えなくしている。

「……なんというか、相変わらずすごいですね、アルス様は。まさかこんなものまで作っているとは思いませんでした」

「便利だろ？　一応、今は評議会に参加した当主級までは転送石の使用を許可しているから、リオンも使いたいときは許可をとって使ってくれ。といっても、王都圏やリゾルテ領には行けないけどな」

「さすがにそれは無理ですか。もっとも、それでも十分すぎるくらいですけど」

さすがにリオンといえどもこの転送石については驚いたようだ。

やはり、他の土地ではこういう転送装置というのはないのだろう。

こうして、俺はリオンを連れてバルカニアへと帰ってきた。

そして、まさにその日にリリーナが俺との子を出産したのだった。

◇◇◇

「おぎゃー、おぎゃー」

リオンと一緒にバルカニアへと戻ってきたその日、この地に新たな生命が産まれた。

俺とリリーナの間に産まれた間違いなくバルカの魔法を継ぐことになる子どもが産まれた。

これで俺がカルロスのように急に命を落としたとしても、魔法だけはバルカに残すことができるだろう。

「リリーナ、お疲れ様。無事に子どもを出産してくれてありがとう」

「も、申し訳ありません、アルス様。わ、私はなんということを……」

「大丈夫だよ。ゆっくり休んでいて」

リリーナが産気づいたのはもうかなり前のことだ。

破水してもういつでも出産できるという状態になってからが長かったのだという。

さすがに俺やリオンがその場にいることは禁じられ、産婆やクラリスなどの側仕えなどが出産を見届けた。

そして、産まれた。

母子ともに健康だ。

それになにより、バルカの魔法を受け継ぐことができる男の子が産まれたのだ。

おぎゃーという大きな泣き声が聞こえてから、しばらくして部屋に入り、その姿を見た俺はなんとも言えない、しかし、心が満たされるような気持ちになった。

が、俺以外の人間の顔は暗い。

もっと俺の子が産まれたことを祝ってくれてもいいんじゃないのか。

そう思うのだが、どうやらお腹を痛めて産んだリリーナすら俺とは気持ちが違っているようだった。

ずっとベッドに横になりながら、俺に向かってすみませんと謝り続けている。

「……双子、ですか」

「そうだな。元気な双子の赤ちゃんだ。……もしかして騎士の子どもは双子がだめとかそんな風習でもあるのか、リオン？」

「そうですね。あまり良いこととしては扱われないでしょう」

「なんでだ？　双子だと体が弱くなるとかそういうのでもあって、よろしくないことだとか言われているのか？」

「……アルス様はあまり双子に忌避感などないようですね？」

「ないな。せいぜい一卵性双生児かそうじゃないかくらいが気になる程度だけど」

「アルス様、失礼ですがもう少し騎士としての自覚と常識を持っていただいたほうがよいかと。アルス様はバルカ騎士領の当主であり、バルカの魔法を後世に伝えていく必要がある大切なお方なのですよ」

「魔法、か。……つまり、双子が問題視されるのって継承権絡みのことを言っているのか？」

「そのとおりです。特に貴族に匹敵するほどの影響力があるバルカの魔法の継承権のゆくえは今後に大きく関わってきます。それでなくとも、双子というだけで多くの人は暴君を思い出しますから」

この世界では双子というのはあまり歓迎されないものらしい。

俺にしてみればなんでそこまで気にするのかという気持ちが大きい。

が、それにはこの国の歴史が大きく関わっていた。

もともと、貴族の魔法は代々そのときの当主が配偶者との間に継承の儀という教会の儀式を受けて子どもを作ることで子孫につないできた。

継承の儀を行った相手と子をなし、その子が男児であった場合、魔法の継承権が与えられることになる。

産まれた順にその継承権には順位が存在し、当主が亡くなった場合、自動的に継承順位の一番高い者が魔法と魔力パスを引き継ぐのだ。

例外として、生前に継承順位と関係なく当主から名指しで魔法などを継承することも可能ではある。

が、双子の場合、そのどちらが継承権が上なのかはわからないのだそうだ。

単純に母体から早く出てきたほうというわけではないらしく、遅く出てきたほうが魔法を継承したという記録もあるのだそうだ。

これが貴族的には結構困るらしい。

通常ならば継承権が上位の者を当主としてしっかり教育していくことになるのだが、それが双子のうちのどちらかなのかがわからないと不便をきたす。

そのため、昔から双子というのは望ましいものではないとされていた。

しかし、その双子が忌み子とまで言われてしまうに至ったのは、暴君と呼ばれる王の存在が大きい。

暴君ネロはかつてこの国を崩壊へと導いた愚王であるとされている。

王位に就いたネロは自らに従わない貴族のいくつかを粛清した。

が、それに異を唱えた多くの貴族や騎士が王のもとから離反し、王家の大魔法が使用できないほどに弱体化を招いてしまったのだ。

それまでは様々な問題を内包しつつも国としてまとまっていたが、それが決定打となり、この国は事実上崩壊し、各地を自らの力のみで維持する戦乱の時代が始まったのだ。

ではなぜネロは暴君と呼ばれることになったのか。

それは貴族を粛清したことにあるのは間違いない。

が、なぜそんなことをすることになったのか。

それはネロが双子だったからだ。

ネロには双子の兄がいた。

そのとき、すべての人が王家の継承権を持つものはネロの兄だとばかり思っていたそうなのだ。

そして、どうやらそれはネロ本人もそう認識していたらしい。

子どもの頃から兄が王を継ぐべく教育されて育ったが、ネロはそうではなかった。

さらにその下の兄弟たちは年が離れており、その時の王が亡くなるときは誰しもがネロの兄が名実ともに王にふさわしいと考えていた。

だが、違った。

王位を継承したのはネロだった。

当たり前だが、王位のゆくえについて揉めにもめた。

それは王家だけの話ではなく、周りの貴族までも巻き込んでの騒動になったらしい。

まあ、それもそうかも知れない。

普通は王になる前にしっかりと根回しして既得権益などを固めてしまうものだろう。

が、予想されていなかったネロが王になり、兄にすり寄っていた貴族は王家に対する影響力を低下させ、逆にネロに近い関係を持っていた貴族はたなぼた的に最高権力者へと近づいたのだ。

結果、ネロの政治は全くうまくいかなかった。

貴族間で行われる激しい勢力争いに加えて、過激化した貴族によるネロ暗殺未遂事件まで実行されたのだ。

そして、我慢の限界を迎えたネロは実力行使に出た。

粛清である。

しかし、ここで重要になるのがネロの兄は生きているということである。

ネロは兄が死んだから継承権を引き継いで王位に就いたのではない。

もし、ネロが死んだらどうなるのか。

実は兄の継承権はまだ生きているのだそうだ。

つまり、ネロとそのネロの子どもで継承権を持つ者を殺し尽くせば、王位はネロの兄に戻ってくることになるらしい。

そうだね、戦争だね。

こうして、王家はものの見事に内戦へと突入していった。

貴族や騎士たちを真っ二つの陣営に分けての大乱戦だ。

そうして、王家は力を失った。

様々なことがありながらも、貴族の離反を招いたネロは王家の大魔法を発揮できなくなり王家の権威を失墜させたのだ。

「でも、それってネロが双子だったってよりも両性具有だったたってことが問題だったんじゃないのか？　みんなネロのことを女だと思ってたんだって聞いたことがあるぞ」

「そういう記録がないわけではないですが、本当かどうかはわかりませんね。ただ、確実に言えることはネロが双子であったということ、それだけです」

今となってはもう何が本当かどうかはわからない。

とにかくネロは国を崩壊させたということを以って、暴君であると位置づけられている。

まあ、それは歴史的に仕方がないのかもしれない。

なにせ、王家を離反して独立した貴族が今の歴史を語っているのだ。

王であったネロに問題があったのだ、としなければ離反した貴族そのものに問題があったのではないかと問われかねないのかもしれない。

が、その中で面白い記述の本も見つかっている。

曰く、ネロは外見が女性であったというものだ。

王家に産まれた双子は兄と妹であり、本来であれば妹のネロが王位を継ぐなどということは誰もが予想しなかったのだと言うものだ。

そして、その本では嘘か真か、ネロには男女両方の特徴が体にあったと書かれていた。

それが事実かどうかは今の俺には確認しようがない話だ。

「まあ、とにかく、今はこの双子のことだな。なんとかふたりとも無事に育つようにしないとな」

こうして、波乱に満ちた出産はなんとか無事に終わった。

俺は仲良くならんでしわくちゃになりながらも必死に大泣きしている赤ん坊二人を見つめて今後のことを考えることになったのだった。

◇◇◇

「なるほど。双子が産まれたのですか」

「ええ。そうなんですよ、パウロ大司教。一応、俺としては双子はしっかりと育てていくつもりです。あとになって面倒なことになる可能性もあるかもしれないけど、どちらかが早死してしまう可能性もあるわけですし」

「そうですね。感情面を抜いて考えれば、今の貴方の境遇で後継者候補が二人いるということ自体は悪い話ではないと思います」

「やっぱりそうですよね。で、この場合、一番の問題なのは双子のどちらが継承権の上位に位置するのかってことだと思うんですよね。調べる方法とかはないんですか？」

「継承権については、残念ですが調べる方法はありません。貴方が亡くなった後に自然と引き継ぐほうが上位だったとあとになって判明する以外に知る由もないでしょう」

「……ってことは、やっぱり生前にどちらかの子に魔法を引き継ぐほうが無難ですかね？」

「双子をしっかりと育てていくと決めているのであれば、そうするのが一番だと私も思います。六歳の洗礼式以降でどちらかの子を後継者に決めなさい。ですが、それは子どもにとって辛いことですよ。あなたはわかっているのですか、アルス？」

「辛い？　バルカ家の後継者になれないことがですか？」

「いえ、違います。選ばれなかったという事実そのものがですよ。その子は必ずこう思うでしょう。なぜ自分が選ばれなかったのか。どうして父や周囲の者は自分を認めてくれないのか。なぜ同時に産まれてきたはずのもうひとりの兄弟が全く同じはずの自分よりも優れていることになるのか。感傷的になるのは間違いないかと思います」

「……そう聞くと成長段階で屈折しそうですね」

「その可能性がないとは言えません。それに周囲の者もどう行動するかわかりませんよ。人間誰しも欲というものがあります。どちらか片方に入れ知恵して悪影響を与えることもあるかもしれません」

「いや、あんまり脅かさないでくださいよ、パウロ大司教。せっかく双子を健やかに育てようと心に決めたのにだんだん不安になってきたんですけど」

「しっかりしなさい、アルス。あなたは父親である前にバルカ騎士家の当主でしょう。私が今言ったことは決して杞憂《きゆう》というわけではありません。貴族や騎士の双子問題というのはそれだけ根深いものがあるのです。先程の内容はすべて先例があるのですから」

「うーん、さすがに子育てに自信があるわけじゃないからな……。自分が同じ立場で選ばれなかったら絶対グレる気がするし。どうしたらいいんでしょうかね」

「私にひとつ、考えがあります。あなたの双子をふたりとも生かすことができ、かつ、心に闇を抱えること無く、周囲に利用されないようにする方法が」

「本当ですか、パウロ大司教？　どうやるんですか？」

「あなたは今すぐバルカニアに帰り、双子のうちの一人を死んだことにするのですよ」

「はい？　死んだことにする？」

「そうです。双子が産まれたことはすでに知られているでしょう。そこで、片方の子が産まれてすぐに亡くなったことにするのです。そうすれば、継承権を持つ者は残ったもうひとりで決まりです。周囲が双子を材料にした動きをとることはなくなります」

「それはそうかも知れないですけど、前提条件が崩れるでしょう。ふたりとも育てていきたいって話だったんですよ？」

「悪いことは言いません。双子をふたりとも手元で育てることは諦めなさい。ひとりはあなたが、もうひとりの子はあなたの母に預けなさい」

「母さんに？」

「そうです。あなたの母マリーはいまだ心身ともに健康です。まだ新たな子を宿したとしてもおかしくはありません。双子のうちのひとりはマリーが自分の子ども、つまりあなたの兄弟として育てるのです。そうすれば、仮にあなたが手元で育てた子に不幸があっても、その代わりになることもできます」

貴族や騎士の社会では忌み子として扱われる双子。

俺の子どもはそんな悪いイメージがこびりついている社会に産まれてきた。

俺としては双子だからといって、それが悪いことであるとは到底思えない。

なので、気にせずに育てるつもりだった。

だが、周囲の目というのは常に意識しておく必要がある。

後継者問題として必ず揉めると言われる双子を育てると大々的に発表すれば、それがいわれなき誹謗中傷に繋がる可能性もあるのだ。

騎士として危機管理ができない者が当主代行など務まるものか、などと言われる可能性もある。

リオンなどはその点についても心配していた。

なので、俺は別の人の意見を聞くために一度フォンターナの街に戻ってきていた。

この手の話で一番詳しそうで、かつ信頼できて、口が堅い相手。

それがパウロ大司教だった。

そのパウロ大司教の助言は実にシンプルだった。

俺の身に何かあったときのために継承権を持つ者は複数いたほうがいいという考え。

そして、それをクリアしつつ、周りからあれこれちょっかいを出させない方法。

それが、双子の片方を俺の母親にあずけて、親の子ども、つまり、俺の兄弟として育ててしまえというものだった。

その子には悪いが、身分は隠す。

あくまでも父さんと母さんの子どもとして育てていくことになる。

残念だが、結局はそれが一番いいような気がした。

リオンにもこの話を相談したところ、パウロ大司教の意見に賛成だった。

そこで、俺はこのパウロ大司教発案の子ども隠し計画を実行に移すことになった。

こうして、俺は我が子が産まれた直後に子を亡くし、同日に兄弟が誕生したことになったのだった。

◇◇◇

「という理由があってこの子を育ててほしいんだ。お願いできないかな、母さん？」

「まったく。あなたは本当に小さいときからいろんなことをする子だったけれど、まさか自分の子を親が産んだことにするとは思わなかったわよ、アルス」

「ごめん。でも、双子として産まれたこの子にはなんの罪もない。最悪の場合は本当に俺は自分の子に手をかけないといけないかもしれない。けど、そうはしたくないんだよ」

「分かっているわよ。大丈夫。お母さんに任せなさい。このことは他に誰が知っているの？」

「すぐに動いたから、双子のうちの一人が死んだってのはみんな信じているはずだよ。リリーナとリオン、パウロ大司教のほか、数名かな。みんな口が堅い信頼できる人間だ。この子はこれからは完全に俺ではなく父さんと母さんの子どもとして生きていくことになる」

「……あなたがこの子に会いに来ても実の子として接することはないのね、アルス」

「ああ。こいつはこれから俺の弟だ。元気にのびのびと育ててあげてほしい。頼めるかな、母さん」

「任せなさい。母さんを誰だと思っているの？　アルスやバイトのような問題児にもめげずに、カイルみたいにしっかりした子を育てた経験があるのよ」

「……ははっ。そうだね。カイルみたいな子に育てば言うことなしだ」

バルカニアでリリーナの出産に立ち会い、その後すぐにフォンターナの街に舞い戻ってパウロ大司教と話した後。

俺はパウロ大司教の言う計画を実行に移した。

双子として産まれた子のうち、リリーナのお腹から出てきたのが遅い方、つまり双子の弟の方を死んだことにした。

双子として産まれたものの体が弱く亡くなったというストーリーを仕立てたのだ。

そして、その子をバルカニアに住む母さんのもとへと届けた。

父さんと母さんは今もバルカニアに住んで生活している。

父さんは主に治安維持を中心に仕事をしているのだが、バルカ城に居住しているわけではなく自分の家を持っている。

もともと俺が産まれたボロい家ではなく、収入に見合った一等地にある大きめの家だ。

とりあえず、話をあわせるために母さんにはしばらくの間、家の中で引きこもっていてもらおうか？

ご近所さんからも姿を見られない期間を作って、その間に実は新しく子どもが産まれていたという話にすればいいかもしれない。

「あー、アル兄様だー。どうしたの？　エリーに会いに来てくれたの？」

「お、エリーか。元気にしてたか？　今日はお土産にお菓子を持ってきたぞ」

「やったー。ありがとう、アル兄様。……あれ？　この子、だあれ？」

「この子か。この子はエリーの弟になる子だよ。今日からエリーはお姉ちゃんになるんだよ」

「ええ!?　エリー、お姉ちゃんになったの？　やったー。お母さん、聞いた？　エリー、お姉ちゃんになったんだって」

「そうよ。この子はアルスやエリーの弟なのよ。かわいいでしょう。でも、まだ産まれたばかりだからあまり触っちゃだめよ。見るだけにしてね？」

「わー。ちっちゃい。クリクリしてるね。かわいいねー」

どうやらエリーも新しく弟になった謎の生物を気に入ってくれたようだ。

エリーというのは俺の妹だ。

カイルよりも下の子で今年六歳になったばかりの女の子だ。

うちの末っ子だが、母親に似てきれいな子で将来は美人になるだろうとわかる顔をしている。

エリーは非常に天真爛漫で、誰にでもすぐに近づいて天使のような笑顔を向ける子で人当たりがいい。

当然、パウロ大司教もエリーのことを知っていたので、俺の子を母に預けるようにと提案してきたのだ。

さすがに今年十三歳になったカイルの下の子が零歳では離れ過ぎではないかと思われるが、エリーが間にいることによって多少その疑惑が緩和される効果もあるということだろう。

「エリー。これからこの子はだんだん成長していくけど、エリーよりもちっさくてできないことも多いと思うんだ。お姉ちゃんとしてこの子の面倒を見てあげてくれるかな？」

「うん。任せて、アル兄様。エリーはお姉ちゃんだからしっかりお世話してあげるよ」

「ありがとうな。頼むよ、エリー。じゃあ、母さん。一応しばらくはここにリリーナの側仕えの一人を置くことになる。後ですぐに連れてくるよ」

「分かったわ。その人がこの子にお乳を与えるのね？」

「ああ。もともとはエリーの教育係にするつもりだった人なんだ。エリーには淑女教育を受けさせる必要があるから」

「そればっかりはお母さんはなにも教えられないから、しょうがないわね。この子は農家の男性に嫁ぐわけにはいかないものね」

「そういうこと。悪いね」

「いいわよ。そのかわり、この子をしっかりと見てあげられる人のところに嫁がせてね、アルス」

「分かっているよ、母さん」

赤ちゃんを見ながらお姉さん気分になっているエリーだが、これからは厳しいお稽古が始まることになるだろう。

俺やほかの兄弟たちは農家の子として育ってきたが、俺達の身分が上がったことでエリーは同じような育て方ではいけないということになった。

いずれ、政略結婚でどこかの権力者に嫁に出すために必要なあれこれを勉強する必要があるのだ。

今のところ、結婚相手の有力候補はガロードだったりする。

俺がどこかで失脚しなければそうなる可能性も高いのかな？

大きくなったらアル兄様と結婚する、と言ってくれるエリーが結婚とかちょっと考えられないのだが。

そんなセンチメンタルなことを考えながらも、俺は実家に「俺の弟」を預けていったのだった。

◇◇◇

「リリーナ、大丈夫か？」

「はい。……すみません、アルス様。このたびは大変なご迷惑をおかけしました」

「何度も言っているけど双子を産んだことだったら気にするな。リリーナが悪いわけでもないし、産まれてきた子に問題があるわけじゃない。それにもう手を打ったから大丈夫だって」

「ありがとうございます。そうですね。お母様にはよろしくお伝えください。私が直接伺うわけにはいかないでしょうし」

「分かっているよ。そうだな。たまにカイルが【念写】で写した姿絵を見せてあげるよ。あの子が大きくなっていく姿を見られればリリーナも安心するだろうし」

「それは良い考えですね。ありがとうございます。それなら、生き残った私たちの子どもも姿絵を作りましょう。きっといい記念になるかと思います」

「そうだな。そうしようか」

子どもを産んだリリーナは貴族や騎士的にはあまり良くない印象の強い双子を産んだことでかなりショックを受けていた。

ずっと俺に向かって謝るのだ。

そんなところに、産まれた子のうちの一人を死んだことにして隠すのはどうかと提案するのは少々勇気が必要だった。

だが、ほかに良い方法もなさそうだったので逃げること無く正面からこの提案をリリーナに話したのだ。

結果的にはこの判断は良かったようだ。

もしかしたら子どもを亡くすことになる、あるいは会えないことになることが精神的不安になり、ヒステリーでも起こさないかとヒヤヒヤしたのだが、そうはならなかった。

具体的な対策を示すことができたことで、逆に精神的には安定したようだ。

が、まだ出産直後でいろいろと疲れていることだろう。

もう少し注意して見守る必要があるかもしれない。

俺の方はというと割と気楽なものだった。

もともとが双子がだめなどという価値観を持っていなかったこともある。

一人は手元で育てられないということに関しても、両親に孫を見せられてよかったなぐらいの気分で済んでいる。

というか、今の俺の地位的には子どもがどこで育とうが、自分の手を使って育児をすることにはならないのだ。

バルカ城ではリリーナが乳母を選んで世話をさせるし、母さんも同じような感じで育てる。

イクメンパパとして子どもの世話をしようとしていたら止められるくらいなのだ。

なので、実質的には自分の子が二箇所に分かれて保育されている、くらいな認識なのだ。

まあ、産まれた子にしてみれば生活の環境や将来が変わることになるので大きな違いなのかもしれないが。

どちらかというと、俺の方は少しホッとしたという面が大きいかもしれない。

なんと言っても、俺が死んでもバルカの魔法はとりあえず残ることになるのだ。

子どもがない状態で死ねば、バルカ騎士領だけではなく、バイト兄やバルガスにも大きな影響が出る。

それはひいては拡大したフォンターナ領全体の問題とつながるのだ。

それがクリアできたという点は大きい。

もっとも今でも自分が死ぬのは嫌なので、そんな未来が来ないように頑張るのだが。

「そうだ。いろいろあったけど、無事に子どもが産まれたんだ。適当な時期を見計らって生誕祭でもしようか」

「そうですね。騎士は自身の後継者に産まれた後に名をつけることになります。双子が産まれたことですっかり忘れていましたが、この子の幼名はアルフォードで良いでしょうか、アルス様」

「ああ。この子の名はアルフォードだ。元気に育ってくれることを祈ろう」

俺の子の名前。

農家などだと名前というのは六歳になった年に教会の洗礼式で授かることになる。

そして、それは騎士家であっても同様だ。

だが、騎士家では教会によって名付けられる前に幼名をつけるという風習があるようだ。

これはすでにパウロ大司教とも相談して、いずれ来るであろう洗礼式でつけられる名前の前借りというか事前予約のように名前を決めていた。

その名はアルフォード。

アルスという俺の名から少し名を与えてつけた。

事前に考えていたアルフォードという名前は双子が産まれたことによって、どちらの子につけるかわからない状態になっていたので、ここで正式にこの子の名前が決まったということになる。

ちなみに母さんに預けた方の俺の弟も実は名前を決めていたりする。

彼の場合は洗礼式で正式に決定することになるが、アルフォンスという名前になることだろう。

もろもろのあまりおおっぴらにできないことを済ませた後、俺は他の人たちに対して正式に子どもが産まれたことを伝えていった。

今までは俺という異分子によってもたらされたバルカの魔法だったが、後継者ができたことである程度安定性のあるものへと変わったという認識につながってくるだろう。

これまでは俺に対して忠誠を誓って名付けを受けても、俺がどこかで戦死でもすれば一瞬にして騎士の資格が無くなるのではないかという不安がある者も多かったようだ。

後継者問題はそれを払拭することができる。

こうして、ようやくバルカという勢力はしっかりとした地盤をフォンターナ領に築くことに成功したのだった。

第五章　王命

「急に話があるって聞いたけどどうしたんだ、リオン？」

「アルス様、まずいことになりました」

「まずいこと？　何があった？」

「王命が発令されました」

「はい？　王命？」

「そうです。王命、つまり、王からの命令ですね。その王命がフォンターナ家、ひいてはその当主代行たるアルス様へと伝えられる、という王都での情報を私の配下がいち早く察知して【念話】で知らせてきました」

「王家から俺に命令が？　もしかして、また王様がフォンターナ領に来るとかいう話じゃないだろうな」

「いえ、違います」

「じゃあ、なんだよ。もったいぶらずに早く教えてくれよ、リオン」

「わかりました。心して聞いてください。配下によって得た情報ですが、かなり確かな情報であるという裏付けも済んでいます。その王命は、王家とフォンターナ家で同盟を結び、フォンターナ家を次期覇権貴族とする、というものです」

「……なんだって？　お前、今なんて言った、リオン。フォンターナ家が次の覇権貴族だと？」

「そうです。王家からはすでに王命を伝えるために使者が送られたようです」

フォンターナ憲章などを作るためにひたすら評議会で話し合いをしているうちに迎えた新年は、評議会が終わる頃には春を迎える頃になっていた。

そして、その後、俺に子どもができて、つい先日バルカニアで住人を巻き込んでの生誕祭が行われた。暖かな太陽の光が顔を出し始めたそんな季節にリオンがとんでもない情報を知らせてきた。

王家から王命が発せられたというのだ。

しかも、内容はフォンターナ家に覇権貴族となるようにというものだった。

なんでそんな話になっているんだ？

とてもじゃないが、フォンターナが覇権貴族になるのは無理がありすぎる。

「……どういう経緯でそういうことになるんだ？　だいたい、覇権貴族になるのは三大貴族のどこかって話だっただろ？」

「そのとおりですが、三大貴族のうちのパーシバル家はその勢力を大きく後退させました。とくに迷宮街を失ったのが大きかったようです。優秀な人材と魔石、武器防具の素材を輩出していた重要地点を押さえられてしまい、もう覇権貴族を狙うことは難しくなったのでしょう」

「パーシバル家はそうかもしれんが、ほかはどうなんだ？　メメント家なんてわざわざ王を迎えにという名目でフォンターナまで軍を引っ張ってきたくらいなんだぞ。ラインザッツ家だってそう簡単に引き下がるとは思えないが」

「当然でしょうね。おそらく、この王命の出どころは王都圏の政治的判断によるものではないかと思います」

「政治的判断？」

「はい。もともと王家自体にとって覇権貴族という存在は目障りなものに過ぎません。本来であれば自分たちの支配下にあるはずの貴族家が勝手に覇権を名乗っているのですから」

「それはそうかもしれんが、覇権貴族という力があってこそ、弱体化した王家は存続できていたんじゃないのか？」

「そのとおりです。が、今まではそのほとんどが王都に近い位置にある大貴族でした。ですが、それがもし最北に位置するフォンターナ家が覇権貴族になれば王家と覇権貴族との間に距離が生まれます。おそらくはそれが狙いなのでしょう」

「……わからん。距離があるのが王家にとっての利点たりえるのか？」

「もちろん、利点はあるでしょう。フォンターナ家が覇権貴族になった場合、本来の領地を離れた王都圏に場所を提供され、そこに軍を駐屯することになります。そして、中部から南部にかけての貴族領における紛争を覇権貴族として治めるために動かなければなりません。自由に軍を動かすには王家の協力も必要になるでしょう。つまり、フォンターナ家が覇権貴族として軍を派遣すれば、それは王家にとって使いやすい手駒が手に入るという意味になるのです」

なるほど。

メメント家やラインザッツ家、あるいはパーシバル家や元覇権貴族のリゾルテ家も領地の位置を見るとフォンターナ家よりははるかに王都圏に近い。

覇権貴族は王家と同盟を組む関係から、ある程度対等であるという名目があるが、実際のところは大きな領地を背景に王家に圧力をかけることなど、今まで何度もあったのだろう。

その圧力を王家は嫌った。

なので、他のどの貴族家よりも距離があるフォンターナ家が覇権貴族となれば、その鬱陶しい圧力から少しでも逃げ出せると考えたのだろう。

それに、フォンターナ家は当主のガロードがまだ今年で四歳の子どもであり、そのかわりに実権を握っている俺も十五歳の元農民だ。

権力闘争では海千山千の王都圏の連中には相手にもならないと見られているのかもしれない。

要するに、フォンターナ家が覇権貴族となれば王家からすれば非常に使い勝手のいい戦力だけを自由に出させることができる手駒になると思われているのではないだろうか。

「フォンターナ家というより、俺が王家に舐められてるな。でも、実際問題うちが覇権貴族になるのは無理だろう。そもそもの話としてメメント家やラインザッツ家とはまだ戦力的に大きな力の差があるはずだ。たとえ、うちが王都圏のすぐ近くの領地だとしても、覇権貴族を名乗るのは難しいと思うぞ。そんなことが王家にはわからないのか？」

「いえ、おそらくそのようなことは重々承知の上でしょうね。そのうえで、この王命を持ち出したのかと思います」

「無理だと分かって王命を出す意味があるのか？」

「これは私の推測でしかありません。が、おそらくはこういうことなのでしょう。王家はどの貴族家にも力をつけてほしくないのです。あらゆる貴族家から力を削ぎ落としたい。ですが、王家には実質的な戦力があまりありません。では、どうすべきか。それは、各貴族同士を戦わせて潰しあわせるのですよ」

「……そうか。だから、王命を届ける使者がフォンターナ領にまで来ていない段階で情報が漏れているのか。そんな王命が発せられたとわかれば、メメント家なんかは間違いなくフォンターナに対して怒るだろうな。もしかしたら、ラインザッツ家も同じじゃか」

「自らが戦わずして周囲から戦力を削ぐというのは、なかなかしたたかな戦略だと思います。もし、フォンターナ家が他の大貴族に負けた場合は、この話はフォンターナ側からの要請で断れなかったなどと言う可能性もあるのではないでしょうか」

「無茶苦茶だな。なんにしても、その王命だけはまともに受けたらだめだな。その餌に飛びついたら最後、フォンターナは戦禍に巻き込まれる」

「では、なるべく早く動く必要がありますね」

「え？　動くって何がだ、リオン？　使者が来たときに正式に断りを入れればいいだけなんじゃないのか？」

「それでは遅すぎます。もし、その使者が来て王命をアルス様に伝えたとしましょう。すると、フォンターナの騎士たちは間違いなくそれを喜びます。我々のような最北の領地を持つ貴族家や騎士にとって覇権貴族になる機会など、断ればもう二度とないことなのですから」

「そう言われればそうか。その後の面倒事についてなにも考えずに、ただただ喜ぶやつがいてもおかしくはないか。そして、それを断れば俺は王命に背いた者として突き上げられるかもしれない。そういうことだな？」

「はい。この手の話は理屈を語っても感情が優先されます。まず間違いなく、アルス様はフォンターナの当主代行にふさわしくない判断をした者であると言われ続けるでしょうね」

「でも、断らないのも自ら崖があると分かって進むことになる。どうすればいいんだ、リオン」

「……使者に対して言質を与えない。上手くはぐらかす。そうするしかありませんね」

「はぐらかし、か。あるいは……。あー、こういう権謀術数みたいな話は俺のいないところでやってほしいよ」

「仕方がありませんよ。では、私の方でも使者への返答を考えておきましょう」

「すまん。頼むよ、リオン」

リオンと目を合わせてうなずく。

リオンならばうまい返事を考えてくれるだろう。

が、それもどこまで通じるのかはわからない。

王命はその内容までもがすでに周囲へと漏れているのだ。

当然、それはメメント家やラインザッツ家も知るところだろう。

つまり、パーシバル家を食ってさらに大きくなったその二家がフォンターナ家の敵に回る可能性がある。

王家というのはフォンターナ家にとって本当に疫病神みたいなやつだなと思ってしまった。

が、嘆いてばかりもいられない。

俺はさらに情報を集めるように指示して、フォンターナ家の今後の動きを考えることにしたのだった。

「それで、貴殿はその王命に対してどのように返答する気なのかね？」

「王命の内容はフォンターナ家が覇権貴族となり王家と同盟を結ぶことです。そして、その後、フォンターナ軍を王都圏に置いて周辺の貴族間の問題を解決すること。現実的に考えてそんなこと無理がありすぎますよ、ピーチャ殿」

「では、貴殿はその王命を断る、ということになるのか」

「いえ、断るのも角が立つかもしれないのがなんとも困るところです。ですので、言い方は悪いですが、王命は利用しようと考えています」

「利用？　王命をか？」

「そうです。王命を伝えに来た使者に対してはこう答えます。その命令を受けたいが、最近また北の森の奥で不死者を目撃したかもしれないという不確定情報があり、不死者に対応するために今はフォンターナ領を離れることはできないと答えるのです」

「……不死者は本当にいるのかな？　そうであれば、たしかに領地を治める騎士として、あまり領地を離れるわけにはいかないが……」

「目撃者がいたため目下確認中である、とします。万が一を考えて、不死者の有無がはっきりするまで領地を離れられないというのがここでは重要なのですよ」

「なるほど。しかし、それは断り文句としては使えても、王命を利用するということにはならないのではないかな？」

「ここまでならそうでしょうね。ですので続きがあります。フォンターナ家は覇権貴族としては動けずとも、周辺の動乱を抑えるために動くことを約束するのですよ」

「周辺を抑える、というのはつまり我らフォンターナ領の周りの貴族領を抑えるという意味か。……そうか。王命を大義名分として利用しようというわけか」

「そういうことです。王都圏まで軍を引っ張っていくことはできないが、なんとか北部だけでも土地を安定させるために動きますと答える。メメント家とも迷宮街譲渡の際に北部への不干渉を取り付けているのでこれからは動きやすくなるはずです」

「メメント家との約束はカーマス領の切り取りで果たされたのではないのかね？」

「いえ、あくまでも北部の貴族領とフォンターナ家との間の問題に対して干渉しないようにという話を取り付けています。なので、カーマス家以外にもそれは当然適用されてしかるべきですよ」

「……ふむ。つまり、話をまとめるとフォンターナ家としては王家の使者に王命を伝えられた際には不死者の存在をにおわせて動けないものの、北部を安定化させるためには動くということか。その考えは悪くないと思う」

「賛同していただいてありがとうございます、ピーチャ殿。で、ここからもう一つ気にかけておくべきことがあるというのがリオンの意見です」

「まだなにか気になることがあるのかな？」

「はい。リオンが言うには王命を携えた使者を送るほどなら、やはりなんとしてもフォンターナ家を引っ張り出したいと考えるのが普通だそうです。そのためには向こうはどう動くかというと、報酬を提示する可能性があるようです」

「報酬？　王家からなにか頂戴できるものがあるのだろうか」

「可能性として一番大きいのは、地位、でしょうね。もしかしたら、騎士から貴族へと取り立てるという話があるかもしれないということです」

リオンの考えをピーチャへと話す。

ピーチャはバルガスと同じ戦場を駆け抜けて出世を続けてきた元農民なのだが、今いるフォンターナの当主級の中では話がわかる人間でもある。

同じように旧ウルク領の一部を与えられたビルマの騎士エランスなどはもっと領地を広げたいという欲が強い。

が、ピーチャは元レイモンドの子飼いの騎士だったにもかかわらず、カルロスに認められてアインラッド領をもらったことを誇りに思い、今は恩を返そうという意思が強いようだ。

そのためか、アインラッド軍は治安維持のための必要最小限に抑えて、フォンターナ軍に仕官し、将軍としてひとつの軍を率いることに決めたのだ。

カルロスの遺児ガロードのために、フォンターナ軍で活動しようというわけだろう。

だからこそ、この話を使者が来る前に話し合える。

王家の使者はもしかしたらフォンターナの騎士を貴族へと取り立てる可能性があるというものである。

現在、いくつもの貴族領というのが存在しているが、その多くが「王家が貴族として認めた」ことによって貴族たり得ている。

つまり、独自の魔法を持つ家であっても、王家が貴族として領地の所領を認めていない限りは土地の不法占拠と同じなのだ。

実効支配をするだけなら力さえあれば可能だが、名目上であっても王家から正式に地位を認められていないと軍を構成する農民が集まりにくいなどといったデメリットがある。

なので、貴族家のほとんどは王家から貴族であるという証明をもらっているのだ。

使者はそこをついてくるのではないかとリオンは言った。

例えば、俺に対して「今ならバルカ家を正式に貴族にしますよ」と囁いてくるかもしれないのだ。

だが、そんな目先のことに飛びついてしまったら、俺の未来は王家のために使い潰されてしまうだろう。

が、それに飛びつくかもしれない者がいないとも限らない。

独自魔法を持つバイト兄のバルト家やカイルのリード家、あるいはもしかしたら生き残りがいないとも限らないウルク家やアーバレスト家の人間を見つけ出して神輿を担いで、フォンターナの騎士たちをそそのかすかもしれないのだ。

人間誰しも欲がある。

自分が、あるいは婚姻関係を結んで自分の子孫が貴族になれるかもしれないと考えたとき、フォンターナの騎士の中にはその話に飛びつく者がいるかも知れない。

だが、そんなことは許されない。

フォンターナ家が独立して自分たちのことは自分たちで決めるためには、一致団結して行動していく必要があるのだ。

「つまり、貴殿はこう言いたいのだな。フォンターナの騎士は王家からいかなる誘いがあっても受けてはいけない、と」

「そうです、ピーチャ殿。王家を含めた他家からはどんな物を受け取ってもいけません。たとえそれが他貴族からの手紙だったとしても、フォンターナ家に報告するように決まりを作りましょう。騎士の勝手な判断でフォンターナが危機に陥ることだけは避けなければなりませんから」

「なるほど。だからこうして事前にこちらへと話を持ってきたのか。では、そのことをフォンターナ憲章に新たに書き加えることにしよう。臨時評議会が必要だな」

「ええ。今回はピーチャ殿が評議会の開催を提案してください。お願いできますか？」

「心得た」

こうして、フォンターナ憲章には騎士に対しての禁則事項として、他家からの報酬の受け取り禁止や手紙などの情報を上に上げる義務などが追加された。

そして、そうこうしているうちに王家からの使者がフォンターナの街へとやってきたのだった。

◇◇◇

「……以上が王家より発せられた王命である。フォンターナ家は速やかに王家と同盟を結び覇権貴族として行動することを願うのみである。返答はいかがか、フォンターナ家当主代行アルス・フォン・バルカ殿」

「大変光栄なお話ですが、現在フォンターナ家は北の森にて目撃情報のあった不死者に対しての対処に集中しています。そちらが片付かぬ限り、フォンターナ軍は軽々しく軍を遠方まで派遣しつづけるのは難しいかと存じます」

「なに？　そのような情報はなかったように記憶している。不死者など本当に出たのだろうか？」

「目下確認中です。しかし、数年前に我が目ではっきりと不死者の存在を確認している以上、完全に無視して行動することはできかねます。ご容赦を」

「それならば、私からも教会に願い出て、すみやかに浄化の儀式を執り行える大司教を要請いたしましょう。さすれば、不死者が出たとしても早急に対処できるはず。であれば、フォンターナ家が覇権貴族として行動することに問題はありますまい」

「いえ、それには及びません。フォンターナ領にはすでに大司教様がおられます。そのため、いつでも浄化の儀式を執り行うことは可能。ですが、だからといってこの地を空にして王都圏まで出向くにはフォンターナの力は強大ではありません。腑甲斐ない話であります」

「……すると、フォンターナ家としては王命には従えぬということですかな？」

「滅相もない。そのようなつもりは毛頭ありません。が、現状では動くことかなわず。現在のフォンターナ家の状況を正確にお伝えしたに過ぎません」

「分かっておいでではないようですな、フォンターナ家の当主代行ともあろう者が。古来、この国は王家と貴族によって統治されてきたのです。今、王家は初代王に忠誠を誓った名門フォンターナ家に対して要請しているのですよ。今こそこの地を正常な状態に戻すべきときである、と。もっともバルカ殿は正確にはその気高き血が流れていない農民出身のようで、ことの重大性が正確に推し量れていないようですが」

「……お言葉ですが、貴族家というものの存在意義を使者殿も当然ご存じでしょう。かつて初代王がこの国を興して以来、各地の統治を各貴族家にまかせてきました。それはなぜか。それは広大な国土に出現する不死者に即座に対応するためです。我がフォンターナ家は初代王より与えられた本来の役目を果たすべく注力しているということです。まさか、初代王のころよりの貴族の役目を放棄せよ、などとは王もおっしゃいますまい」

「し、しかし、不死者などという存在は長い間出現していない。そのようなお伽噺《とぎばなし》にかまけて国の安定を蔑ろにするわけにはいかん」

「これは不思議なことをおっしゃりますな。つい数年前に不死者の存在が確認されたのは記憶に新しいところ。もしや、王都圏という安全なところにおられた使者殿はそのような話は与太話だとお思いなのでしょうか。であれば、当時不死者の存在を認めた教会のことも全く信じていないということになるのでは？」

「そんなことはない。そんなことを言っているのではない。バルカ殿、あまり話を曲解しないでいただきたい。ただ、私が言いたいのはフォンターナ家は王命を蔑ろになどしないであろうということだけだ」

「これは失礼しました。わたしの早合点を許していただきたい。そして、使者殿の言う通り、フォンターナ家は王家を蔑ろにしているなどあろうはずがありません。それは先の王を守って戦った先代当主の行動をみても言えるでしょう」

「では、王命を受けるということでよろしいか？」

「ですから、先程からお伝えしている通り、現在のフォンターナ家はこの地を離れるわけにはいきません。代々この地を守ってきた貴族としてまずは民の安寧を守るためにも、不死者への対応に専念したいと申しているのです」

しつこいなこいつは。

王命とやらを携えた王都からの使者がフォンターナの街にやってきた。

思ったよりは早く、まだ暑くなる前に到着した。

どうやら、移動の速い騎竜などを用いて急いで移動してきたようだ。

その使者と早速面会し、王命とやらを正式に聞いた。

そして、それは事前にリオンから聞いていた通りの内容だった。

王家とフォンターナ家で同盟を結び、フォンターナ家が覇権貴族として行動することを求めるという内容だ。

もちろん、そんなのは無理だ。

事前にほかのフォンターナの騎士とも話し合い、この王命はなんとしてもスルーする方針であることを決めている。

が、思った以上に粘ってくる。

不死者目撃情報というのはそれなりに重大事項なはずだが、それでもガンガン押してくる使者。

向こうも、なんとしても話をまとめてこいと言われてここに来ているのかもしれない。

上からの命令で大変だとは思うが、こちらも引くわけにはいかない。

暖簾に腕押し作戦でなんとか穏便に断ろうとしていた。

「なるほど。ではこうしようではありませんか。フォンターナ家が軍の一部だけでも王都に置くというのはどうか。これならフォンターナ領での有事にも対応できるでしょうし、王都圏の安全を守ることもできる。いかがか？」

「……は？　いえ、それは難しいですね。フォンターナ軍は精強なれど、ほかの大貴族ほどの大軍ではありません。分割した軍でできることなどたかが知れているでしょう」

「まさか、謙遜するものではない。フォンターナ軍の強さは今、すべての者が知り得るところだ。それになにより、バルカには魔獣部隊がいると聞き及んでいる。かのパーシバル家の討伐戦では大いに活躍したともな。そうだ、それがいい。魔獣部隊を王都に配置しよう。さすれば王もお喜びになる」

「……使者殿。それは我がバルカの持つヴァルキリー部隊のことを言っておられるのかな？」

「然り。そのヴァルキリーなる魔獣型使役獣がいれば王都圏は安泰だ。これは王命である。すみやかにフォンターナ家は魔獣をすべて王都に送るように。これに逆らうのであれば、王への反抗として見られてもおかしくはないということをご承知いただきたいところですな」

こいつ、まじで言ってんのか？

まさか、最初からこれを狙ってフォンターナの街に来たのか？

ヴァルキリーをすべて王都に置け？

……もしかして、ここにきた足の速い騎竜のこととも関係しているのかもしれない。

普通の使役獣はその人の魔力によって姿形が変わるため、その人が死んでしまうと同じ使役獣を手に入れられなくなる。

が、例外はなんにでも存在する。

もしかしたら、手に入れたヴァルキリーを使って王都で繁殖させる術があるのかもしれない。

あるいはヴァルキリーが使役獣の卵を使って量産できることを知っているのだろうか？

だが、この使者と話していて分かった。

こいつは、いや、王家はフォンターナのことを、その当主代行の俺のことをかなり下に見ている。

王が命じているんだからごちゃごちゃ言わずにやれという雰囲気がプンプンしている。

これはやはり、俺が舐められているということにほかならないのだろう。

というか、なんで王家の命令を俺が聞かないといけないんだと今更ながら思った。

俺は死んだカルロスに忠誠を誓ったが、王家にはかけらも忠誠を誓っていない。

それに王を守って死んだカルロスの働きを少しも労うこともなく、こちらから都合よく奪っていこうというのも気に食わない。

一番気に食わないのはヴァルキリーをよこせと言い出したことだ。

それを聞いた瞬間、頭に血がのぼった。

つい昔のことを思い出してしまった。

そういえば、俺がこんな戦いばかりの生活になったのも、かつてバルカ村に来た兵士がヴァルキリーをよこせと言ってきたことが始まりだったなと思った。

そして、これまでの人生で学んできたことのひとつに「話し合いを実現するには同じテーブルにつく必要がある」ということだ。

今、俺は目の前にいる使者と話しているがその奥にいる相手は王家だ。

その王家は俺が対等なテーブルで交渉すべき相手とはかけらも認識していない。

王家にとってみたら俺はただの成り上がり農民で、王の命令には無条件に従うべき相手だと思われているのだろう。

つまり、いくらこの使者と言葉を交えてもあまり意味がないのかもしれない。

じゃあ、どうすればいい？

そう考えたとき、ふと思いついた。

王家とは手を切ってもいいんじゃないか、と。

上から目線で不条理な命令をしてくるくらいならそれが一番いいんじゃないか？

そうだ、そうしよう。

「バイト兄、やれ」

「おう」

俺はいいアイディアを思いついた次の瞬間、行動に移した。

謁見の間にいたバイト兄に一声かける。

その短い俺の言葉を聞いて、バイト兄はすぐさま動いた。

俺の言いたいことを余さず理解して。

次の瞬間、フォンターナの街に訪れた王家の使者は二度と王都の土を踏むこと無く天に召されることになった。

使者の仕事も大変だな。

つい他人事のようにそう考えてしまった。

こうして、フォンターナ家はなんの前触れもなく、唐突に王家と決別する姿勢を打ち出したのだった。

◇◇◇

「どういうつもりだ、バルカの。王家の使者に手をかけるなど断じて許されることではない。そんなことをしてどうするつもりだ」

「落ち着いてください、エランス殿」

「これが落ち着いていられるわけないだろう。このことが王都に知られたらどうなる。フォンターナ家は窮地に立たされるぞ。この使者に刃を向けるということは、それすなわち王家への反逆だ。パーシバル家と同じ道をたどることになる」

「どのみち、結果は同じでしたよ。この使者はヴァルキリーをすべて王都に送らなければ王家への反抗とみなすとまで言った。そんなことはできない。もともとこの王命自体が無理難題をフォンターナ家に押し付けて、上手くいけば戦力を王家に出させ、そうでなければフォンターナと他の大貴族を争わせることを目的としています。つまり、どのみち、戦になる。結果は同じです」

「しかし、そうならないように話をするというのではなかったのか。そもそも、同じ結果などではない。王命を実行できずに他の大貴族と争うことになるのと、王の使者に手をかけてすべての貴族家を相手にするのはまるで違う。とくに王家と明確に敵対するのはまずいのだ」

「いえ、この際はっきりさせましょう。フォンターナは王家と手を切りましょう。王家の命令を聞いていたら、次はガロード様もカルロス様の二の舞になるかもしれない。そんなことは許されない」

「手を切る？　王家とか？　それは本気で言っているのか、バルカの」

「もちろんです」

「そんなことができるものか。それが分かっていないというのであれば本気でものを知らない愚か者だと言われても仕方ないぞ、バルカの。王家からは他では絶対に手にはいらない物を購入している。王家が衰退したとはいえ、いまだにどの貴族家からも別格に扱われているのには理由がある。それを知らないとは言わせん」

「塩、ですね。王家だけが塩を売っている。これが手にはいらないとなればいかに強大な力を持つ貴族家でも生きてはいけない。だからこそ、王家は今も存在し続けている」

「そのとおりだ。だからこそ、何度でも言おう。王家とは上手く付き合っていかなければいけないのだ。たとえ無理を言われても、使者に手をかけることなどあっていいはずがない。この責任をどうとるつもりなのだ、バルカの」

俺がバイト兄に命じて使者を倒した。

そして、バイト兄はそのまま謁見の間を出ていった。

この場には使者とその部下の数名がいただけだが、フォンターナにきた使者御一行様はほかにもいる。

それらの身柄を押さえに行ったのだろう。

そこまで状況が動いたときになってようやく周囲が動き出した。

あまりの凶行に思考が追いついていなかったフォンターナの騎士たちが一斉に俺のもとに近寄り、詰問してくる。

そのなかでも一番声の大きかったビルマ領を治める騎士エランスと俺は話していた。

まあ、いきなり使者に武器を振るって襲いかかるのは俺もやりすぎだったかなと思わなくもないが、もうやっちまったものはしょうがない。

ここはもう、これは既定路線だった的な雰囲気で押し通すしかないだろう。

というか、俺の中ではもう完全に王家から気持ちが離れているから、今更頭を下げろと言われてもする気もないし。

そんな俺にあれこれ言ってくるエランスだが、最終的に行き着くのが王家の持つ最大の価値についてだ。

もうずっと前に崩壊しているこの国で、いまだに王家がそれなりに重要な位置に残り続けているのは理由がある。

戦力的には大貴族に対して圧倒的に劣っている王家がそれでも覇権貴族と同盟を結んでその地位を維持しているのは、なにも権威という形のないものだけのためではない。

王家には他の貴族家にはない力がある。

それは王家だけが持つ「塩の販売」だ。

塩は人々の生活に絶対に必要になる品で、それがなければ生きていけない。

どんなに魔力量を増やした貴族であっても、生命活動を行う以上、塩は必須なのだ。

その塩を王家だけが販売している。

すなわち、王家と敵対するということはその塩を手に入れられなくなってしまうのだ。

塩の専売。

なぜ、王家だけがそれをできるのか。

実は初代王が興したこの国の土地は、塩を手に入れられる場所がない。

大雪山や湿地帯、あるいは大渓谷などに囲まれて、他の国ともまともに行き来できない陸の孤島になっているこの地は海と接していないのだ。

つまり、海から塩を採ることができないのだ。

そして、残念なことにそれ以外にも塩を採取できる場所は存在しない。

いくら貴族家が独自に力を蓄えても、塩という生存に必須な物を握っている王家とは完全に手切れできないということを意味している。

では、どうして王家はそんな陸の孤島で塩を独占販売してその地位を保っていられるのか。

それは王家の持つ力が関係している。

つまり、魔法だ。

王家の持つ魔法は何を隠そう、塩を作り出すという魔法なのだ。

現在の王家は王族が魔法で塩を作り出し、それを販売している。

かつて、初代王がすべての魔法使いを率いてこの地を統一し国としてまとめたのも、塩を作り出せるという理由が大きかったのだろう。

ちなみに、まだ力のあった頃の王家にはその強大な力を使った大魔法と呼ばれるものが存在した。

残された文献では、光の柱がたったあとにはそこにある全ての物質が塩に変換され崩れ去ったとされている。

街ひとつ、あるいは軍をまるごと包み込む【裁きの光】と呼ばれる防ぐこともできない強力無比な魔法は王家の大魔法としてすべての人々から畏怖の対象となっていたのだ。

そんな大魔法はすでに失われているものの、王家だけが塩を作り出せるという状況は変わっていない。

なので、エランスの言う通り、王家の使者を手にかけてしまった今、フォンターナ家は今後塩を手に入れられなくなるかもしれない。

そうなれば、いかにフォンターナが発展しようともいずれフォンターナ家は瓦解する。

だからこそ、エランスは俺にものを知らない愚か者とまで言い切ったのだろう。

「塩については心配いりませんよ、エランス殿」

「なに？　そんなはずないだろう。王家と敵対した以上、すべての関係者に話がいく。塩を入手することは著しく困難になるのは明白だ」

「ですから大丈夫です。塩が手に入らなくなることはありません」

「……それは真か？　いや、到底信じられない。どう考えても、今後塩の調達は困難になるはず。口先だけでは話にならん。塩が手に入れられるというのなら、それを証明していただきたい」

「では、これが証拠ということで。塩は今後、私が作りますよ。我がバルカが塩の販売を始めます」

「……なに？　ば、ばかな。塩を作れるというのか？　そんなことがあるはずが……」

「お疑いならこれを手にとってみてください。ひとくちでも口に入れていただければそれが塩であるということはお分かりになると思いますよ。もっとも、王家の塩とは少し違いますが」

今後の塩の入手についてどうするのか、と問い詰めてくるエランスに対して俺が用意すると言った。

そして、その証拠となるものをエランスへと手渡す。

俺が魔法で作った塩だ。

俺は魔法で塩を作り出すことができる。

実ははるか昔から塩を作ることはできた。

最初に塩を作ったのは作物の品種改良のときだ。

濃い塩水を作ってそこに種籾を入れて選別する方法をとったとき、塩を大量に水に入れて親に怒られたのだ。

なので、自分の魔法で塩を作って濃度の高い塩水を作り選別することにしたりしたのだ。

だが、その塩を大々的に作って販売したりはしなかった。

幼い頃から武器購入のために金を稼ぐ必要があったが、それでも塩の販売だけには手を付けなかった。

王家だけが専売している塩相場に農家の子どもが手を突っ込んでまともに済むはずがないことはさ

すがに理解していたからだ。

しかし、今はそんな農家の子どもではない。

今ならば、塩を魔法で作って販売してもなんとかなる。

というか、俺だって何も考えていなかったわけではない。

王家だけが作れる塩をこちらも作ることができるからこそ、思い切った行動に移れたのだ。

ちなみに俺が作る塩は岩塩っぽいもので、王家のは海水から作った天日塩みたいな味でちょっと違いがある。

が、口にすればそのどちらも塩であるというのはエランスにも分かったようだ。

「これは驚きました。こんな隠し球を持っていたんですね、アルス様は」

「どうだ、リオン？　間違いなくそれは塩だろう？」

「ええ。少々味が違うようですが、おそらくこれは塩で間違いないのでしょう。これを作る魔法はもう呪文化しているのですか、アルス様？」

「いや、まだだな。だが、王家と決別するのであればすぐに呪文化するつもりだ。これで塩の調達については問題なくなる」

「では、エランス殿に代わって私からもいくつかアルス様に質問があります。お聞きしてもよろしいでしょうか」

「ああ、もちろんだ」

「王家に剣を向けて、塩を作り出す。これはもう言い訳しようにもできない王家への反抗です。このことを実行するアルス様の真意をお聞きしたいのです。アルス様はこのフォンターナをどこに向かわせようとされているのでしょうか」

「そうだな。俺の考えは至って簡単だ。もうこれ以上、フォンターナの未来を外部から手を出させないために、フォンターナは今こそ自立すべきだと思う」

「……自立。フォンターナ家が自立する、と」

「そうだ。そこで俺は皆に提案する。フォンターナ家はこれより王家や他の貴族家とのしがらみを脱して、自主自立すべきだ。すなわち、フォンターナ家当主であるガロード様を元首として国を興す。俺はガロード様を国王としたフォンターナ王国の建国をここに宣言する」

王家がフォンターナ家や俺を格下にみて無茶振りばかりしてくるという現状を打破する方法。

おとなしく言うことを聞くか、反逆罪に問われても命令を無視するか。

いくつか選択肢はあるのだと思う。

が、相手と対等の関係で話し合いをしたいのであれば、相手を自分たちと同じ領域まで引きずり下ろすか、あるいはこちらが相手の領域まで上り詰める必要があるだろう。

なので、今回は相手に合わせることにした。

たったひとつの王家という存在。

塩という生命維持に必要なものを独占販売する王家と交渉するなら、とりあえず相手と同じことをしてみるというのはどうだろうか。

フォンターナでも塩を販売し、そして、王位につく。

すなわち、ガロードを国家元首として国王にして、お互いが王という立場同士で交渉するのだ。

つまりは、フォンターナ王国という国を建国するということだ。

こうして、使者を亡き者にしたとき以上に再び謁見の間には大きな動揺が広がったのだった。

◆◆◆

「いいか、リオン。あの大馬鹿者が王家の人間に接触しないように気を配っていろ。絶対に王やその側近、そしてその部下を含めて誰とも近づかせるな」

「……その大馬鹿者というのはアルス様のことでしょうか、カルロス様？」

「当たり前だ。この世界広しといえども、アルス以上の大馬鹿者がいるとお前は思うのか？」

「アルス様は時々こちらの想像もしないことをしでかしますが、別に考えなしというわけでもないと思いますが……」

「そうだな。やつは考えなしではないだろう。だが、大馬鹿者だ。それがなぜかわからんのか、リオン？」

「……アルス様には悪いですが、カルロス様の言いたいこともわかるつもりではありますす」

「そうだろう。やつは馬鹿だ。それは別に頭が悪いなどと言っているわけではない。常識がないのだよ。誰もが普通に持って生活している常識がな」

「そうですね。アルス様とは姉を通して今まで付き合ってきましたが、その人柄はある程度私も分かっているつもりです。その中で感じるのはやはり、異質である、ということでしょうか。……アルス様の中ではおそらくすべての人は同等の価値を持つというような認識があるように思います」

「同等か。あいつはたまに平等などというわけのわからんことを言うが、それも同じだろうな。ヤツにとってはすべての人間の価値は基本的に同じだ。それはつまり、高貴な存在というのを完全に否定していることになる」

「確かに。おそらくアルス様は相手が貴族やあるいは王族であるというだけで無条件に従ったりはしないかもしれません。まあ、考えなしではないですから、ある程度は相手の身分を考慮した行動や発言をするでしょうが、それだけでしょうね」

「ああ。普通ならば産まれたときから骨の髄まで刻み込まれている貴族などに逆らってはいけないという感覚があいつには全く無い。だからこそ、レイモンドを討ったあとこの俺ともごく普通に停戦交渉をしてきたし、アーバレストの当主やウルクの当主級を討ち取ってもさも普通のことをしただけだという感じだったからな」

「つまり、カルロス様は今フォンターナ領に滞在している王家の方々がアルス様と会えば、なにか問題を起こすことを憂慮されているということですね？」

「まあな。あの馬鹿者は何をきっかけにどう動くかが俺でも読めん。であれば、そんな危険人物とは会わせないことが問題を起こさない一番の対策ということになる」

「わかりました。アルス様には王家の方々が接触しないようにこちらが配慮しておきましょう。お任せください、カルロス様」

ふと、以前カルロス様と話した内容を思い出してしまった。

カルロス様から見たアルス様の異常性。

それは、アルス様が誰もが持っている貴き者を敬うという心をまったくもっていないという点だった。

アルス様はどうも人の価値、あるいは命の価値は同等であると認識しているふしがある。

が、完全に同等でもないようにも感じる。

おそらくだが、アルス様の中ではご自分の命が何よりも価値があるものとして映っているのではないだろうか。

それこそ王家はもとより、ご自分が忠誠を誓った相手であるカルロス様でさえもそうなのではないかと思うときがあるくらいだ。

あとは弟であるカイルやヴァルキリーに対しても優先順位が高いように見受けられる。

が、逆に言えば自分やカイル、ヴァルキリーに対して以外は等しく価値が同じなのだ。

それでも他の騎士たちに対してある程度失礼のない範囲で対応はできている。

多分、これは相手の役職をみて判断しているのではないだろうか。

決して、生まれの良さで相手を尊ぶといったことが無い。

それがアルス様だった。

そして、そのカルロス様の危惧は現実のものとなった。

王命を携えてやってきた使者が、アルス様によりによってヴァルキリーを要求した。

その瞬間、部屋の中の空気が完全に凍った。

それまでとなんら変わらない表情で使者に対応していたアルス様から、恐ろしく暴力的なまでの魔力が放出されたのだ。

「バイト兄、やれ」

そして、その凍りついた中で一言発せられたアルス様の声。

不覚にも私はその言葉の意味をすぐには理解できなかった。

だが、この場で唯一それを理解できた者がいた。

いてしまった。

アルス様の兄のバイトさん。

彼は一言「おう」とうなずいた瞬間には、硬牙剣を【武装強化】して斬りかかったのだ。

誰もが止めることすらできなかった。

結果、不用意な言葉を発したために王の代わりとしてやってきたはずの使者が事切れた。

どうするつもりなのだろうか？

多くの騎士がアルス様に詰め寄り、問い詰めている。

とくにエランス殿が言うように王家に剣を向けるのはさすがに相手が悪い。

普通なら王家に剣を向けるというだけでもありえない。

が、それだけではなく実利の面から見ても絶対にしてはいけない行為だろう。

なぜなら王家は唯一塩を販売しているからだ。

今までどれほど力をつけた貴族であっても王家を完全に蔑ろにしなかったのは、塩の販売を王家だけが行えるからというところにある。

たとえ三大貴族家と争うことになろうとも、王家とだけは敵対してはならないのだ。

だが、そんな常識さえもアルス様は軽々と超えてきた。

塩を作れる？

そんな魔法を持っているなど今まで聞いたこともなかった。

だが、アルス様から受け取った塩は間違いなく本物だと自分の舌が理解した。

王家の塩とは少し味が違うが、どうやら岩塩なる塩だそうで色も少し薄赤色をしているが。

今までこんなものをずっと隠してきたのだろうか。

これを作れれば巨万の富を得ることができたはずだ。

金儲けのことをいつも言っていたのだから、これを売りたいと思ったことも多かっただろう。

だが、今までそれは決してしなかった。

王家と揉めることが明らかだから。

カルロス様のいう馬鹿ではあっても、考えなしではないということだろうか。

そのアルス様が王家の使者を討ち、塩の販売をすることを決意した？

ということは、これは事前に考えていた行動なのかもしれない。

「アルス様はこのフォンターナをどこに向かわせようとされているのでしょうか？」

だからこそ、エランス殿に代わって私も訊ねた。

アルス様の本意がどこにあるのかを。

アルス様の狙いがどこにあるのかを。

「……王位、王国。そ、そんなことができるのですか、アルス様。古来より王家はたったひとつです。その王にガロード様をつけるなどと」

「できないことはないだろう、リオン。別に王家がひとつしか存在しないと決まっているわけではないからな。というか、大雪山を越えた東の地にはいくつもの国があり、その国ごとに王家がある。お前もグランからその話を聞いたことがあるはずだぞ」

「そ、それは大雪山の向こうではないですか。ここことは、我らの住む土地とは全く別のもので……」

「違わないよ、リオン。グランも、タナトスも俺たちと同じ人間だ。その同じ人間が住む土地ではいくつもの王家が、王が存在する。つまり、王というのはたった一人しか存在しないものではない。ゆえに、ガロード様が王になるのはなんの問題もない」

……常識外だ。

アルス様は今まで少々常識とは違う考え方をするというのは分かっていた。

だけど、ここまで私たちとは違うのか。

おそらく、この土地で王家以外の者が王になるということを考えた人はいないのではないだろうか。

我らの先祖も、そのはるか先のご先祖ですら初代王に付き従った臣下であり、王は常に一人だったのだ。

それが当たり前だ。

それが常識だった。

だからこそ、だれもが王というのは他にはいない王家の者だけがなれる特別な、それこそ他と隔絶した高貴な者であると思っている。

それは以前グラン殿から東の国々の話を耳にした私も同じだった。

だが、違うのか。

なれるのか。

王家でなくとも、王という存在に。

……面白い。

やはり、アルス様は面白い。

自分が今まで考えもしなかったことを考え、しかもそれを実行できるだけの力がある。

やろう。

この流れを断ち切ることなんてできはしない。

初めてアルス様と会ったときから決めていたんだ。

私は、グラハム家の未来をこの人にかけると。

「わかりました。やりましょう、アルス様。このリオン・フォン・グラハム、ガロード様を国王としていただきフォンターナ王国として自主自立するというお考えに賛同いたします」

そう言って、私はアルス様に同調する考えを明確にした。

そして、アルス様の座る領主の座に向かって臣下の礼をとる。

そして、この日を以って我々のフォンターナ領は王家から独立し、フォンターナ王国としての新たな歩みを始めたのだった。

◇◇◇

「ありがとう、リオン。お前ならそう言ってくれると思っていたよ」

フォンターナ王国を建国する。

俺がそう言った直後、少し考えた顔をした後、リオンはその考えに賛同した。

なんというか、結構意外だ。

つい先日まで王都圏にいて活動していたリオンはもう少し反対するかと思ったが、どういう心境かあっさりと了承した。

まあ、それならそれでありがたい。

「エランス殿、あなたはどうされますか？」

「……本当に、本気で言っているのか。ガロード様を王位につける？　そんなことができるというのか」

「ええ、我々は本気ですよ、エランス殿。そもそもの話としてすでに王家にはなんの力も無い。にもかかわらず、王家やその取り巻きはこうして王命という形をとって、フォンターナに打撃を与えようと画策してきたのです。それとも、エランス殿は王命に唯々諾々としたがってフォンターナがすり潰されたほうが良かったと、そう言いたいのですか？」

「違う。そうではない。だが……」

「それにこれは絶好の機会であるとも言えますよ」

「絶好の機会？」

「はい。エランス殿や他の騎士の面々が貴族となる、またとない機会なのですよ」

「……貴族？　この私が？」

「そうです。もちろんでしょう。ガロード様が王位につくということは、当然その直属の配下であるフォンターナの騎士は王を支える貴族となるのは当然の流れではないですか。今、フォンターナを王国へと生まれ変わらせることで、あなたは貴族へとなるのですよ、エランス殿」

「貴族……、私が貴族となる、なれるのか」

「はい。ですが、もちろん王国の建国に反対するのであれば王に従う貴族とはなれないでしょう。今一度問います、エランス殿。あなたはこの機会を棒に振るおつもりですか？」

「い、いや、しかし……」

「なに、あまり深く考えることでもありませんよ。フォンターナを王国へ、それに伴い貴族になるとは言っても現状とはさして変化はありません。身分が繰り上がるだけですからね。ただ、ここだけの話、私はエランス殿はほかの騎士とは違う、特別な貴族家になってもらいたいと考えています」

「特別な貴族家？　なんだそれは？」

「今のフォンターナの騎士は二つに分かれています。私やピーチャ殿のように領地を持ちながらもフォンターナ軍に属している者。それとは違ってエランス殿やガーナ殿のように独自の騎士団を持つ騎士。つまり、エランス殿やガーナ殿はフォンターナ軍に属さない独自の勢力を持っている。その方々には辺境伯という地位についていただこうかと考えているのですよ」

「辺境伯というのは他の貴族家とは違うのか？」

「違います。辺境伯は辺境伯領という他国の貴族と広く領地を接する場所を治めていただくつもりです。そのため、即応性を持たせるために、フォンターナの他の貴族家よりも裁量権を広げることも考えています。つまり、他領と接する難しい土地を治めるかわりに通常よりも一段高い地位を持つ貴族家ということになりますね」

「ほう。ということはそれは貴殿のバルカ領よりもということかな？」

「そうなるかもしれません。なにせ、我がバルカ騎士領は小さいですから。まあ、私は現状の大将軍職をそのまま務めることになるので、比べるのは難しいかもしれませんが。それで、どうされますか、エランス殿。返答やいかに」

「分かった。私とて古来よりフォンターナ家を支えてきた騎士家の一員だ。そのフォンターナ家が王になるのを止めることはない。むしろ、これからもガロード様のために働く所存。よかろう、私も王国建国に賛同し、ともに協力していこうではないか」

「ありがとうございます、ビルマの騎士エランス殿。いや、これからは辺境伯殿とお呼びしたほうがいいかもしれませんね。今後もガロード様のためにともに働いていきましょう」

功名心がすごいね、エランスは。

どうしようか。

王国の形が決まっていないにもかかわらず、勝手に辺境伯がどうだと言ってしまった。

が、まあいいか。

切り取ったカーマス領をエランスにあずけてしまおう。

もっとも、かわりに今のビルマ騎士領からの転封ということで、もとの領地はフォンターナに返してもらおうか。

領地の広さが広がれば文句は言わんだろう。

そして、その話の流れのまま、イクス家のガーナもついでに辺境伯にしてしまった。

こっちもちょっと領地をいじろう。

今はバルガスのバレス騎士領も防衛の必要がある位置にあるが、それをガーナに押し付けてしまおうか。

ピーチャは明らかに動揺しながらも、王国建国に賛成の意向を示してくれた。

そして、ほかの騎士たちは主な当主級たちが頷いてしまったがゆえに、その流れに乗るしかなくなった。

おそらく不安もあるだろうし、王家に対してなにか思うところもあるだろう。

が、彼らは皆、騎士であって貴族ではなかった。

もしここに、かつてのウルク家やアーバレスト家の直系の者がいたとしたらもっと反対しただろう。

だが、騎士の本分としてはなによりも重要視すべきが、自分たちの家と土地の存続だ。

ここで王家の顔を立てて反対したところで、当主級の実力者たちに無理やり力ずくでその地位と土地を剥奪されてしまう。

自らの家を存続させるためにはここはフォンターナ家の意向に従うしかないのだ。

フォンターナ憲章を作っておいてよかったと思う。

あれは貴族と騎士、領民の権利と義務をまとめた内容になっているが、その本質は勝手に上位者からものを取り上げられたりしないことを保障するものでもある。

そのフォンターナ憲章は王国になっても適用される。

貴族と騎士の関係を王と貴族の関係に変える必要があるが、トップの国王がなんでも好き勝手できるシステムにはならないことをすでに取り決めている。

つまり、フォンターナが王国になっても、実態としては今までとさほど変わらないという安心が建国の支持につながった。

「ひとまず、フォンターナ王国の建国について主だった騎士の同意を得られたものとして歓迎します。ですが、この後どうするおつもりですか、アルス様？　ガロード様を新たに王にするというのは、あらゆる方面に衝撃をもたらすでしょう。そして、当然王家はそれに反対して動いてきます。大貴族にフォンターナを討てと命じるのはまず間違いないですよ」

「俺もそう思うよ、リオン。そのために、急いで動かなければならない」

「というと？」

「将を射んと欲すれば先ず馬を射よ、ってな。こうなった以上、王家とは使者を通してまともに交渉できるとは思わん。だから、王家ではなくほかを狙う」

「戦いでは将ではなくその騎獣を狙うという意味ですか？　つまり、王家ではなく、実際に戦うことになるメメント家やラインザッツ家を狙う？　ですが、そこと戦うのはフォンターナ軍でもさすがに厳しいのでは？」

「そうだな。というか、戦うとは言っていない。交渉するんだよ。塩を使ってな」

「塩、ですか？」

「そうだ。俺はこれから急いで塩を作る魔法を呪文化する。そして、王家の専売である塩相場を壊す。リオンはとりあえず今回のことを王家にうまいことごまかしておいてくれ」

王家の使者御一行はバイト兄がすでに確保している。

つまり、しばらく王都に戻ることはない。

なので、時間を稼げる。

その間に王家には使者との交渉に時間がかかっていると説明しながら、他の勢力と交渉をする。

王家がいまだにでかい面をして他の貴族に命令なんぞしていられるのは、塩という生命維持に不可欠なものを専売しているからだ。

だが、それが他でも手に入るとなればどうだろうか。

大貴族が王家と同盟を結んで覇権貴族になるという理由は無くなる。

王家からフォンターナ討伐命令が出たとしても、無条件に従う必要などは無くなるだろう。

こうして、俺は大至急塩作りの魔法の呪文化に取り掛かったのだった。

◇◇◇

「……なんとまあ。それでこの岩塩を作る魔法を作ってしまったのですか。相変わらず魔法づくりが得意なようですが、今回はかなり急いで魔法を作ったのではありませんか、アルス？」

「……はい。そうですね、パウロ大司教。不眠不休で、魔力回復薬と魔石で常に魔力を補給しながら、ずっと呪文をつぶやいていました。過去最高の速さで呪文化に成功しましたよ」

「寝ていないのですか。いつも健康そうなアルスの顔にクマまでできているのを見るのは初めてかもしれませんね。で、このような塩を作り出したということは例の話は本当なのですね」

「ええ、本当ですよ。ドーレン王家とは完全に手を切ります」

「大丈夫なのですか？　あなたにとってドーレン王家は塩を専売している家という認識なのかもしれませんが、貴族家よりも更に格上の特別な家柄です。そこと敵対することになるのですよ？」

「まあ、なにも問題がないとはいいませんがドーレン王家の命令に従って滅びの道を進むよりは何倍もいいでしょう」

「そうですか。まあ、決意を固めたというのであれば私がこれ以上あなたたちに何かを言うのは野暮でしょう。それで、今日はなんの用なのでしょうか。この塩を見せに来ただけというわけではないのでしょう？」

「もちろんです。実はバルカが作る塩の販売を教会に委託できないかと思っているのですよ」

「……今なんと言いましたか？　教会が塩を販売する？」

「そうです」

「なぜですか？　せっかく貴重な塩を作る魔法を自ら生み出したというのに、それを教会にわたす必要があるのですか？」

「それは塩が貴重すぎるからです。フォンターナ家を王家に据えるにはドーレン王家と同じことができる必要がありました。が、実際に塩を生産できるのはフォンターナ家ではなくバルカ家です。つまり、ほかの者たちは敵味方問わず不安に思うわけですよ。バルカが自分たちの都合の良いようにだけ塩を利用することになるのではないか、と」

「実際、そうできるだけの価値は塩にあるでしょうね。しかし、そうですね。バルカがどれほど周囲に気を配って塩を販売したとしても、その不安が拭われることはない。それを解消するために教会を利用しようというわけですか」

「利用だなんてとんでもない。教会には保証人のようになってもらいたいのですよ。バルカが実際に塩を販売するのは教会に対してだけです。そして、他の騎士たち、あるいはフォンターナ王国外の貴族や騎士たちに対しての塩の販売も教会にお願いしたいのですよ」

「ふむ。教会はその性質上、あらゆる貴族領に建っています。当然、ラインザッツ領やメメント領などの大貴族の治める領地でも。つまり、教会を盾にしようというわけですね？　大貴族がもっと安く大量に塩をよこせとバルカに要求してこないように、教会を販売者として使おうというわけですか」

「理解が早くて助かります。ですが、教会にとっても大きな利益となるのではないですか？　今までドーレン王家の塩の専売に教会は噛んでいないはずです。バルカからの塩を横流しにするだけで確実に儲けが出ますよ」

「……確かに教会側の利点が大きい話です。が、それだけにあなたが無条件でその話を持ってくるとも思えません。揉め事の回避だけが理由ではありませんね？　塩の委託販売を条件に教会にどんな要求をするつもりなのですか、アルス？」

「さすが、話が早いですね、パウロ大司教。教会にはフォンターナ王家の後ろ盾になっていただきたい。具体的にはかつてドーレン王家の初代王に対して行った戴冠の儀式をガロード様に執り行っていただきたいのです」

「戴冠の儀式ですか。……たしかに教会は初代王が国を建てた際に儀式を執り行ったという記録がありますね。そして、それは現在まで続いています。王家から新たに王になる者が現れた際に儀式を執り行うのは教会だけ。それを求めるための塩の販売ですか」

「そのとおりです。ガロード様がつく王位は自称ではだめです。教会に正式に儀式を執り行っていただきたい。そのためにパウロ大司教には動いていただきたいのです」

「うーむ。面白い考えではあると思います。が、それは上層部がどのように考えるかが問題ですね。できればもうひと押し、なにかほしいですね」

「塩の独占販売では足りない、と？」

「それは利権ですからね。もちろん、それ自体は歓迎されるものでしょう。が、周囲を説得するためには即物的なものも必要なこともあります。将来儲かりますよと言われて交渉されるだけよりも、手元にドンと高価なものが置かれた状態で話を持ち込んだほうが、周りを説得しやすいのです。まあ、一般論ですが」

「……ようするに現金がほしいと？」

「根回しをするならあるに越したことはないでしょうね」

「わかりました。教会に喜捨いたしますよ、パウロ大司教。その代わり、戴冠の儀式の件、よろしくおねがいしますよ」

「おや、いけませんよ、アルス。喜捨というのはそのようになにかの代価のためにするものではありませんからね。あくまでも自発的なものに過ぎません。まあ、それは置いておいて、戴冠の儀式について私から上層部にあたってみましょう」

「お願いします」

将を射んと欲すれば先ず馬を射よ、という言葉をリオンなどは他の大貴族を狙うと考えていたようだ。

それも悪くはない。

が、もっと狙うべき相手がいた。

それが教会だ。

教会はこの地に深く根を張っている組織だ。

攻撃魔法などは一切持たないかわりに、あらゆる土地に教会を建て、そこで住民に名付けを行っている。

特に名付けを受けた者たちは生活魔法という便利な魔法を手に入れられるため、この教会の影響力というのは凄まじい。

そこに手を入れないという選択肢はないだろう。

そんな教会に俺は塩の販売を願い出た。

理由はパウロ大司教が言ったように、揉め事を回避する意味がある。

フォンターナ王国内でも塩の販売量や値段は揉めるかもしれないが、それ以上に他の貴族領ではどんな問題が起こるかもわからない。

そこで、販売を教会に委託する。

後で値段交渉する必要があるだろうが、教会に一括して塩を卸して、その後の販売価格などは教会側に任せることにする。

バルカ側は大きく儲けることは狙わず、安定した販売先を確保するだけでもいいだろう。

なにせ元手は魔力だけで済むのだから。

そして、その揉め事回避以外の狙いがあることもパウロ大司教は察してくれた。

それはガロードが王位につく際の手続きを引き受けてもらうことだ。

勝手に王家を名乗って、地方政権を打ち立てるだけでも十分といえば十分だが、できれば正当性はあったほうが望ましい。

が、現在ある唯一の王家であるドーレン王家は絶対にフォンターナ家が新たな王家になることを認めはしないだろう。

ならば、教会にその正当性を認めさせる。

戴冠の儀式は初代王から続けられている儀式であり、それをガロードに執り行うことができれば十分だろう。

なんだかんだで、フォンターナ家も長い歴史をもつ貴族家なので、実はその途中で王家から姫をもらい婚姻関係を結んでいたこともあるようなのだ。

言ってみれば、ドーレン王家とは親戚関係でもあるわけで、王位を名乗ってもまあギリギリ許される家柄ではあるということになる。

だが、その戴冠の儀式のセッティングに再び教会から金銭を要求された。

しかも、今までにないくらいの金額だが、どれだけの関係者にばらまいて説得する必要があるのだろうか。

……よく知らないが、これは大貴族でもそうそう払えない金額なのではないだろうか？

まあ、払うけど。

けど、フォンターナ家の財布だけで払ったらすっからかんになりそうなので、バルカのお財布からも支払うことになってしまった。

というか、また金欠になりそうなので、追加でバルカ銀行券を発行して金を調達したりした。

こうして、新たな借金を重ねながらなんとか、王国建国に向けての第一歩を歩み始めたのだった。

◇◇◇

「アルス様、一応要求されたものは書き出しておきましたよ」

「ありがとう、リオン。仕事が速いな」

「ええ、なんと言ってもリード家の魔法がありますからね。王都圏でいろいろ活動していたときに情報を集めていたのも大きいですが」

「いや、助かったよ。リオンが勤勉なやつで助かった。まさか、王都に行っていたときにかつての王政の仕組みなんかを調べているとは思わなかったからな」

「アルス様の影響でもありますけどね。行く先々で本を収集されているでしょう？　私もアルス様のやっていることを見ていたので、つい初めて行った土地では古い文献などを調べるようにしているのです」

「なるほどな。それで歴史書なんかの文献についてもよく知っているのか。リリーナも本好きだけど、リオンもよく勉強しているよ。で、これがかつて行われていた王家と貴族の政治体制か」

「そうですね。細かい部分はその時代によってもさまざまです。が、王を頂点として上級貴族と下級貴族に分かれていたようですね。上級貴族が政治に参画して、下級貴族は実務を執り行うことが主だったようです。フォンターナ家もその王国運営をそれらをもとに作ることになるかと思いますが、それでよろしいですか？」

「うーん、難しいところだな。今はこんな世の中だから、なるべく素早く軍を運用できるようにしておきたい。そうじゃないと王国を作っても守っていけないし」

「では、全く新しい政治体制をとるおつもりですか？　そうなると、混乱することになるかもしれませんが」

「だよなぁ……。まあ、とりあえず規範となるのはフォンターナ憲章だ。それを中心に国作りをする。ガロード様が王位につくが、王であってもフォンターナ憲章を守ってもらうことになる。これからのフォンターナ王国は力のある人物ではなく、王国の決まり事が中心に位置することになるだろう」

「確かにそのほうがいいでしょうね。それにあまり王国らしさを出そうとして奇抜なことをしないほうがいいかもしれません」

「ん？　どういうことだ？」

「私は個人的にフォンターナ憲章をすごく評価しています。一番良い点は王の下についても、貴族や更にその下の騎士たち、あるいは平民であっても権利が保障されているという点でしょう。これがすごくいい」

「まあ、そうだろうな。誰だって自分のものを理不尽に取り上げられたりしたら嫌だろうし」

「いえ、それだけではありません。この配下の保護はもっと別の効果も生み出すのではないかと思うのですよ」

「別の効果？」

「はい。それは他の貴族家や騎士家を取り込みやすくする意味があるのではないかということです」

「……ああ、なるほど。他の勢力を吸収しやすいってことか」

「そうです。フォンターナはこれから王国として歩んでいくことになるでしょうが、前途多難です。おそらくは、多くの貴族家と、そして王家とも対決していくことになるかと思います。そして、それを乗り越えていくには戦いで勝つだけでは不足です。味方を増やしていく必要があると私は思います」

「同感だ、リオン。敵対貴族とは戦うこともあるだろうが、できれば、調略なんかで優秀な人材や有力な勢力はそのままフォンターナに取り込んだほうが得策だ。そういう意味では、フォンターナ憲章という決まりがすでにあって、権利の保護を明確にしているのは大きな意味があるのか」

「そう思います。もしも、現在独自の地盤をもつ貴族家がフォンターナ家に帰順するかどうかを考えたときに、自分たちの土地や権利、財産を保障してくれる規約が存在するのであればこちらに味方しやすいでしょう。フォンターナ憲章は必ず王国の助けになるはずです」

「ま、それもある程度独立を保ってからだな。いくら権利の保護を謳っていても、あっさりと攻め落とされるような弱い国ならなんの意味もない。となると、やっぱり王国作りで一番重要なのは防衛力かな」

フォンターナを貴族領から王国に変える。

そのために、教会に塩の委託販売を条件に戴冠式を執り行うように工作をした。

そして、その他に必要なのが国家としての体面だった。

今までのようにひとつの貴族家とその配下の騎士という状態では王家と話をする際に格下に見られてしまう。

そのために、フォンターナ王国の中核を担うメンバーにはそれなりの役職を割り振ることが一番だろうとなったのだ。

が、どんな役職があるのか、どれがどのくらいの位置づけなのかというのが俺にはよくわからなかった。

それを解決してくれたのがリオンの持つ知識だった。

リオンは王都圏で活動していた際に王都圏のいろんな貴族と会い、そして、そこで古い資料なども見させてもらい勉強していたそうなのだ。

そこにはかつて王家に力があり、貴族を従えて政治を執り行っていた時代のことも多く記されていた。

今のような乱世で各貴族が自分たちの都合の良いように領地を切り盛りしているのとは違い、役職ごとに分かれた貴族が王を中心に政治をしていたのだ。

おそらくはフォンターナに残っていた情報量よりも多い知識をリオンは持っている。

そのときの役職名などを教えてもらい、それを割り当てていく。

が、まあ現状ではあくまでも名前だけのものに近い。

しかし、それでも俺はフォンターナ王国の宰相兼大将軍という役職名になった。

文官と武官の両方を牛耳るとんでもない役職の独占ではあるが、国王のガロードが幼く、王家と対等に話をしたい場合にはこれくらいの役職でないと意味がないだろうということで、俺がこの位置に収まることに一応周囲も納得した。

そんな話をしているときに、ふとリオンが言ったこと。

それはフォンターナ憲章の持つ効果についてだった。

リオンがいうには、他の勢力を取り込もうとしたとき、戦いで力ずくで従えるだけではなく、調略などで取り込む際にこれらのルールブックがあったほうが仲間になりやすいのではないかということだった。

そう言われてみればたしかにそうかも知れない。

フォンターナに服属しても、むやみにあれこれ持っていかれないと分かれば、機を見るに敏な者であれば自分から仲間になるかもしれない。

が、まあ、それもしっかりとした王国を作り上げてからだろう。

こうして、リオンと話しながら対外的に有効そうな役職名をどんどん割り振りながら、新たな国を建国する準備が進んでいったのだった。

◇◇◇

「かつてこの地は不毛の大地、魔の領域、人類の生存圏外などと呼ばれていた。

その地にこうして我々人間が魔物から身を守り、不死者の穢れを祓って、生存領域を拡大してきた。

それには長い歴史が必要だった。

我々は先祖代々続く長く、しかし着実な歩みでこの地を人が住む場所へと切り開いてきたのだ。

そうして、その長い歴史の中に登場したのが王家である。

はるか昔に現れた初代王はこの地を平定し、さらなる繁栄をもたらした。

自身の強大な力とともに、塩を作り出すという稀有な魔法を持つことによってだ。

初代王はこの塩を臣下に分け与えることで、多くの魔法使いと共闘しながら各地を治めて国を作り上げた。

それが我々の住む国の歴史である。

しかし、それも暴君ネロ王によって終焉に向かうことになった。

ネロ王は国を分裂させ、王家の力を激減させた。

その結果、どうなったかは皆も知ってのとおりだろう。

それぞれの土地を治めていた貴族家は王家から離れて独自に動き出し、好き勝手に土地を切り取る群雄割拠の様相を呈するようになってしまったのだ。

貴族家が離れたことによって、王家もかつての力を失ってしまった。

それゆえに、塩の供給も弱まった。

かつて、王家が力ありし頃は塩はもっと安く大量に、安定して供給されていたのだ。

信じられるだろうか？

我々は今、塩は貴重品であると認識している。

王家が人々の生存を保障するために供給していた塩が明らかに不足しているのだ。

そして、それを王家は解消できていない。

それどころか、自分たちが儲けを得るために塩の相場が安くならないように供給を抑えている始末だ。

こんなことでは、我々はいつまで経っても貧しいままだ。

この状態はなんとしてでも解消しなければならない。

そのためにフォンターナ家先代当主のカルロス様はこの私、アルス・フォン・バルカに命じたのだ。

フォンターナに住むすべての者が安心して生活できるように行動せよ、と。

そして、今、フォンターナでは塩を安定的に供給するを得るに至った。

カルロス様の遺言を実行することができるようになったのだ。

我々はこれから塩に悩まされること無く生活していくことができるようになるだろう。

そして、それは教会も認めるところである。

かつて、初代王が人々に塩をもたらしたとき、教会は彼の人を王であると認め、その頭上に王である証を掲げたという。

それ以降、その儀式は戴冠の儀式として現在までも続いている。

その教会がこの度、ガロード様を新たな王であると認め、戴冠の儀式を執り行う。

そうだ、つまり、この儀式とともに我らが当主であるガロード様は初代王に次いで、二人目となる新たな王となるのだ。

いわば初代王の再来とも言えるだろう。

ゆえに、この日をもってフォンターナ家は貴族家ではなく、王家となる。

そして、ここに宣言する。

今日という日をもって、フォンターナ家は独立し、フォンターナ王国の建国をここに宣言する。

我々はこれから再び、かつての繁栄を取り戻すのだ。

ガロード・フォンターナ様、万歳！！！」

「「「「ウウォオオオオオオオオォォォォォォォォォォォォォ」」」」

俺が大急ぎで魔法建築したフォンターナの街の教会の建物で声を張り上げる。

今はもう真夏になる。

暑い日差しが降り注ぐ中、大勢の人が教会の外にまで広がっていた。

王家からの使者と決別し、俺は塩を作り出して国を作るための動きを始めた。

その間、リオンなども協力し、大まかな国としての体制も整え始めた。

そして、塩の販売というカードを使って教会に依頼した戴冠の儀式も無事に執り行えることになった。

といっても、教会もかなり葛藤したのだろう。

今まで唯一の王であったドーレン王家とは別に王家を作ることが許されるのかどうか。

王家との関係が悪くなることを教会も望んではいない。

が、塩の販売が約束されるというのであれば、フォンターナ家からの要請を突っぱねるのはうまい手ではない。

では、波風立てないで甘い汁だけを吸うにはどうすればいいか。

そんな風に結構悩んだのだろう。

で、結局のところ、フォンターナ家を新たな王とする戴冠の儀式を執り行うことになったものの、責任を逃れる言い訳は用意した。

それが戴冠の儀式の執行者がパウロ大司教であるところに表れている。

そもそも、命名の儀や継承の儀式のように魔法的になんらかの効果のあるものと違い、戴冠の儀式は本当にただの儀式、セレモニーであるといってもいい。

つまり、なにか特別な魔法があるわけではなく、ゆえに特定の誰かが執り行わなければ意味がないものでもない。

つまり、本来ならば教会のもっと上の人間が仕切ることになるはずだが、パウロ大司教が儀式をしても問題ないのだ。

ようするに、唯一の王家であるドーレン王家とは別の王を戴く戴冠の儀式を本来執り行う役職には無い大司教が行うことによって、ドーレン王家をないがしろにしているわけではないと主張したいのだろう。

もしかしたら、フォンターナがなんらかの理由でたちゆかなくなった場合は、北部の教会が勝手にしたことだとパウロ大司教ごと切り捨てたりするのかもしれない。

が、そんな言い訳を用意しつつ、塩の販売はしっかりと行うらしい。

なかなかしたたかなことだと思う。

が、それでも、戴冠の儀式が無事に行われることになった。

教会の中での位置づけがどうであれ、フォンターナ領に住む人々にとってはあまり関係が無い。

なによりも教会がこれまでドーレン王家にだけにしてきた戴冠式をフォンターナ家当主であるガロードに対して行ったという事実のみが重要なのだ。

こうして、この地には新たな王と新しい王国が誕生した。

ガロード暦元年の夏、フォンターナ王国が建国されたのだった。

番外編　キリと占星術

「嫌です。絶対に嫌です」

「いい加減にしないか、キリ。お前も我がガエリア家の女なのだ。伝統ある一族の一員としての行動をとらぬか」

「嫌だと言っています、お父様。なにが伝統ある一族です。すでに没落した家ではありませんか」

「なに？　今、なんと言った。こら、待ちなさい、キリ」

お父様が大声をあげています。

戻ってこい。

そう言われても、私はその言葉を無視して部屋に戻りました。

自室の寝台の上にポスンと腰を下ろして、ぬいぐるみを抱きかかえます。

またやっちゃった。

お父様との口論が最近珍しくなくなってきてしまいました。

このところ、ずっとこうです。

口を開けば、家がどう、伝統がどうとそればかり。

でも、結局はお父様の言いたいことは一つです。

家のためにお嫁に行け。

それが言いたいだけなのです。

◇◇◇

ガエリア家。

ここ、王都圏にある昔から続いている歴史ある家。

ですが、それもすでに没落していると言って間違いありません。

かつて、この国がまだ動乱に至る前にはガエリア家も貴族の一員でした。

ですが、長い歴史の中で魔法が途絶えてしまっていました。

そのため、家は残っていてももはや貴族とはいえず、ドーレン王のおられる王都の片隅で小さな屋敷を持つだけのつぶれかけの家です。

そんな魔法を失ったガエリア家が、しかし、今でも残っているのは占星術のおかげでした。

魔法ありし時から星読みの一族であったガエリア家は、魔法が失われた後もその占星術という占いをもとになんとか存続できていたのです。

王やそのおそばに仕える貴族家に、未来を占うことによって。

……ですが、それは半分は虚像でした。

確かに、ガエリア家はいくつかの貴族家に対して占星術を披露しています。

けれど、ここまで残ってこれたのは婚姻関係を結んでいたことも関係していました。

ガエリア家に生まれた娘を貴族家や騎士家などにお嫁に出すことで、なんとか存続できているのです。

そして、次は私の番ということなのでしょう。

分かっています。

その役目が重大であるというのは。

けれど、私は嫌でした。

いずれはどこかの家に嫁ぐことになるのは分かっています。

ですが、そうなると星を見ることができなくなってしまう。

私は昔から星を見るのが大好きでした。

これはもう亡くなった曽祖父の影響が大きかったのだと思います。

小さなころから、曽祖父の膝の上で夜空を眺めて星を見る。

そして、未来に起こる楽しい出来事を予測するのです。

当たることもあれば、外れることもありました。

と言っても、結果はどちらでもよかったのです。

天を回る星の軌道を観察し、その動きを見続ける。

それだけでも楽しかったのですから。

物心つく前からそんな風に星を見ていた私は、曽祖父曰く才能があるとのことでした。

星の名前やその役割、位置関係や星座など、ありとあらゆることを覚えていきました。

その知識量はすでにお兄様にも負けないと自分では思っています。

いずれはこのガエリア家を継ぐことになるはずのお兄様に負けない知識。

けれど、家を継ぐのは男児であるということだけで、私の未来からは星読みが奪われてしまうのです。

他家に嫁げば、今のように自由気ままに星を眺めることすらできなくなるでしょう。

その家の妻にふさわしい女性となるように行動し、子どもを産み、育てていかなくてはならない。

きっと、今までのように自由に、夜遅くまで星々の観察はできなくなってしまう。

やっぱり、嫌です。

私はもっと、星を見ていたい。

◇◇◇

「キリが男だったらよかったのにな。そうしたら、どこかの貴族や騎士に仕えることができたのにね」

お父様との口論を聞いていたお兄様が後でそう漏らしていました。

食事が並んだ食卓を前にして、口をとがらせて不機嫌さを隠さない私を見て、そんなことを言うのです。

確かにそうかもしれません。

私が男だったら、家を飛び出して好きに生きられたのに。

「ふん。いつまでそんな馬鹿なことを考えている。そうだな。万が一、キリが騎士として独り立ちできるようなことでもあれば、嫁に行けなどわしも言わん。まあ、そんなことは無理だろうがな」

「ちょっと、あなた。何を言っているのですか。お嫁に行かなくともよいなどと、冗談でも言わないでくださいな」

「あっはっは。大丈夫だ。そんなことはできるはずもないからな」

お兄様の言葉を聞いて、父と母がそんな風に話しています。

騎士として独り立ち、かぁ。

どこかでできないかな?

……やっぱり難しいか。

騎士になるということは、魔法を授かるということでもあります。

そんなことをしてくれる人なんて、聞いたこともありません。

はぁ、とため息が出そうになるのを堪えて、私は食卓を離れました。

また、お父様がなにかを言っていますがそれを無視して、外に出ます。

いつものように夜空を眺める。

すっきりしない気持ちを胸に抱えながら、空に浮かぶ月を眺めていました。

「あれ。わあ、流れ星」

ちょうど、そんなときでした。

月から少し離れた場所。

そこから、真っ黒い夜空に線を引くように、星が流れていったのです。

まっすぐに、遠くまで行くように流れ続ける星。

そういえば、占星術ですらない世俗のおまじないがあったことを思い出しました。

流れ星を見ながら願い事をつぶやけば、その願いが叶う。

そんな子どもだましのおまじないはいつもなら頭に浮かぶことすらないのに、この時ばかりはふっと浮かんできたのでやってみることにしました。

「星を見続けられますように……」

胸の前で両手を組んで、そう願います。

間に合ったのでしょうか。

あっという間に消えてしまう流れ星。

それが消える前に願いを言えたかどうか、自信がありません。

◇◇◇

「……あの、キリお嬢様？」

「どうしたの、ステラ？」

「そ、その、差し出がましいようですが、先ほどのご主人様とのお話のことで少し。実は女性でも名付けをして、騎士に取り立ててくれるところがあると噂で聞いたことがあるのですが」

「え、本当ですか？　そんなところが、本当にあるのですか？」

「はい。最近できた小さな騎士家らしいのですが、その家がこんなことを言っているらしいのです。誰にも負けない一芸に秀でた人を受け入れる、と。知識や技術を持つ人であれば、名付けをして騎士に取り立てると言っているらしくて」

「どこでしょう？　いったい、それはどの騎士家がそう言っているのですか？」

「ええっと、どこでしたか……。確か、北にある貴族領だったと思います。そこに最近できたばかりの新しい騎士家だったような。たしか、リード家、といったような」

「行きます」

「え？」

「そこへ行ってみます。私は騎士になります。騎士になって独り立ちするのです」

「ああ。すみません。失言でした。忘れてください、お嬢様。北のフォンターナ領と言えば最果ての地なのです。しょせんは噂話に過ぎないのです。私が言っておいて申し訳ありませんが、笑い話として忘れてください。御冗談でも独り立ちなどと言わないでくださいませ」

ステラが失言したと言いながら、慌てて私を止めます。

この人はまだこの屋敷で働き始めて日が浅いので、どこかで聞いた話を落ち込んでいる私に世間話程度にしたつもりだったのでしょう。

けれど、その話の内容に私は飛びつきました。

それに驚いたのでしょう。

まさか、王都圏に住む嫁入り前の娘が、遠く離れた最北の土地へと行く、などと言い出すとは思わなかったのでしょう。

けれど、私の意志は固いのです。

たとえ、藁にも縋るようなことであっても、それがほんの少しでも可能性があるのであれば懸けてみたい。

私は騎士として名付けを受けるために、北へと向かうことにしたのです。

当然、お父様には猛反対されました。

お母様も激昂するお父様をなだめつつ、私をたしなめました。

けれど、それでも引かない私についに二人は根負けしてしまったようです。

お兄様も、しょうがないな、と呆れつつも私を送り出す準備を手伝ってくれました。

「うう、まさか、こんなことになるなんて……」

「よろしく頼むよ、ステラ。キリは王都圏から出たこともないからね。君の不注意な一言で言い出したら聞かないキリが北に行くなんて言い始めたんだから、責任をとって同行するように」

「……はい、かしこまりました」

フォンターナ行きにはステラもついてくるようです。

さすがに、私一人で旅に出すなんてことはできないでしょうし、私も旅をしたことがないので助かります。

こうして、私は生まれ育った王都圏を離れて、北へと旅立つことになったのでした。

◇◇◇

「わー、見てみて、ステラ。見たことのない花が咲いているわ」

「……あの、キリお嬢様。いいのですか。そのような言葉遣いをなさって」

「もう。かたいこと言いっこなしだよ、ステラ。せっかく家を飛び出したんだからもっと気楽にしていたいの」

「はぁ、しかたがないですね。こんなところご主人様に見られたらなんて言われるんだろう」

「気にしない、気にしない。あ、もう着くみたいだよ。ここまで遠かったね」

「ええ、本当に。さすが最北の貴族領ですね。でも、ここは途中に立ち寄った場所よりも活気がありそうですね」

◇◇◇

王都圏を出てステラと旅を続けてきた。

お兄様に用意してもらった幌付きの荷車に護衛も一人いたので、特に大きな問題は起こらずここまで来ることができた。

けど、長かった。

話し相手がステラとその護衛の人しかいなかったので、私の話し言葉はだんだんと雑になってきたように思う。

大丈夫かな？

新しくできた騎士家という話だったけれど、口調は戻したほうがいいかもしれない。

せっかくここまで来たのに、名付けを受けられずに帰ることになったら大変だしね。

「初めまして。このバルカ騎士領を治めるアルス・フォン・バルカです」

「カイル・リードです。よろしくお願いしますね」

そんな私を待ち受けていたのは、なんと私よりも小さい男の子たちでした。

アルス様とカイル様。

御兄弟みたいですが、それぞれが独自の魔法を作り上げたとかで、別々の騎士家を興したのだとか。

川の水を利用した水堀に囲まれたお城のなかで、私はその二人と話をすることになりました。

ここで、いくつかの質問を受けて、合格をもらうとリード姓が授けられるようです。

ちょっと緊張します。

「えっと、なになに？　キリさんはずいぶん遠くから来たみたいですね。へー、王都の近くから。しかも、実家は占星術を生業としている、っと」

「そうです。夜空を移動する星々の運行を観察し、吉兆を見定めるのがガエリア家の仕事です」

「採用」

「え？」

「合格。採用です。ようこそ、キリさん。あなたは今日からリード家の一員です」

ええー。

適当すぎるんじゃないだろうか。

今の会話だけで私に名付けをするって、本気なのかな？

というか、詐欺だったりしないだろうか。

閉じ込められて実家に身代金を要求されたりしたら、さすがの私もお父様に二度と顔を合わせられないのだけれど。

「ちょっと待ってよ、アルス兄さん。いきなりすぎだよ」

「そうか？　だって、占星術をやってるんだぞ？　占いはともかくとして、星の観察は一芸どころの話じゃないんだ。天体観測は土地の計測にも役に立つし」

あら？

てっきり、星占いが好きなのかなと思ったけれど、違うみたい。

というか、この男の子、意外と賢いのかな？

占星術が測量に使えるなんて、普通はあまり知られていないんだけどな。

「へえ、そうなんだ。けど、駄目だよ。キリさんがどういう理由でリード家に名付けられたのかって説明できるようにしとかないと、ほかの不合格の人に文句言われちゃうかもしれないんだからね」

「じゃあ、何か質問でもしてみるか？　とりあえず、占星術っていうくらいだからな。星のことでも聞いてみるか？　ずばり、星とはなにか。教えてくれるか、キリさん？」

この人、すごいのかも。

星が何か。

そんなものは、空に浮かんでいる太陽と月はなにかと訊ねるようなものだと思う。

普通の人はだれもそんなことを気にしない。

だって、生まれた時から当たり前にそこにあるんだから。

太陽は太陽であり、月は月、星は星以外のなにものでもない。

占星術と聞いたら、自分の未来を占ってくれという人ばかりなのに、もっと根源的なことを聞かれてしまった。

そして、それに対して私が答える。

思った以上に熱の入った説明をしてしまった。

いままで、実家以外でこんな話をすることなんてなかったから、思いのほか楽しかった。

そして、その話をこのふたりはしっかりと理解してくれていた。

賢い、と思う。

とくに、弟にあたるカイル様は、初めて聞く話ばかりだと驚きながら、次々と鋭い質問を投げかけてきてくれた。

それにまた答える形で、そのまま長時間話し込んでしまった。

『はーい、みんなお待ちかねのキリの星占いの時間だよー。まずは、今日の運勢を発表するねー』

そんな私が今はなぜかこうしてラジオ放送なんてものをやっている。

私がバルカ騎士領にやってきてから数年で、さらにこの地は変わり続けている。

アルス君はどんどん出世してえらくなっていくし、カイル君もまだ小さいのにも拘わらず軍で指揮を執るまでになっていた。

そして、私もすごく変わっちゃった。

ここは楽しい。

カイル君に名付けをされて使えるようになった魔法。

【速読】や【自動演算】なんて便利な魔法がしっかり使えるようになった私は、あれからさらに占星術の研究が捗っていた。

今まで、星の運行を計算するのにものすごい時間がかかっていたのに、それがあっという間に終わってしまうのだから驚きだ。

さらには、アルス君にもらった望遠鏡、これがすごかった。

遠くのものがよく見えるそれを、さらにグランさんやほかの職人さんと一緒に改良して試作型天体望遠鏡を作ったことで、遠くの星がさらに見えるようになった。

毎日が充実している。

ただ、このラジオ放送はちょっとやりすぎだったかもしれない。

もう実家にいたころの口調なんてすっかり忘れてしまったかのように、あまりにも気軽に話していたのだけれど、実はこれ、王都圏でもしっかり聞かれていたようだ。

お父様から手紙が来てしまった。

早く帰ってこい、と書かれた手紙を見て思う。

もう遅いよ、お父様。

私はここでの暮らしが大好きになっちゃったんだから。

こうして、最北の地に移り住んだ私は、キリ・リードとして今日も星を眺め続けるのでした。

あとがき

皆様、お久しぶりです。

作者のカンチェラーラです。

このたびは、こうして本書を手に取っていただき誠にありがとうございます。

本作も今回で六冊目となりました。

このように刊行を続けてこられたのも、ひとえに読者の皆様のおかげです。

いつもながら、ほんとうにありがとうございます。


この第六巻ですが、今までの中で一番ページ数が多くなってしまいました。

我ながら驚きのページ数です。

文字数で言えば、通常であれば二冊分くらいあるのではないでしょうか。

ちょっと多すぎかなぁ、と思わないでもなかったのですが、その分、いろんなキャラクターが登場し活躍してくれていると思います。

内容的にも激動の一冊となったのではないかと思います。

というのも、主人公であるアルスの環境がさらに激変しているからです。

もはや貧乏な農家の生まれとは思えないほどの、波瀾万丈の人生を送っているアルスですが、勢いのまま突っ走ってくれることでしょう。

しかし、その中でも一番の変化はアルスに家族が増えたことでしょうか。

物語序盤では赤ん坊として転生した主人公が、ここまできたかと少し感慨深いものがあります。

そのように、少しずつ成長していく主人公とともに、この物語を楽しんでいただければと思います。


こうして、六冊ものシリーズを出せたのは多くの方のお力によるものだと痛感しております。

編集部では今回、担当が扶川様の他にも、太田様が加わりました。

いまだに猛威を振るうCOVID-19の影響で、お二人とはオンラインでやり取りを行いながら執筆に際してご尽力していただきましたこと、ほんとうに感謝しております。

また、いつもながらイラストレーターのＲｉｖ氏には素晴らしい絵を描いていただき、うれしく思います。

本書を手に取っていただいた皆様には少しでも楽しんでいただければ幸いです。

それでは、またお会いできるのを楽しみにしております。

こんな形ではダメでござるよ！
ビシッ
キーーッ
「炉《ろ》」の中で熱が効率的に使えないでござる！
作りが甘いでござる！
は〜っ
やれやれ
これではすぐにダメになってしまうのでござる！
及第点にギリギリ届くようになりましたなっ
ではっ
ふむふむっ
もう少し大型の「炉」を設置するでござるよ！
これなら実用可能でござろう！
さてっ
次は「ふいご」を作るのでござるよ!!

ズルズル
ズーーン
どうしたのでござるかアルス殿
寝るにはまだ早いでござるっ
ガックガック
ゆっさ
ゆっさっ
……
この村には珍しい旅人をバイト兄が連れてきたのだ
さあっ
拙者が照明をつけておくので気兼ねなく制作するがよかろう!!
寝させて…
うう…ぶ…
ことの始まりは数日前
お初にお目にかかるで・・・ござる

コミカライズ第九話 試し読み

漫画

槙島 ギン

原作

カンチェラーラ

キャラクター原案

Riv

I was reincarnated as a poor farmer in a different world,
so I decided to make bricks to build a castle.

拙者グランと申す
旅をしながら「ものづくり」に励んでいるのでござるが
この村で大猪が討伐されたと聞き足を運んだ次第
以後お見知りおきを
おぉ〜 おぉ〜
警戒中
わぁ〜 外の人だぁ
「拙者」？「ござる」？
はっはっは
拙者の地方の話し方でござるよ

もしかして東の出身とか？
おおっ
よく知っているでござるな
じろじろ
ちょろちょろ
確かに拙者この土地より東の生まれでござる
えーと…
島国だったりする？
まさかまさか
島国というわけではござらんが…
どこか思い当たる土地でもあるので？
はて？
いやっ気にしないで!!
改めてはじめましてアルスです
大猪は全身残っているわけじゃないけど見てもらってかまわないよ
建物の中に置いてるんだ
それはありがたい！
ところでどの御仁が大猪を討伐されたのでござるか？
ぜひお会いしたいのでござるが…
えっ？
俺だけど？

……
…アルス殿のような子どもが？
ごくり
うんっ
罠を使ったし相棒もいたからね
……
いや…っ失礼したっ
むむむ
大猪のせいでなくなった村がいくつもあるとか…
ああ…
北の森付近の他の村では大猪は凶暴で恐ろしいと聞いていたので…
まあ実際凶暴だけどね…
でも結局はおっきいイノシシってだけだろ？
さらっ
バイト兄が言うな!!
なんでわざわざ見に来たんだよ
知らないでござるか？
!
大猪は「硬化」の魔法を使うのでござる

だから弓矢が刺さらなかったり攻撃が通じにくいのか!!
納得!!
然り!
そして魔法を使う生物から取れる素材は様々なものを作る材料になるのでござるよ!
大猪の牙からは魔力を通せば金属より硬い武器を作りあげることも可能!
マジかよ!!
欲しいっ
武器!!
捨てずに保管しておいてよかった!!
拙者は特殊な素材を探しながら放浪して「ものづくり」をしているでござる
マジでござるよ
つまりっ
グランさんは大猪の牙から武器を作れるってこと?

そうでござ…る…
俺に武器を作ってくれない!?
お礼もするよ!!
コクコクッ
近!!
大猪の牙
成獣と幼獣
ゴトーン…
ヒタ…
どうかな!?
ワクワク
作れそうかな?
拝見するでござる

…これは…
素晴らしい
たしかに
魔法生物の
牙でござるよ
ほう…
魔法を使用する
動物を狩る時には
魔法の使用中に仕留める
ほうがいい素材に
なりやすいのでござる
しかも魔法の
使用中に仕留めて
いるようですな
魔力の残滓《ざんし》を
感じるので
ござる
武器にした時に
魔力の通りが
違ってくるので
ござるよ
魔力の
残滓？

じゃあこの大猪の牙は
ちゃんと強い武器に
できるってことだよね!?
やったーっ
そのとおりでござる!
がっ
しかしっ
でござるっ
ビクッ
魔法生物の素材を武器にするにはそれなりの「設備」と「触媒」が必要なのでござる
しゅん…
アルス殿の望みを叶えたいでござるが…
この村にはそれがないので作れないでござるよ
「設備」と「触媒」!?
それって何が必要なの!?
ねぇっあきらめないで!!
うむむ…
そうでござるな

高熱を操ることのできる「炉」と
炉
触媒となる魔法生物の「魔核」が必要なのでござる
と
「炉」はわかるけど……
「魔核」ってなんだ？
知らないことだらけだい
「魔核」とは魔法生物が魔法を使うために必要な身体部位でござる
人の場合は腕でござるな
生物によって部位は異なれど どれも希少でなかなか手に入らないのでござるよ
魔法を使うために必要な部位…
……

これは「魔核」の代わりにならないいかな？
スッ
ぎょっ
どっさり
……
あぜん
もし使えそうならあとは「炉」だけなんだけど……
拝見させてもらうでござる
そ
じっくり
貴重な骨董品を扱うみたいだな
鑑定団みたいだ
……
ほう…
おそらくとしか言えないのでござるが…

これは「魔核」として使えると思うでござる
ぱぁ
あっ
やっぱり!!
これはもしやこの土地にいる使役獣の角でござるか?
よくわかったね
使役獣の中には魔法を使える種も存在しそれから魔核を取り出すことで安定して魔核調達をするところがあると聞いたことがあるのでござる
…ん?
使役獣の中には魔法を使える種類もいるってこと?
まさかこの村でその現場にお目にかかれるとは…
はいっ
はいっ
ほぉぉ〜
ちょっ ちょっと待って!!
そうでござるよ

魔法型の使役獣は超高級品として取り扱われているでござる
マジかよ!!
行商人のおっさん〜〜っ
いるじゃないか〜っ
これは再度値段交渉が必要だな!!
わざと情報を隠していたんなら今後の関係の見直しも必要かもな
ありがといいこと聞いたよ
フフ…フフ
それはよかったでござる
しかし怖いでござる
あとは高熱を出せる「炉」だよね？
厳密に言えば他にも材料や道具は必要ですが「炉」は必須ですな
じゃあ俺作ってみるよ!
ムン!
今から作ってみる!!
え？
今からっ炉を?!

異世界の貧乏農家に転生したので、レンガを作って城を建てることにしました６

2021年8月1日　第1刷発行

著　者　カンチェラーラ

発行者　本田武市

発行所　TOブックス
〒150-0002
東京都渋谷区渋谷三丁目1番1号　PMO渋谷Ⅱ　11階
TEL 0120-933-772（営業フリーダイヤル）
FAX 050-3156-0508

印刷・製本　中央精版印刷株式会社

ISBN978-4-86699-276-1

Printed in Japan